名|家|散|文|自|选|集　升级版

毕淑敏
散文　自选集

毕淑敏

——

著

长江出版传媒｜长江文艺出版社

图书在版编目（CIP）数据

毕淑敏散文自选集 / 毕淑敏著. -- 武汉 ：长江文
艺出版社，2023.5
　（名家散文自选集：升级版）
　ISBN 978-7-5702-2540-8

　Ⅰ. ①毕… Ⅱ. ①毕… Ⅲ. ①散文集－中国－当代
Ⅳ. ①I267

中国版本图书馆 CIP 数据核字 (2022) 第 034148 号

毕淑敏散文自选集
BI SHUMIN SANWEN ZIXUANJI

责任编辑：程华清　　　　　　　　　　责任校对：毛季慧
装帧设计：壹诺　　　　　　　　　　　责任印制：邱　莉　杨　帆

出版：长江出版传媒　长江文艺出版社
地址：武汉市雄楚大街 268 号　　　　邮编：430070
发行：长江文艺出版社
http://www.cjlap.com
印刷：湖北新华印务有限公司

开本：640 毫米×970 毫米　　1/16　　印张：18.5　　插页：1 页
版次：2023 年 5 月第 1 版　　　　2023 年 5 月第 1 次印刷
字数：224 千字

定价：45.00 元

版权所有，盗版必究（举报电话：027—87679308　　87679310）
（图书出现印装问题，本社负责调换）

目 录
CONTENTS

◗ **提醒幸福**

◖ 心灵絮语

女性之思

爱的盛宴

◗ **远行风景**

提醒幸福

幸福的七种颜色

幸福应该有多少种颜色呢？

"说不清。"我回答。

大家听了可能有点迷糊，说："你自己既然不知道，为什么又曾说过幸福有七种颜色呢？"

在文化中，"七"这个数字有一点古怪。

欧洲人自古以来就格外钟情于"七"这个数字。最早的源头该是古希腊人，许多巧合都和"七"有关。希腊人认为自然界是由水、火、风、土四种元素组成的，而社会的基本细胞是家庭。把完整的家庭细分，是由父亲、母亲和孩子三方组成。再做一次加法，把自然和社会组成的世界统计一下，就有七种基本元素。古希腊人酷爱加法，认为世界的基本图形是正方形、三角形以及完美的圆形，毕达哥拉斯学派就是这一主张的坚定拥趸。你劳神把这些图形的角的数量加起来，哈！也是七。由于太多的东西与神秘的数字七有关，他们造七座坛、献七份祭、行七次叩拜之礼，什么都爱凑个七字。"七大主教""七大美德"，连罪也要数到"七宗罪"。当然，最著名的是神也喜欢七，于是一个星期是七天，第七天你可以休息。

七在佛教里面也是吉祥之数，有七宝、七层浮屠等。中华文化对七也颇有好感，《说文》里面说："七，阳之正。"这个七啊，常为泛指，表明多的意思，又神秘又空灵。

托尔斯泰老人家说，幸福的家庭都是相似的，唯有不幸的家庭，各有各的不幸。我当过多年的心理医生，觉得不幸的家庭都是相似的，唯有幸福的家庭却是各有各的不同。

你可能要说，这不是成心和托尔斯泰抬杠吗！我还没到那种无事生非的地步。你想啊，只有香甜的味道，才可反复品尝，才能添加更多的美味在其中，让味蕾快乐起舞。比如椰蓉，比如可可，比如奶油……丰富的层次会让你觉得生活美好万象更新。如果那底味已是巨咸、巨苦、巨涩，任你再搁进多少冰糖多少香料都顷刻消解，那难耐难忍的味道依然所向披靡，让你除了干呕，再无良策。

早年间我在西藏阿里当兵，冬天大雪封山，零下几十度的严寒，断绝了和外界的一切联系，我们每日除了工作就是望着雪山冰川发呆。有一天，闲坐的女孩子们突然争论起来，求证一片黄连素的苦可以平衡多少葡萄糖的甜（由此可见，我们已多么百无聊赖）。一派说，大约 500 毫升 5% 的葡萄糖就可以中和苦味了。另外一派说，估计不灵，500 毫升葡萄糖是可以的，只是浓度要提高，起码提到 10%，甚至 25%……争执不下，最后决定试验测查。那时候，我们是卫生员，葡萄糖和黄连素乃手到擒来之物，说试就试。方法很简单，把一片黄连素用药钵细细磨碎了，先泡在浓度为 5% 的葡萄糖水里，大家分别来尝尝，若是不苦了，就算找到答案了。要是还苦，就继续向溶液里添加高浓度的葡萄糖，直到不苦了为止，然后计算比例。临到实验开始，我突然有些许不安。虽然小女兵们利用工作之便，搞到这两种药品都不费吹灰之力，但藏北到内地山路迢迢，关山重重，物品运送到阿里不容易啊，不应这样为了自己的好奇暴珍天物。黄连碎末混入到葡萄糖液里，整整一瓶原本可以输入血管救死扶伤的营养液就报废了。至于黄连素，虽不是特别宝贵的东西，能省也省着点吧。我说："咱缩减一下量，黄连素只用四分之一片，葡萄糖液也只用四分之一瓶，行不行呢？"

我是班长，大家挺尊重我的意见的，说："好啊。"有人想起前两天有一瓶葡萄糖，里面漂了个小黑点，不知道是什么杂物，不敢输入病人身体里面，现在用来做苦甜之战的试验品，也算废物利用了。

　　试验开始。四分之一片没有包裹糖衣的黄连素被碾成粉末（记得操作这一步骤的时候，搅动得四周空气都是苦的），兑到125毫升浓度为5%的葡萄糖水中。那个最先提出以这个浓度就可消解黄连之苦的女孩率先用舌头舔了舔已经变成黄色的液体。她是这一比例的倡导者，大家怕她就算觉得微苦，也要装出不苦的样子，损害试验的公正性，将信将疑地盯着她的脸色。没想到她大口吐着唾沫，连连叫着："苦死了，你们千万不要来试，赶紧往里面兑糖……"我们为自己"以小人之心度君子之腹"感到羞惭，拿起高浓度的糖就往黄水里倒，然后又推举一个人来尝。这回试验者不停地咳嗽，咧着嘴巴吐着舌头："太苦了，啥都别说了，兑糖吧……"那一天，循环往复的场景就是女孩子们不断地往小半瓶微黄的液体里兑着葡萄糖，然后伸出舌尖来舔，顷刻抽搐着脸，大叫："苦啊苦啊……"

　　直到糖水已经浓到了几乎要拉出黏丝，那液体还是只需一滴就会苦得让人打战。试验到此被迫告停，好奇的女兵们到底也没有求证出多少葡萄糖能够中和黄连的苦味。大家意犹未尽，又试着把整片的黄连泡进剩下的半瓶里去，趁着黄连还没有融化，一口吞下，看看结果若何。这一次很快得到证明，没有融化的黄连之苦，还是可以忍受的。

　　把这个试验一步步说出来，真是无聊至极。不过，它也让我体会到，即使你一生中一定会邂逅黄连，比如生活强有力地非要赐予你极困窘的境遇，比如你遭逢危及生命的重患必得要用黄连解救，比如……你都可以毫无惧色地吞咽黄连。毕竟，黄连是一味良药啊！只是，千万不要人为地将黄连碾碎，再细细品尝，敝帚自珍地长久回味。太多的人习惯珍藏苦难，甚至以此自傲和自虐，这种对苦难的持久迷恋和品尝，会毒化你的感官，会损伤你对美好生活的精细体察，还会让你歧视没有经受过苦难的人。这些就是苦难的副作用。苦的力量比甜的力量要强大得多，不要把黄连碾碎，不要让它嵌入我们的生活。

　　只要你认真寻找，幸福比比皆是。幸福不是一种颜色，也不是七种颜色，甚至也不是一百种颜色……幸福比所有这些相加还要多，幸福是无限的。

提醒幸福

我们从小就习惯了在提醒中过日子。天气刚有一丝风吹草动，妈妈就说，别忘了多穿衣服。才相识了一个朋友，爸爸就说，小心他是个骗子。你取得了一点成功，还没容得乐出声来，所有关切着你的人一起说，别骄傲！你沉浸在欢快中的时候，自己不停地对自己说：千万不可太高兴，苦难也许马上就要降临……

我们已经习惯于提醒，提醒的后缀词总是灾祸。灾祸似乎成了提醒的专利，把提醒染得充满了淡淡的贬义。

我们已经习惯了在提醒中过日子，看得见的恐惧和看不见的恐惧始终像乌鸦盘旋在头顶。

在皓月当空的良宵，提醒会走出来对你说：注意风暴。于是我们忽略了皎洁的月光，急急忙忙做好风暴来临的一切准备。当我们大睁着眼睛枕戈待旦之时，风暴却像迟归的羊群，不知在哪里徘徊。当我们实在忍受不了等待灾难的煎熬时，我们甚至会恶意地祈盼风暴早些到来。

在许多夜晚，风暴始终没有降临。我们辜负了冰冷如银的月光。

风暴终于姗姗地来了。我们怅然发现，所做的准备多半是没有用的。事先能够抵御的风险毕竟有限，世上无法预计的灾难却是无限的。战胜灾难靠的更多的是临门一脚，先前的惴惴不安帮不上忙。

当风暴的尾巴终于远去，我们守住凌乱的家园。气还没有喘匀，新的提醒又智慧地响起来，我们又开始对未来充满恐惧的期待。

人生总是有灾难。其实大多数人早已练就了对灾难的从容，我们只是还没有学会灾难间隙的快活。我们太多注重了自己警觉苦难，我们太忽视提醒幸福。

请从此注意幸福！

幸福也需要提醒吗？

提醒注意跌倒……提醒注意路滑……提醒受骗上当……提醒宠辱不惊……先哲们提醒了我们一万零一次，却不提醒我们幸福。

也许他们认为幸福不提醒也跑不了的。也许他们以为好的东西你自会珍惜，犯不上谆谆告诫。也许他们太崇尚血与火，觉得幸福无足挂齿。他们总是站在危崖上，指点我们逃离未来的苦难。

但避去苦难之后的时间是什么？

那就是幸福啊！

享受幸福是需要学习的，当幸福即将来临的时刻需要提醒。人可以自然而然地学会感官的享乐，人却无法天生地掌握幸福的韵律。灵魂的快意同器官的舒适像一对孪生兄弟，时而相傍相依，时而南辕北辙。

幸福是一种心灵的震颤，它像会倾听音乐的耳朵一样，需要不断地训练。

简言之，幸福就是没有痛苦的时刻。它出现的频率并不像我们想象的那样少。人们常常只是在幸福的金马车已经驶过去很远后，拣起地上的金鬃毛说，原来我见过它。

人们喜爱回味幸福的标本，却忽略幸福披着露水散发清香的时刻。那时候我们往往步履匆匆，瞻前顾后不知在忙着什么。

世上有预报台风的，有预报蝗虫的，有预报瘟疫的，有预报地震的。没有人预报幸福。

其实幸福和世界万物一样，有它的征兆。

幸福常常是朦胧地、很有节制地向我们喷洒甘霖。你不要总希冀轰轰烈烈的幸福，它多半只是悄悄地扑面而来。你也不要企图把水龙头拧得更大，使幸福很快地流失。而需静静地以平和之心，体验幸福的真谛。

幸福绝大多数是朴素的。它不会像信号弹似的，在很高的天际闪烁红色的光芒。它披着本色的外衣，亲切温暖地包裹起我们。

幸福不喜欢喧嚣浮华，常常在暗淡中降临。贫困中相濡以沫的一块糕饼，患难中心心相印的一个眼神，父亲一次粗糙的抚摸，女友一个温馨的字条……这都是千金难买的幸福啊。像一粒粒缀在旧绸子上的红宝石，在凄凉中愈发熠熠夺目。

幸福有时会同我们开一个玩笑，乔装打扮而来。机遇、友情、成功、团圆……它们都酷似幸福，但它们并不等同于幸福。幸福会借了它们的衣裙，袅袅婷婷而来，走得近了，揭去帷幔，才发觉它有钢铁般的内核。幸福有时会很短暂，不像苦难似的笼罩天空。如果把人生的苦难和幸福分置天平两端，苦难体积庞大，幸福可能只是一块小小的矿石。但指针一定要向幸福这一侧倾斜，因为它有生命的黄金。

幸福有梯形的切面，它可以扩大也可以缩小，就看你是否珍惜。

我们要提高对于幸福的警惕，当它到来的时刻，激情地享受每一分钟。据科学家研究，有意注意的结果比无意要好得多。

当春天的时候，我们要对自己说，这是春天啦！心里就会泛起茸茸的绿意。

幸福的时候，我们要对自己说，请记住这一刻！幸福就会长久地伴随我们。

那我们岂不是拥有了更多的幸福！

所以，丰收的季节，先不要去想可能的灾年，我们还有漫长的冬季来得及考虑这件事。我们要和朋友们跳舞唱歌，渲染喜悦。既然种子已经回报了汗水，我们就有权沉浸在幸福中。不要管以后的风霜雨雪，让我们先把麦子磨成面粉，烘一个香喷喷的面包。

所以，当我们从天涯海角相聚到一起的时候，请不要踌躇片刻后的别离。在今后漫长的岁月里，有无数孤寂的夜晚可以独自品尝愁绪。现在的每一分钟，都让它像纯净的酒精，燃烧成幸福的淡蓝色火焰，不留一丝渣滓。让我们一起举杯，说：我们幸福。

所以，当我们守候在年迈的父母膝下时，哪怕他们鬓发苍苍，哪怕他们垂垂老矣，你都要有勇气对自己说：我很幸福。因为天地无常，总有一天你会失去他们，会无限追悔此刻的时光。

幸福并不与财富地位声望婚姻同步，它只是你心灵的感觉。

所以，当我们一无所有的时候，我们也能够说，我很幸福。因为我们还有健康的身体。当我们不再享有健康的时候，那些最勇敢的人可以依然微笑着说：我很幸福。因为我还有一颗健康的心。甚至当我们连心都不再存在的时候，那些人类最优秀的分子仍旧可以对宇宙大声说：我很幸福。因为我曾经生活过。

常常提醒自己注意幸福，就像在寒冷的日子里经常看看太阳，心就不知不觉暖洋洋亮光光。

没有一棵小草自惭形秽

被人邀请去看一棵树，一棵古老的树。大约有五千年的历史，已被唐朝的地震弯折了腰，半匍匐着，依然不倒，享受着人们尊敬的注视。

我混在人群中直着脖子虔诚地仰望着古树顶端稀疏的绿叶，一边想，人和树相比是多么的渺小啊。人生出来，肯定是比一粒树种要大很多倍，但人没法长得如树般伟岸。在树小的时候，人是很容易就把树枝包括树干折断，甚至把树连根拔起，树就结束了生命。就算是小树长成了大树，归宿也是被人伐了去，修成各种各样实用的物件。长得好的树，花纹美丽木质出众，也像美女一样，红颜薄命，被人劫掠的可能性更大，于是很多珍贵的树种濒临灭绝。在这一点上，树是不如人的。美女可以人造，树却是不可以人造的。

树比人活得长久，只要假以天年，人是绝对活不过一棵树的。树并不以此做人，爷爷种下的树，照样以硕硕果实报答那人的孙子或是其他人的后代。

通常情况下，树是绝对不伤人的。即便如前几天报上所载一些村民在树下避雨，遭了雷击致死，那元凶也不是树，而是闪电，树也是受害者。人却是绝对伤树的，地球上森林数量的锐减就是明证，人成了树的天敌。

树比人坚忍。在人不能居住的地方，树却裸身生长着，不需要炉火或是空调的保护。树会帮助人的，在饥馑的时候，人扒过树的皮以充饥，我们却从未听到过树会扒下人的什么零件的传闻。

很多书籍记载过这棵古树，若是在树群里评选名人的话，这棵古树是一定名列前茅了。很多诗人词人咏颂过这棵古树，如果树把那些词句都当作叶子一般披挂起来，一定不堪重负。唐朝的地震不曾把它压倒，这些赞美会让它扑在地上。

树的寿命是如此的长久，居然看到过妲己那个朝代的事情。在我们死后很多年，这棵古树还会枝叶繁茂地生长着。一想到这一点，无边的嫉妒就转成深深的自卑。作为一个人活不了那么久远，伤感让我低下头来，于是我就看到了一棵小草，一棵长在古树之旁的小草。只有细长的两三片叶子，纤细得如同婴儿的睫毛。树叶缝隙的阳光打在草叶的几丝脉络上，再落到地上，阳光变得如绿纱一样飘浮了。

这样一株柔弱的小草，在这样一棵神圣的树底下，一定该俯首称臣毕恭毕敬了吧？我竭力想从小草身上找出低眉顺眼的谦卑，最后以失望告终。这棵不知名的小草，毫无疑问是非常渺小的。就寿命计算，假设一岁一枯荣，老树很可能见过小草 5000 辈以前的祖先。就体量计算，老树抵得过千百万小草集合而成的大军。就价值来说，人们千里万里路地赶了来，只为瞻仰老树，我敢肯定没有一个人是为了探望小草。

既然我作为一个人，都在古树面前自惭形秽了，小草你怎能不顶礼膜拜？我这样想着，就蹲下来看着小草。在这样一棵历史久远声名卓著的古树身边为邻，你岂不要羞愧死了？

小草昂然立着，我向它吐了一口气，它就被吹得蜷曲了身子，但我气息一尽，它就像弹簧般伸展了叶脉，快乐地抖动着。我再吹一口气，它还是在弯曲之后怡然挺立。我悲哀地发现，不停地吹下去，到我气绝倒地的一刻，小草却安然。

草是卑微的，但卑微并非指向羞惭。在庄严的大树身旁，一棵微不足道的小草都可以毫不自惭形秽地生活着，何况我们万物灵长的人类！

摧毁你心中的魔床

曾经她在他眼里是天下最可爱的女孩，但为什么说翻脸就翻脸，一下子变成永没有交集的路人？

魔鬼有张床。它守候在路边，把每一个过路的人，揪到它的魔床上。魔床的尺寸是现成的，路人的身体比魔床长，它就把那人的头或是脚锯下来。那人的个子矮小，魔鬼就把路人的脖子和肚子像拉面一样抻长……只有极少的人天生符合魔床的尺寸，不长不短地躺在魔床上，其余的人总要被魔鬼折磨，身心俱残。

一个女生向我诉说：我被甩了，心中苦痛万分。他是我的学长，曾每天都捧着我的脸说，你是天下最可爱的女孩。可说不爱就不爱了，做得那么绝，一去不回头。我是很理性的女孩，当他说我是天下最可爱的女孩的时候，我知道我姿色平平，担不起这份美誉，但我知道那是出自他的真心。那些话像火，我的耳朵还在风中发烫，人却大变了。我久久追在他后面，不是要赖着他，只是希望他拿出响当当硬邦邦的说法，给我一个交代，也给他自己一个交代。

由于这个变故，我不再相信自己，也不相信他人。我怀疑我的智商，一定是自己的判断力出了问题。如此至亲至密，说翻脸就翻脸，让我还能信谁？

女生叫箫凉，箫凉说到这里，眼泪把围巾的颜色一片片变深。失恋的故事，我已听过成百上千，每一次，不敢丝毫等闲视之。我知道有殷红的血从她心中滴落。

我对萧凉说，这问题对你，已不单单是失恋，而是最基本的信念被动摇了，所以你沮丧、孤独、自卑，还有愤怒得莫名其妙……

萧凉说，对啊，他欠我太多的理由。

我说，人是追求理由的动物。其实，所有的理由都来自我们心底的魔床——那就是我们对一些问题的看法和观念。它潜移默化地时刻评价着我们的言行和世界万物。相符了，就皆大欢喜，以为正确合理。不相符，就郁郁寡欢怨天尤人。

这种魔床，有一个最通俗最简单的名字，就叫作"应该"。有的人心里摆得少些，有三个五个"应该"。有的人心里摆得多些，几十个上百个也说不准，如果能透视到他的内心，也许拥挤得像个卖床垫的家具城。

魔床上都刻着怎样的字呢？

萧凉的魔床上就写着"人应该是可爱的"。我知道很多女生特别喜欢这个"应该"。热恋中的情人，更是三句话不离"可爱"。这张魔床导致的直接后果，就是我们以为自己的存在价值，决定于他人的评价。如果别人觉得我们是可爱的，我们就欢欣鼓舞，如果什么人不爱我们了，就天地变色日月无光。很多失恋的青年，在这个问题上百思不得其解，苦苦搜索"给个理由"。如果没有理由，你不能不爱我。如果你说的理由不能说服我，那么就只有一个理由，就是我已不再可爱，一定是我有了什么过错……很多失恋的男女青年，不是被失恋本身，而是被他们自己心底的魔床，锯得七零八落。残缺的自尊心在魔床之上火烧火燎，好像街头的羊肉串。

要说这张魔床的生产日期，实在是年代久远，也许生命有多少年，它就相伴了多少年。最初着手制造这张魔床的人，也许正是我们的父母。当我们还是婴儿的时候，那样弱小，只能全然依赖亲人的抚育。如果父母不喜欢我们，不照料我们，在我们小小的心里，无法思索这复杂的变化，最简单的方式，我们就以为是自己的过错，必是我们不够可爱，才惹来了嫌弃和疏远。特别是大人们的口头禅："你怎么这么不乖？如果你再这样，我就不喜欢你了……"凡此种种，都会在我们幼小的心底，留下深深的印记。那张可怕的魔床蓝图，就这样一笔笔地勾画出来了。

有人会说，啊，原来这"应该如何如何"的责任不在我，而在我的父母。其实，床是谁造的，这问题固然重要，但还不是最重要的。心理学家弗洛伊德说过，一个孩子，就是在最慈爱的父母那里长大，他的内心也会留有很多创伤（大意，原谅我一时没有找到原文，但意思绝对不错）。我们长大之后，要搜索自己的内心，看看它藏有多少张这样的魔床，然后亲手将它轰毁。

幸福的镜片

现今有些家庭，简直成了"情绪火葬场"。一位女友说，先生在外面笑眯眯，人都赞他脾气好，可回到家里满脸晦气，令人沮丧。女友恼火地抗议："你不要金玉其外，轮到自家人时，却像八大山人笔下的鱼鹰，白眼球多，黑眼球少。"先生立即反驳道："人又不是仪器，不可能总调整在最佳状态。发愁的时候、懊恼的时候、垂头丧气的时候，你让我到哪里撒火？和领导吵吗？不敢抗上。和同事争吗？来日方长，得罪不起。在公共汽车上和不相干的人口角吗？人家招你惹你了？那不是伤及无辜，太不五讲四美了吗？"女友说："我是你亲人，却经常看你黑脸，你这不是残害忠良吗？"先生说："家是最隐蔽、最让人放松的场所，一个人若是在家里都不能扒下面具，赤裸裸做人，那才是大悲哀。我阴沉着脸，并非对你有恶意，只是情绪病了。你装聋作哑好了，不必同我一般见识。有什么不中听的话并非针对你，只是宣泄独自的郁闷。如果你爱我，就请原谅我的种种真实……"

女友困惑地说："人怎么能把家庭当作消化情绪的垃圾场？这样下去，谈何幸福？"

我倒以为幸福的家庭，不妨成为回收情绪垃圾的炼炉，将成员的种种不快以至愤慨、忧愁、苦恼、悲凉都包容下来，然后紧闭炉门，不再泄漏。让那炉中真火慢慢熬炼，直到怨气焚成灰烬，随风飘逝，不见踪影。

这事说起来简便，实施的时候却很易失控。人在家居，心不设防，就像没打过麻疹疫苗的小儿，对情绪缺少抵抗力。一旦心境恶劣，极易传染他人。又因至爱亲朋，血脉相通，结果一人发火，污染全体，大家受难。很多原本是外界的小风波，最后演成家庭的"全武行"。

好的家庭要有丝网般的过滤功能。快乐的、幸福的消息，如高屋建瓴、肥水快流、多拉快跑，让佳音火速进入所有成员的耳鼓。忧郁的、不幸的消息，只要不关急务，便遮掩它，让时间冲刷它的苦涩，让风霜漂白它触目惊心的严酷。

好的家庭是会变形的镜片，能发生奇妙的折射。凸透使视物变大，凹透让东西变小。如果是愉快的源泉，哪怕只是夫妻间的一个手势、孩子捧出的一杯清水、远方朋友的一个问候、陌生人的一个祝福……都应透过放大镜，使它纤毫毕现、华光四射。让一朵杜鹃，蔓延出一片火红的山谷。让一个口哨，轰响成一部辉煌的乐章。从一片面包，憧憬今后日子的和美丰足。携一缕春风，扩展成融融暖意，铺满整个家庭空间。

如果是苦难和灾异，比如亲朋远逝、祸起萧墙、泰山压顶、骤雨狂风……降临的种种天灾人祸，经过家庭镜片的折射，都应竭力缩小它的规模——弱化压力的强度，软化尖锐的硬度，衰减振荡的烈度，压缩波及的范围，控制哀痛的伤害，减少作用的时间……让家人在家的庇护下安定心神，休养生息，疗治创口，积聚新力，重新敛起生活的勇气。

这是否是鸵鸟战术，一厢情愿？我想明晰的镜片和浑黄的沙砾有原则上的区别。无论喜讯还是噩耗，通过家庭镜片的折射，它们未曾消失，依然存在，改变的只是外界事物作用于我们的感觉。

放大欢乐、缩小痛苦，这就是幸福家庭的奇妙镜片功能。

哑幸福

初逢一女子，憔悴如故纸。她无穷尽地向我抱怨着生活的不公，刚开始我还有点不以为然，很快就沉入她洪水般的哀伤之中了。你不得不承认，在这个世界上，有些人就是特别的倒霉，女人尤多。灾难好似一群鲨鱼，闻到某人伤口的血腥之后，就成群结队而来，肆意啄食血肉，直到将那人的灵魂啃成一架白骨。

"从刚开始，我就知道自己这辈子不会有好运气的。"她说。

我惊讶地发现，在一片暗淡的叙述中，唯有说这句话的时候，她的脸上显出生动甚至有一点得意的神色。

"你如何得知的呢？"我问。

"我小时候，一个道士说过——这小姑娘面相不好，一辈子没好运的。我牢牢地记住了这句话。当我找对象的时候，一个很出色的小伙子爱上了我。我想，我会有这么好的运气吗？没有的。我就匆匆忙忙地嫁了一个酒鬼，他长得很丑，我以为一个长相丑恶的人应该多一些爱心，该对我好，但霉运从此开始。"

我说："你为什么不相信自己会有好运气呢？"

她固执地说："那个道士说过的……"

我说："或许，不是厄运在追逐着你，是你在制造着它。当幸福向你伸出银指的时候，你把自己的手掌藏在背后了，你不敢和幸福击掌。但是，厄运向你一眨眼，你就迫不及待地迎了上去。看来，不是道士预言了你的厄运，而是你的不自信引发了灾难。"

她看着自己的手，摩挲着它，迟疑地说："我曾经有过幸福的机会吗？"

我无言。有些人残酷地拒绝了幸福，还愤愤地抱怨着，认为祥云从未经过他的天空。

幸福很矜持，遭逢的时候，它不会夸张地和我们提前打招呼。离开的时候，也不会为自己说明和申辩。

幸福是个哑巴。

每只小狗都有一个目标

有一对夫妇有两个孩子，一个叫莎拉，一个叫克里斯蒂。当孩子还小的时候，父母决定为他们养一只小狗。小狗抱回来以后，他们想请一位朋友帮忙训练这只小狗。他们搂着小狗来到朋友家，安然坐下，在第一次训练前，女驯狗师问："小狗的目标是什么？"夫妻俩面面相觑，很是意外，他们实在想不出狗还有什么另外的目标，嘟囔着说："一只小狗的目标？那当然就是当一只狗了。"女驯狗师极为严肃地摇了摇头说："每只小狗都得有一个目标。"

夫妇俩商量之后，为小狗确立了一个目标——白天和孩子们一道玩，夜里要能看家。后来，小狗被成功地训练成了孩子的好朋友和家中财产的守护神。

这对夫妇就是美国的前任副总统阿尔·戈尔和他的妻子迪帕。他们牢牢地记住了这句话——做一只狗要有目标。推而广之，做一个人也要有目标。

在现实生活中，却有太多太多的人没有目标。其实寻找目标并不是一件太难的事，关键是你要知道天下有这样一件唯此唯大的事，然后尽早来做。正是你自己需要一个目标，而不是你的父母或是你的老师或是你的上级需要它。它的存在，和别人的关系都没有和你的关系那样密切。也就是说，它将是你最亲爱的伙伴，其血肉相连的程度，绝对超过了你和你的父母，你和你的妻子儿女，你和你的同伴和领导的关系。你可能丧失了所有的财产和所有的亲人，但只要你的目标还在，你就还有一个完整的系统存在，你就并不孤独和无望。

我们常常把别人的期待当成了自己的目标，在孩童的时候，这几乎是顺理成章的事情。但是，你会渐渐地长大，无论别人的期望是怎样的美好，它也不属于你。除非你有一天，你成功地在自己的心底移植了这个期望，这个期望生根发芽，长成了你的目标。那时，尽管所有的枝叶都和原本的母体一脉相承，但其实它已面目全非，它的灵魂完完全全只属于你，它被你的血脉所濡养。

我们常常把世俗的流转当成自己的目标。这一阵子崇尚钱，你就把挣钱当成了自己的目标。殊不知钱只是手段而非目标，有了钱之后，事情远远没有结束。把钱当成目标，就是把叶子当成了根。目标是终极的代名词，它悬挂在人生的瀚海之中，你向它航行，却永远不会抵达。你的快乐就在这跋涉的过程中流淌，而并非把目标攫为己有。从这个意义上说，钱不具备终极目标的资格。过一阵子流行美丽，你就把制造美丽保存美丽当成了目标。殊不知美丽的标准有所不同，美丽是可以变化的，目标却是相当恒定的。美丽之后你还要做什么？美丽会褪色，目标却永远鲜艳。

有人把快乐和幸福当成了终极目标，这也值得推敲。快乐并不只是单纯的，快乐感类乎饮食和繁殖的本能。科学家们通过研究，发现最长远最持久的快乐，来自于你的自我价值的体现。而毫无疑问，自我价值是从属于你的目标感，一个连目标都没有的人，何谈价值呢！

一棵树的目标也许是雕成大厦的栋梁，也许是撑一把绿伞送人阴凉，也许是化作无数张白纸传递知识，也许是制成一次性筷子让人大快朵颐……还有数不清的可能性，我们不是树，我们不可能穷尽也不可能明白树的心思。我们是人，我们可以为自己确立一个目标，这是做人的本分之一。

分泌幸福的"内啡肽"

我曾看过一则新闻：英国有家报社，向社会有奖征答"谁是最幸福的人"，然后排出第一种最幸福的人，是一个妈妈给孩子洗完澡，怀抱着婴儿；第二种最幸福的人，是一个医生治好了病人并目送他远去；第三种最幸福的人，是一个孩子在海滩上筑起了沙堡；备选答案是，一个作家写完了著作的最后一个字，放下笔的那一瞬间。

看完这则很不引人注目的报道，那一瞬间，我真的像被子弹打中一样，感到极度震惊——这四种状况都曾集于我一身，但是，我没有感觉到幸福！

我为什么没有幸福感？有了这个问号后，我就去观察周围的人，这才发现，有幸福感的人是如此之少。有一年，我拿出贺卡看了看，结果发现最多的是"祝你幸福"，这可能是中国人的集体无意识，所以才会觉得是永远的吉祥话。

可是，幸福的本质是什么东西呢？

日本春山茂雄博士《脑内革命》一书说，当我们感知幸福的时候，其实是生理在分泌一种内啡肽，即幸福感是体内内啡肽的分泌。从罂粟里提炼的吗啡是毒品，它的魔力正是在于它的分子结构模拟了生理基础上的内啡肽，让你体验到一种伪装的、模拟的快乐。当你觉得真正快乐的时候，例如接到大学录取通知书时，如果去抽血查验体内的生化水平，你的内啡肽水平是很高的。

据春山茂雄研究，人体内啡肽的分泌，和马斯洛"需要层次"

的金字塔理论惊人地吻合：吃饭能带来愉悦，人在生理基础上是快乐的；然后，在实现安全、爱和尊严的需要的过程中，伴随着更大量内啡肽的分泌，让你感知自己的幸福；最重要的是，当你完成自我实现的时候，内啡肽就到达非常高的水平，远远超出吃饭带来的幸福感。

这种生理和心理的结合，使我觉得，能够体验到幸福感，是一个需要训练、感知且不断提高的过程，因为幸福不是与生俱来的。

我觉得世界上的幸福首先来自一个坚定的信念。

我常去高校和大学生交流，给我最多的感觉是，他们面临着一个非常重要的问题——人生观的确立和价值观的走向，即人为什么活着。

经常有媒体采访我的心理咨询中心，最喜欢提的问题是："咨询最多的问题是什么？"我说，心理咨询室这张米黄色的沙发如若有知，一定会一次次地听到来访者在问："我为什么活着？"我觉得人是追索意义的动物，尤其是年轻人，都曾经无数次地叩问这个问题。

以前，我们喜欢用灌输式的方法，从小将主义、理想或目标灌输给孩子，希望能够在他心中扎下根，成为他一生的坐标。可我现在发现，一个人的目标，一定需要他自己经过艰苦的摸索，然后在心理结构里确立下来，否则，无论我们多么用心良苦、谆谆教导，它真的只是一个外部的东西。

其实，每个人都早早地确立了一生的目标，因为它原本已存在于你的内心：从童年经验开始，你所热爱、尊敬、向往、要为之奋斗的东西，其实早已植根于心里，只不过被许多世俗的东西、繁杂的外界所影响，甚至被遮蔽了。当一个人开始有意识地关注自己的心理健康时，那是在整理他的心理结构，然后明白心中取得最主打作用的架构和体系。

我曾在一所非常好的大学做讲座，台下有学生递条子说："毕老师，我想问问你，我年轻貌美，又有这么好的大学文凭，要是不找一个大款把自己嫁了，我是不是浪费了资源？"我想，在大学生寻找目标的迷茫过程中，能够有这种朋友式的探讨，是特别重要的。

另外，我觉得自我形象的定位是幸福感来源非常重要的一部分。

在大学生自我形象的构建里，有一部分是他们的"出身"（阶层）：他们从各种阶层突然聚合到一起，大学虽是个相对小的、封闭的环境，却也是整个社会的缩影，因此，如何看待自己不可选择的出身阶层，这是自我形象非常重要的部分。另外一部分是他们的学业，包括学习的能力、智商的能力、人际交往的能力等，可归为自己奋斗来的部分。

然而，还有特别重要的一部分，就是外在条件——长相。

我曾在一所大学做关于自我形象、自我认知的讲座，请台下的学生回答：你们有谁曾经为自己的长相自卑？结果齐刷刷地举手——所有的人都自卑！

我当时一下子不知该如何反应，没料到当代年轻人在相貌问题上居然有如此大的压力。

后来，我悄悄问一位女生，问她为自己相貌的哪一点自卑，我实在找不着——她身材窈窕、黑发如瀑、明眸皓齿、肤如凝脂，真的是美女。

她说，我有一颗牙齿长得不好看。

我说，哪颗牙齿？

她说，第六颗牙齿。

我说，谢谢你告诉我，否则站在对面看你一百年，我也看不出你那颗牙齿不好。

她说，你不知道，可是我知道。我不敢笑，从来都是抿着嘴只露出两颗牙齿。同学都说我多"冷"、多高傲，其实，我只是怕人看到第六颗牙齿。男生追求我的时候，我就想，我一颗牙齿不好，他还追求我，肯定是别有用心，于是放弃了好几个条件很好的男生。

我觉得，当一个人不能接纳自己，不能和自己友好地相处的时候，他就不能和别人友好地相处。因为，他对自己都那么百般挑剔、那样苛刻，又怎能和别人有真诚的、良好的沟通与关系？

其实，我挺欣赏基督教里的说法：接受你不可改变的那一部分。我们可以列一列，像出身的阶层、长相及缺陷，这些是我们不可改变的，而我们能够去修炼、弥补和提高的，就是我们可改变的那一部分。

面对一个我们不可改变的东西，该如何对待它，每个人的答案是不一样的，而这个不一样的答案却可能深刻地影响我们的一生。比如，一个人认为他丑，就认定自己完全不会幸福了，觉得他既然这么丑，有什么权利得到幸福？一个人说他很贫寒，为什么别人可以含着银汤匙出生，而他却含着草根出生？

面对种种不平等，我常跟年轻人说，不平等是社会有机组成的一部分，而让它变得更为平等，是你义不容辞的责任之一。

首先，你要丢掉幻想，坦然接纳不公平、巨大的差异或先天不良。然后，对于自己可改变的部分，你就要细细地分析，找出自己的优缺点，是优点就让它更好，是缺点就要去弥补，尤其要突出优点，把自己光彩照人的方面表达出来。因为中国文化特别容易告诉你哪里不行，生怕你忘了自己的缺点，而你有什么优点，告诉你的人可不太多，所以要坦然接受自己的优点，将它发扬光大。

心理咨询中心来过一位留英硕士，月薪 12 万元，可他将自己说得一无是处，弄得我都心酸。我才知道，一个人接不接纳自己，其实不在于外在的条件，也不在于世俗的评判标准，而完全在于他内心框架的衡量。

我通常咨询完了不会给谁留作业，但那天我说，我给你留个作业：下星期来见我之前，你要写出自己的15条优点。

他快晕过去了，说，我怎么能找到15条优点呢？至多也就找出一两条。这个世界上，可能只有您相信我还有优点，我父母就不相信我有优点，所有人都不相信我有优点！

我说，你老板起码相信你有优点吧，否则怎会出月薪12万元雇你？

他突然在这个事实面前愣了半天，然后说，噢，那我试试看。

所以我觉得，应该去认识自己的长处，将它发扬光大，去接纳那些不可改变的东西。当你能够坦然地面对自己的时候，其实也就可以坦然地面对世界——放下包袱后，你才可以轻装前进。

费尔巴哈说过："你的第一责任是使你自己幸福。你自己幸福了，你也就能使别人幸福，因为，幸福的人愿意在自己周围只看到幸福的人。"

我羡慕你

我是从哪一天开始老的？不知道。就像从夏到秋，人们只觉得天气一天一天凉了，却说不出秋天究竟是哪一天来到的。生命的"立秋"是从哪一个生日开始的？不知道。青年的年龄上限不断提高，我有时觉得那都是上了年纪的人玩出的花样，为掩饰自己的衰老，便总说别人年轻。

不管怎么样，我觉得自己老了。当别人问我年龄的时候，我支支吾吾地反问一句："您看我有多大了？"佯装的镇定当中，希望别人说出的数字要较我实际年龄稍小一些。倘若人家说得过小了，又暗暗怀疑那人是否在成心奚落。我开始越来越多地照镜子。小说中常说年轻的姑娘们最爱照镜子，其实那是不正确的。年轻人不必照镜子，世人羡慕他们的目光就是镜子，真正开始细细端详自己容貌的是青春将逝的人们。

于是我把所有的精力放在孩子身上。记得一个秋天的早晨，刚下夜班的我强打精神，带着儿子去公园。儿子在铺满鹅卵石的小路上走着，他踩着甬路旁镶着的花砖一蹦一跳地向前跑，将我越甩越远。

"走中间的平路！"我大声地对他呼喊。

"不！妈妈！我喜欢……"他头也不回地答道。

我蓦地站住了，这句话是那样熟悉。曾几何时，我也这样对自己的妈妈说过："我喜欢在不平坦的路上行走。"这一切过去得多么快呀！从哪一天开始，我行动的步伐开始减慢，越来越多地抱怨起路的不平了呢？

这是衰老确凿无疑的证据。岁月不可逆转，我不会再年轻了。

"孩子，我羡慕你！"我吓了一跳。这是实实在在的声音，从我身后传来，说得很缓慢，好像我的大脑变成一块电视屏幕，任何人都能读出上面的字幕。

我转过身。身后是一位老年妇女，周围再没有其他人。这么说，是她羡慕我。我仔细打量着她，头发花白，衣着普通。但她有一种气质，虽说身材瘦小，却有一种令人仰视的感觉。我疑惑地看着她，我不知道自己有什么值得人羡慕的地方——工厂里刚下夜班满脸疲惫之色的女人。

"是的。我羡慕你的年纪，你们的年纪。"她用手指轻轻点了点，将远处我儿子越来越小的身影也括了进去，"我愿意用我所获得过的一切，来换你现在的年纪。"

我至今不知道她是谁，不知道她曾经获得过的那一切都是些什么，但我感谢她让我看到了自己拥有的财富。我们常常过多地注视别人，而自己在不知不觉中失去了最宝贵的东西。人的生命是一根链条，永远有比你年轻的孩子和比你年迈的老人，我们每个人都有自己的位置，有一宗谁也掠夺不去的财宝。不要计较何时年轻，何时年老。只要我们生存一天，青春的财富就闪闪发光。能够遮蔽它的光芒的暗夜只有一种，那就是你自以为已经衰老。

年轻的朋友，不要去羡慕别人。要记住人们在羡慕我们！

幸福可以量化

幸福指数的真谛，其实就是挑战国民生产总值——这个顽固地引导着全世界都向钱看的指标。不丹人认为：幸福指数的核心是经济和非经济发展目标的平衡，经济增长并不是经济发展自身的一个目标，而是一个完成许多其他更重要目标的方式。

有些人常常以为幸福是一种主观感受，是无法量化的。这个说法乍一看，很唬人。是啊，一个乞丐，可能得到了一个面包，就觉得幸福。一个亿万富翁，就是得了 100 万，也不一定觉得幸福。不丹人面对这个难题，并不气馁，他们把幸福量化，提出了一个有着 290 多条指标的幸福测定表格。他们认为：只有是可以衡量的，才能够实现。

早些年，我们以为疼痛也是不可衡量的。但现在已经有了很精确的疼痛测定体系，人们也已经可以用药物战胜疼痛。比如分娩的疼痛和晚期癌症的疼痛，都已经得到了有效的控制。不丹人民为全世界人民树立了一个小而精确的榜样。

具体怎样操作呢？首先是把抽象目标和理念简化成具体的数字，变成可以衡量的量，让人们对其实现的机制有一个确切的把握。

不丹政府在 2005 年，发布了一份文件，成立了"不丹研究中心"，这是一个独立的专门研究幸福指数的机构，位于不丹首都廷布。

在我们的旅行项目中，没有列入这个机构，真是万分遗憾。当时我想到不丹过春节，首都廷布也不大，我可以自己找了去。岂知不丹既过藏历新年，也过春节，我们抵达之时，全国都休息了，没法拜访研究中心。只能从表格上看不丹幸福指数的具体范畴。它具体分为九大方面。

第1：精神上的幸福

第2：健康

第3：教育

第4：时间的使用和平衡

第5：文化的多样性和弹性

第6：好的治理

第7：社区的重要性

第8：生态的多样性和弹性

第9：生活标准

这些标题区域覆盖了社会生活最广泛的各个方面和它的各种环境因素，民意调查本身设计了有290个问题，来反映影响个人和社会幸福的金字塔的各个方面。如果真理真的只存在于细节之中，那么这个包罗万象的民意调查，力图穷尽每一个组成幸福的细微部分，寻求尽可能接近真相的答案。

在打印机上打出这290个问题的时候，整整用了34页纸。用的是那种古老的带小孔的连续打印纸，这条长长的纸带，好像是一匹藏着幸福精灵的土布。

其中有一个问题，让我深深感动。那个问题是——你可知道你曾祖父曾祖母的姓名？

万分惭愧，我不知道。我知道我祖父祖母的姓名，但对曾祖父曾祖母的姓名，全然不知。我极为抱歉并且永远遗憾，知道再无弥补。曾祖父母是普通的农人，没有名垂史册的功绩。我的父母和他们那一辈的亲属，皆已过世。如果将来找不到家谱，面向茫茫虚空，我再也无法得知有关他们姓氏的线索了。

久久思忖——在幸福指数里，为什么列上了这样一条呢？

我想是为了不忘本，珍惜传统文化，尊崇我们的祖先。知道我们从哪里来，思考我们将到哪里去。一个民族要想尊严地日渐强大，一定要有自己的根。这个根，不是一句空话，它是由我们无数的祖先所缔造和繁盛起来的，我们的曾祖父母也在其中流淌过汗水甚至鲜血。我看过国内一些机构自主开发出的有关幸福感的测定体系，基本上没有这方面的问卷调查。我想把这个问题在这里提出，它是把对传统的爱惜和传承，具体到了一个个细节上，让我们警醒。也在此希望所有不知道曾祖父母姓名的子孙们，赶快去挽救，问清这件事并铭记在心，不要像我这样悔之莫及。知道和不知道，是不一样的。

不丹真的很小，首都廷布街头有一景，是一个小小的警察指挥岗亭，导游号召大家下车拍照。我说这有什么可照的呢？不丹导游说，这是不丹唯一的交通岗亭，因为不堵车，所以也不需要很多交通指挥。我们参观不丹的宗政府，它不单是古迹，现在也有公务员在里面办公。我们沿着长长的石子路，爬得气喘吁吁。于是问，公务员们每天如何到这里来上班呢？当地人回答，公务员们一律爬山上班。在不丹狭窄而洁净的街道上，你看不到一个乞丐，也没有游民和娼妓。目所能及的地方，是翠绿的山谷和民族式样的房子。既没有超级豪宅，也没有贫民窟和岌岌可危的陋室。

不丹男女官员皆穿一种不是西服或制服的特殊服装，我以为这是民族的节日盛服。后来才知道，人家天天这样，这是不丹的国服。设计师正是国王本人。男性类似藏袍的裙装，长度及膝，称为"裹"。女性是三件套，长度到足踝，称为"旗拉"。国王身体力行率先垂范，大街上四处张贴的国王标准像，都是身着"裹"。全国的公务人员，执行公务时也必须着这种民族服装，不得违反。"裹"和"旗拉"的布料，都是传统的格子花样，没有更繁复的图案，很朴素。我在廷布的商店里，看到这种格子布都被裁成一段段的出卖，大概一块布正好做一套"裹"或是"旗拉"。本想买一段作为纪念，后来听说这并不是手工织的，而是化纤机织的，作罢。

不丹把最多的政府预算投入教育，从幼儿园到十年级是义务教育，就学免费。偏远地区，连文具都由政府提供。

今日不丹，医疗（12%）与教育（18%）的预算，合计占国家总预算三成。这一点非常值得我们学习。

为了更好地保护森林，不丹不惜放弃开采山中的珍贵矿石。连在山中溪里钓鱼都是非法的，为的是保存稀有的喜马拉雅山系鱼种。不丹把经济发展亮点选在了可再生性的能源——水力发电的建设上。不过在游览时，我们没有看到一座矗立的水电站，没有拦河的大坝，没有高耸的厂房和围建起的人造湖泊。不丹水电丰富，向印度出口电力，是它的主要收入之一。那么，电站都藏在哪里了？后来才知道不丹的水电站都是修在地下的，这样才不会对地面生态造成破坏。修地下水电站当然要比修地上水电站费时费钱，但在很明确以追求国民幸福总值为战略的指导下，以保护环境为重，为了可持续性发展，不丹选择了地下水电站。当然，这样的选择结果，前期的增长肯定会慢一些，但是后期的、长远的幸福则能让全社会受惠。

美国的人均 GDP 是不丹的三十多倍，但美国却不能给公民提供免费的医疗福利，连半免费的全民医疗福利也没有。中国的人均 GDP 也有了很大增长，但中国人也没有享受到全民免费医疗福利。这个世界上的很多人，大概都比不丹人有更多的消费品，但是他们却未必比不丹人拥有更多的幸福。

幸福和不幸福永在

我不认为幸福与科学有什么成比例的关系。也就是说，它们分属于两个系统。一个是情感的范畴，属于精神的领域。一个是物质的范畴，属于无生命的领域（这样划分不严谨，对生命科学有点不敬，请原谅。我说的生命，指的是变幻万千的活体感觉）。在科学产生之前很久，幸福就存在于我们的感知之中。后来科学出现了，但幸福感并没有出现相应的增长，它们是两股道上跑的车，虽然有的时候，轨道会发生小小的交叉。

我相信在原始人那里，远在科学的胚胎还裹于子夜的黑暗襁褓之中，幸福就顽强地莅临刀耕火种的山洞。证据之一就是那个时候的人会快乐地唱歌和跳舞，还创造出玄妙的神话和精美的文字。你不能说在通红的篝火旁手舞足蹈的那些裸体的人，不知道什么是幸福。如果硬要这么说，以为只有现代人才能够知晓和享受幸福，因而看不起我们的祖先，那倘若不是出于无知，就是赤裸裸的现代沙文主义。

在某种物质十分匮乏的时候，它一旦出现，可能会在短暂的时间内激发出人们幸福的感觉。比如，一名男子十分思念热恋中的女友，如果在古代，他只有骑上一匹马，在草原上驰骋三天三夜才能一睹女友的芳颜，当他看到女友眸子的那一瞬，我相信荡漾在他内心的感觉，就是幸福。如今，当同样的思念袭来的时候，他可以买上一张机票，两小时之后就平安到达，当看到女友眸子的那一瞬，我相信他的幸福感同样强烈和震撼。

我们可以简单地说，飞机是和科学有重要关系的物件。因此，好像科学帮助了幸福。但接下来的问题是，这种幸福感是来源于马匹还是飞机？是草原上的风抑或是空中的白云？我想，可能众说纷纭，即便问当事人，也会有不同的答案。会有人说，幸福当然与马匹和飞机有关了。如果没有马匹和飞机，这对相爱的恋人如何聚到一起？从马匹到飞机，这就是科技的进步和力量，科学使幸福的感觉提前出现，并变得比以前要省事、容易。

我不同意这种意见。理由很简单，马匹和飞机只是这个人通往幸福的工具，而非幸福的理由和必然。在那架飞机上有很多乘客，有的人是例行公事，有的人还可能是奔丧。幸福和飞机无关，只和当事人的心情有关。幸福是一种心灵深层的感觉，在最初的温饱和生殖的快感解决之后，它主要来源于人的精神的满足。

我知道我的观点可能会遭到很多人的质疑。比如有人会说，当你患病的时候，突然有了特效的药品，难道你和你的亲人不会有幸福的感觉吗？这死里逃生的曙光难道不是直接来源于科学吗？

我当过很多年的医生，我知道科技的进步对生命的延续是怎样的重要，但生命延续的本身并不一定达至幸福的彼岸。生命只是幸福感得以附丽的温床，生命本身是一个中性的存在。它是既可以涂写痛苦也可以泼洒快乐的一幅白绢。当病人和他的家属为某种特效药喜极而泣的时候，那种幸福的感觉主要源自骨肉间的深情。如果没有这种生死相依的情感，任何药物都无法发动快乐和幸福的"过山车"。

科学使粮食的产量增高，但这个世界上依然有吃不饱的穷人。既然引发贫困的源头不是科学，那么由贫穷所导致的痛苦也不是科学能抚平的。科学使交通工具的速度更快，人们可以更迅捷地从甲地到乙地，但时间的缩短和幸福的产出并不呈正相关的关系。君不见朝夕相处近在咫尺的夫妻，往往并不充溢幸福，而是满怀深仇？科学使人类升上太空，得以了解遥远的太空发生的变化，但我看到一位宇航员的回忆录说，他在太空中最深刻的想法是回到地球。科学发现了核能的巨大力量，但核武器把人类推到了亘古未有的悬祸之中。科学延长了老年人的生命，但如果没有亲情的滋润和生存的尊严，这份延长的时间便与幸福毫不相干。

科学提供了产生幸福的新的机遇，但科学并不导致幸福的必然出现。我看到国外的一份心理学家的报告，说在地铁卖唱为生的流浪者和千万富翁对于幸福的感知频率与强度，几乎是一样的。当一个人晚饭没有着落的时候，一个好心人给的汉堡就能给他带来幸福的感觉，但千万富翁就丧失了得到这份幸福的缘分。幸福不是嫌贫爱富的，我们至今没有办法确知某一种情况将必然导致幸福，同样，也无法确认某一种情况将必然导致不幸。

妈妈看到婴儿的出生，想来是天下的大幸福，但对一个未婚母亲或是遭夫遗弃的妻子来说，这幸福的强度就可能要打折扣。生命消失之际按说和幸福不搭界，但我确实听到过一个人在他生命垂危之际说他很幸福，这个人就是我的父亲。这是他所给予我的最宝贵的精神财富之一，令我知道即使是面对永恒的消失，人也可以满怀幸福地沉稳走去。

说到这儿离科学就有些远了，而和人性有了更多的联系。科学要发展，人性要完善，幸福和不幸永在。

幸福盲

　　若干年前，看过报道，西方某都市的报纸，面向社会征集"谁是世界上最幸福的人"这个题目的答案。来稿很踊跃，各界人士纷纷应答。报社组织了权威的评审团，在纷纭的答案中进行遴选和投票，最后得出了三个答案。因为众口难调，意见无法统一，还保留了一个备选答案。

　　按照投票者的多寡和权威们的意见，发布了"谁是世界上最幸福的人"的答案。记得大致顺序是这样的：

　　一、给病人做完了一例成功手术，目送病人出院的医生。

　　二、给孩子刚刚洗完澡，怀抱婴儿面带微笑的母亲。

　　三、在海滩上筑起了一座沙堡，望着自己的劳动成果的顽童。

　　备选的答案是：写完了小说最后一个字的作家。

　　消息入眼，我的第一个反应是仿佛被人在眼睛上抹了辣椒油，呛而且痛，继而十分怀疑它的真实性。这可能吗？不是什么人闲来无事，搞出来博人一笑的恶作剧吧？我还有几分惶惑和恼怒，在心扉最深处是震惊和不知所措。

　　也许有人说，我没看出这则消息有什么不对头的啊。再说，这正是大多数人对幸福的理解，不算别有用心或是哗众取宠啊！是的是的，我都明白，可心中还是惶惶不安。当我静下心来，细细梳理思绪，才明白自己当时的反应是一种深入骨髓的悲哀。原来我是一个幸福盲。

为什么呢？说来惭愧，答案中的四种情况在某种程度上我都经历过。我是一个母亲，给婴儿洗澡的事几乎是早年间每日的必修课。我曾是一名医生，给很多病人做过手术，目送着治愈了的病人走出医院大门的情形也经历过无数次了。儿时调皮，虽然没在海滩上筑过繁复的沙堡（这条能入选大概和那个国家四面环水有关），但在附近建筑工地的沙堆上挖个洞穴藏个"宝贝"之类的工程，肯定是干过。另外，在看到上述消息的时候，我已发表过几篇作品，因此那个在备选答案中占据一席之地的"作家完成最后一个字"之感，也有幸体验过了。

我集这几种公众认为幸福的状态于一身，可我不曾感到幸福，这真是莫名其妙而又痛苦的事情。我发觉自己出了问题，不是小问题，是大问题，这个问题如果不解决，我所有的努力和奋斗犹如沙上建塔。从最乐观的角度来说，即使是对别人有所帮助，但我本人依然是不开心的。我哀伤地承认，我是一个幸福盲。

我要改变这种情况，我要对自己的幸福负责。从那时起，我开始审视自己对于幸福的把握和感知，我训练自己对于幸福的敏感，我像一个自幼被封闭在洞穴中的人，在七彩光下学着辨析青草和艳花，朗月和白云。我体会到了那些被黑暗囚禁的盲人，手术后打开遮眼的纱布的感觉。那份诧异和惊喜，那份东张西望的雀跃和喜极而泣的泪水，是多么自然而然。

哲人说过，生活中缺少的不是美，而是发现美的目光。让我们模仿一下他的话：生活中也不缺少幸福，只是缺少发现幸福的眼光。幸福盲如同色盲，把绚烂的世界还原成了模糊的黑白照片。拭亮你幸福的瞳孔吧，你就会看到被潜藏、被遮掩、被混淆的幸福如美人鱼一般从深海中浮现，哺育着我们。

最单纯的生活必需品

迪士尼版的《森林王子》，描写一个人类婴孩，偶入大森林，被野狼阿力一家收养，在大熊巴鲁、黑豹巴希拉等动物的呵护与培养下，成为友善、勇敢、智慧、快乐的少年。描绘了一幅人与动物在大自然的怀抱中，和谐相处的图画。

片中各种动物的造型和举止，颇符合物种个性的特征，险而不惊。特别是蟒蛇与巴克利的斗智斗勇，美妙的搏斗场面，既让人想起蛇那油光水滑、阴险狡诈的秉性，被它的盘旋晕得眼花缭乱，又让人在紧张中怡情，充满了机警的悬念。大熊巴鲁为了拯救巴克利，与森林王老虎谢利展开了殊死搏斗，以致昏倒在地。黑豹巴希拉误以为它已阵亡，心情激动地致了一段感人肺腑的悼词。大熊巴鲁慢慢苏醒后躺在地上，一动不动地倾听着，在庄严肃穆中，引出人们啼笑皆非的泪水。

巴鲁复苏之后，开始教导人类的孩子巴克利，如何在大自然中生活。那只载歌载舞的憨厚大熊，反复吟唱着一句话——"让我们，得到，最单纯的生活必需品……"

真是令人拍案叫绝的真理——最单纯的生活必需品——由一只熊告诉我们。

人想活着，就必然有一些必不可少的物件陪伴左右。几年前，我见到一个乡下孩子和一个城里孩子在做游戏。一张卡片，正面写着问题，背面写着答案。双方看着问题回答，对与不对，以卡片为准。

那题目是——生命存活的三大基本要素是什么？

城里孩子说，这还不简单吗，就是脂肪、蛋白质和碳水化合物呗！

乡下孩子说，啥叫脂肪？不就是猪大油吗？人没有猪油那些荤腥吃，能活。蛋白质是啥？不就是鸡蛋吗？人吃不上鸡蛋也可以活的。碳水化合物是啥东西，俺不知道。俺只知道人要活着，最要紧的是要有水、火柴和粮食！

那张硬硬的精美卡片后面的答案，判定城市孩子的回答正确。但说心里话，我认为乡下孩子的答案更率真和智慧。

纵观人类的历史，我们的生活必需品的名录，就像银行信用卡恶意透支的黑名单，是越来越长了。一千年前，假如我们外出，真如那个乡下孩子所讲，只需带上水和干粮，再加一把火镰，就可走遍天下。现在呢，要有旅游鞋休闲装，盆碗帐篷净水器，驱蚊油防晒霜，卫星电视电话机……

这应该算是进步吧？只是大自然不堪重负了。养育一个现代人的物资，足够当初养活一百个一千个原始人。

大熊的箴言里，还有一个涵义——单纯。单纯是一种很真实很透明的东西，我们已经在进化中将它忽略和玷污。比如水吧，人体的细胞所需要的，是纯净的自然之水，而绝不是啤酒、可口可乐和掺了色素的某种浑浊液体。人们先是把水弄得很复杂，然后再把脏水过滤。当人饮着这种再生的清水时，沾沾自喜，以为是文明和进步，其实比古代人的饮水质量，还差着档次。

再如空气，人的肺所需要的，是凛冽的、清新的山谷森林之风，而绝不是被汽车吞吐了千百次的工业废气。人们聚集在城市里，在空气中混淆进数不清的杂质，然后摇摇头说，这样的地方，太不利于健康了。于是就开着汽车，满世界找青山绿水的地方，心安理得地住下来，把新的污染带给那里。

　　人们本来应该简洁明确地表白自己的内心，这样会避免多少误会，节约多少人生，增进多少了解，加快多少速度啊！但是，不。人们变得虚伪客套、声东击西、云山雾罩，并尊称这些技术技巧为礼仪和外交，让世界变得遮遮盖盖、诡谲莫测。于是无数人在这面无法超越的黑斗篷前终生猜谜，并以此形成许多新的职业和窥探的癖好。

　　也许我们可以对自己精神和物质生活中所需物品的庞大分子分母，来一个约分。本着单纯和必需的原则，把太繁多的精简，把太复杂的摒弃。必需的东西越少，我们的脚步就越轻捷。佛家有一句话，叫"无挂碍物者无恐怖"，不妨借用来，少需要物者少烦恼。因为必需少，所以受限轻。人就获得了更快的行走，更高的飞翔。

　　单纯这件事，说起来简单，做起来不容易。因为世界上有许许多多的杂质，无时无刻不在腐蚀着单纯。人们往往以为单纯只存在于童真，如果你在晚年还保有单纯，如果不是太傻，就是天赐的一种好运气，保佑你未曾遭遇污浊侵袭，所以依旧清澈。其实，最有力量的单纯，是历练过复杂之后的九九归一。以不变应万变，自身有过滤化解和中和澄清的功能。任你血雨腥风，我自静若处子。心永远清清的，呼吸永远是轻轻的……

家庭幸福预报

今日世上多预报。比如天气预报、地震预报、商情预报、服装流行趋势预报，甚至连几十上百年后的日月食，都有了分秒不差的天象预报。不知为什么一桩婚姻诞生时，却没人对它的走向发布家庭幸福趋势预报。

料想此事太难。

人无慧眼可穿透岁月层叠的雾岚，窥见新人的沧海桑田。天会变，道亦会变。地位、相貌、健康、性格……都像拥挤的卵石，在时间的渠里磕磕绊绊，几十年冲刷下来，旧貌新颜，有的化作晶莹玛瑙，有的碎成粉渣石屑。意志不是金刚水钻，没有坚不可摧的硬度，柔软多孔的人心是善变的精灵。

更无一把衡尺，可丈量幸福的杯子是否饱满。你以为汹涌澎湃，他却道涓涓细流。你陷入悲痛欲绝，他却沉浸风花雪月。思维无并联，精神永绝缘，是动物的造化之幸，也是人的悲哀之源。幸福也许是高速车上捆绑的安全带，因人而异，松紧可调，不到车毁人亡的关头看不出它所捆定的价值。

幸福无框架，幸福无定义，幸福不会立此存照，幸福无法预支和储蓄。幸福可以压缩，幸福可以扩展。幸福无保修，幸福无退换……谁愿面对一件标准模糊的产品说短论长？

家庭的幸福难道真是百面妖魔，没有蛛丝马迹可寻？幸福的趋势，竟如盲人摸象，永无程序可考？设想婚礼的筵席上，若有预告幸福、指点迷津的权威术士，该是最受敬畏的上宾。

不知未卜先知的哲人，有何手段击穿未来烛照今夕？依我之心，窃以为该先测测双方的智商。假如智慧相等或相差在 ±10% 的范围内，幸福便有了10分中2.5分的保障。想想看，若在几十年的耳鬓厮磨中，每一句话都呢喃两遍以上彼此才能缓缓沟通，是否慢性受刑？爱是生死与共的事，其难度不亚于"哥德巴赫猜想"。分秒必争、斗转星移的今日，大脑是每个人首要的固定资产，评估它的功能状态是严肃必备的手续。男女相悦不仅是荷尔蒙的迸发，更是理智的沟通。

教育的差异可在漫长的日子里填平补齐，更何况家中回荡的多是人生冷暖，并非先贤凝固的文字。假如智慧不对等，鸿沟非人力可填平，循环往复的"对牛弹琴"最易生出难以疗救的倦怠。世上有许多背景悬殊的夫妻，在外人以为寡淡无味的相守中其乐融融，这不仅是情操的契合，实有智慧"棋逢对手"的持久快意。

单有智商是不够的，还需品质的优良与性格的互补，分数前者占三后者占二吧。

婚姻是一场马拉松，从鬓角青青搏到白发苍苍。路边有风景，更有荆棘，你可以张望，但不能回头。风和日丽要跑，狂风暴雨也要冲，只有坚硬如铁的意志、持之以恒的耐力，才能撞到终点的红线。

婚姻在某种程度上是阴阳的大拼盘，我总怀疑性格近似是滋生不幸的助剂。粉了还要紫，绿了还要青，"雪上加霜"在搭配上也是犯忌的事。然而相反相成、刚柔相济，图纸上令人神往，实施起来难度很大。度的掌握重要而微妙。逆反太凶，则是冤家对头，虽有强的磁场引力，但长久相克，磨损太甚，只怕两败俱伤。然而适当的尺寸，又像魔鞋，缥缈大地，谁知遗走何方？有的人寻找一生，找到了，是大幸运；找不到，无望无奈，也可保有死水微澜的宁静；

最怕的是委屈地将就，合久必分，却又当断不断，好像快餐店的塑料低背椅，可待片刻，难以固守一生。勉强坚持，必是颈项腰腿痛，半辈子熬过去，脊柱都弯了。

善良在幸福这锅汤里，就像优质味精，断断少不得。我看至少把1.5分给它。现今有人觉得善良简直就是无用的别号，我却以为无论在生意场社交场上，善良多么忍辱蒙羞、落荒而逃，友谊与家居却永远是它世袭罔替的领地。丧失善良的友谊，是溶了蒙汗药的酒池肉林。缺乏善良的婚姻，是无法兑现的期票。婚姻易碎，婚姻易老，善良如包裹婚姻瓷器的绵长丝缕，似保养婚姻花叶常青的圣水。

剩下的1分，不知判给谁好。机遇、门第、如影随形的契机、冥冥之中的缘分都在争抢终局的发言权。它们都很重要，假如有道判定婚姻幸福的公式，都该罗列其内。但我思索再三，决定将这场婚姻预判的最后一个因子，留给通常在爱情中受到漠视的金钱。

很世俗，但很实际。"贫贱夫妻百事哀"，当一生的基本生活需要都没有保障的时候，我不知家庭幸福的青鸟可以栖息在哪棵无果的树上做巢。婚姻里沉淀着那么多的柴米酱醋盐，每一件都与金钱息息相关。我们有许多清高的场合可以不谈钱，但家是一个必须坦荡地、经常地、反复地、赤裸裸地议论金钱的地方。对金钱的共同掌握和使用是防止家庭木桶渗漏的坚实铁箍。

钱绝不可以太少，男人女人，要用自己的双手，用血汗化作干净的金钱，注满家庭列车正常行驶的油箱。钱多比钱少好，但不要超过双方的智力与品质可以控制的范畴。单纯的金钱就像单纯的水一样，不加消毒就会慢慢蒸发变质。金钱与善良结合，才是世上很多美好事物的摇篮。

如果我们看到一对男女结成连理时，智力均衡，天性互助，多温柔宽厚之心，也不乏冷静果决之勇，坚忍友爱，钱不多也不少，顾了温饱，尚有些微节余，可以奠定共同事业的起点，那么无论他们身材多么矮小、相貌多么平凡、出身多么低微、文化多么有待提高、情感多么不善表达、誓言如何稀少轻淡……甚至在外人眼里他们的家贫寒寂静、简单简陋，我都有足够的理由期待，他们会在困窘中生长出至亲至爱的快乐与幸福。

我希望祝福成真。

假如一对新人智商殊异，性格无补，少温良仁爱的善美，多凛冽峻严的辣手，钱不是太多就是太少……无论他们身高如何匹配、相貌如何俊美、家世如何有渊源、文凭如何耀眼，情感如何缠绵、山盟海誓如何坚定……有多少外在的光环闪烁；也无论青梅竹马、患难之交、萍水相逢、千里姻缘、弄巧成拙、指腹为婚……有多少内里的故事流传，我却总带着凄凉的心境，仿佛看到幸福终结的海市蜃楼在不远处若隐若现，哀痛使我无法扮出由衷的微笑。

这一回，但愿我看走眼了吧。

风的青睐

　　400 年前的法国人蒙田，说过这样一句话——风不会对漫无目的者有所青睐。"青睐"是指一个人用黑眼珠子看着你。这是一句否定句，意思是假如你有了坚定的目标，整个大自然将帮助你。

　　风是什么呢？风是一股看不见摸不着的力量。风吹的时候，影响着我们，逆风或是顺风，对我们的速度和方向都有强烈的影响。就连飞机的钢铁巨翅，也不敢对风等闲视之。

　　人生的目的很重要。这个目的是谁给我们预定的呢？没有人。你的父母、你的师长、你的朋友，都可能参与你的目的的制订，但他们不是决定的力量。最后的赞成或是否决票，在你手里。如果你对自己说，我才不要什么人生的目的这种奇怪的东西，那么，你也是有一个目的了，那就是"虚无"。

　　一个没有方向感的人，如何行走呢？看看醉汉就明白了。踉踉跄跄、东倒西歪、昏乱嘟囔着，没有人知道他要到哪里去，更不知道他的归宿在何方……有着这种精神的吉卜赛人，终身流浪在灵魂的荒原。

　　还有一些人，把某种流行的腐朽说法或是误区当成了自己的目的。这种"镜花水月"的伪目标，只能引诱感官的堕落和本能的麻痹。

　　目的通常是阔大的、依稀的，但它确实存在着，一如晨曦。你从未摸到晨曦，但你每天都可以看到它。即使乌云蔽日的时候，你也坚忍不拔地确信，在高远之处，晨曦依然发出温暖的红色光芒。

一个有目的的人，走路的姿势是向前的。他们通常不会在跌倒之后太长久地抚摸伤痛，而是在短暂的昏厥之后迅速清醒，用身边的树枝或是草叶捆扎好伤口，就蹒跚着上路了。他们走得慢，但很坚定，不会因为风险而避开既定的方向，也不会为路边一些小的花果而长时间地流连忘返。当然也有痴迷和混沌的时候，但他们能够重新恢复思考，从容向前……

风的青睐，是无价的礼物。只要你坚定地确立了自己的目标，努力下去，就会发现天地万物都来帮你了。

幸福的尺度

尺度这个词，表面上看起来，很好理解。尺子嘛，人人都明白。度呢，稍微复杂一点，大致是幅度的意思。就是说，物体在不发生质变的前提下，可以有一点变动的范围。但是，不能过量，过了，就改变了原来的性质，成为另外一种状态了。比如热水在摄氏 99 度之下，看起来都差不多，就算有点小气泡泛起，也无伤大雅。一旦突破了这个界限，抵达 100 摄氏度，那么，水就在刹那间变了模样，沸腾嚣张，白雾滚滚……

现实生活中，尺度和我们如影随行，你无法逃脱尺度的手掌心。你的身高，你的脚长，你的血压，你的血糖，你的收入，你住房的平方米，你走过的路程，你攀援的高山……尺度无所不在。关于它，还有一句很著名的话，见于战国时代的重要兵书《六韬·农器》："丈夫治田有亩数，妇人织纴有尺度。是富国强兵之道也。"不得了，尺度被提到了安邦治国的战略高度。

记得有一次我在某地授课，谈的是幸福问题。有一位女听众举手发问，滔滔不绝。我仔细听了半天，不知道她的问题是什么。她侃侃而谈自己工作顺遂家庭和睦，儿女双全父母健在，身体无恙面容姣好，有房有车……

听众们渐渐骚动起来，估计他们也和我一样，摸不着头脑。

我抓个缝隙赶紧插进去说，不好意思打断一下您，现在是现场提问时段，您迫不及待地举手发言，可直到此刻，我还不知道您的问题是什么呢？

我的问题……是……她一下子愣了，支吾着。

听众们不耐烦起来，有人蹦着高举手要提新问题。有人干脆示意我不要耽误时间了。

我耐心地等待，女子终于想起来她的问题，说，我已经非常非常幸福了，但是，我还想要更多的幸福。您说，我应该怎样办呢？

场上有嘘声响起。

大多数人都认为自己不够幸福，女子高调炫耀了自己的幸福，让有些人刺痛。你还想要更多的幸福，有人小声嘀咕，你是《渔夫和金鱼》里的老太婆吗？

我说，您只需要做一件事情。

场上肃静下来。一个幸福女人，接下来要做的事是什么呢？

我说，感恩和知足。

幸福并非无边无际，也是有尺度的。对地球上的人来说，最大的尺度，莫过于宇宙。中国古代对于宇宙的解释是这样的——"四方上下曰宇，古往今来曰宙"。用现在的话来解释，就是说，幸福不单有三维空间，还要有四维空间，那就是时间。

爱因斯坦认为，每一瞬间在三维空间中的所有实物，除了占有一定的位置，还有一个时间的轴度，这就是四维概念。那么，在广阔的地域中，在无垠的时间里，该如何看待幸福？眼前感知的幸福瞬间，是否可以永恒？

你今天幸福，但你并不能保证明天幸福。从这个意义上讲，那个沉浸在幸福中的女子有所担忧，也可理解。

不过，尺度有则。面对幸福，你不可以贪婪，因为幸福本身就是有节制的；你不可以炫耀，因为幸福本身是朴素和宁静的；你不可以一厢情愿地认定这是自己命好，因为从宏观讲，有巨大的力量凌驾于我们卑微的生命之上；你不可僭越，将那功劳仅仅归于自己，不能忘了自我的幸福是许许多多人和机缘襄助的善果。大自然和历史给予的教诲，千万要牢记。

不由得想到我的这本小书，它有长度、宽度和高度的外表，也要受到时间的制约。所谓时间制约，是不是从写出文字的这一刻算起，直到最后这本书灭失呢？我多少有点没想明白——即使书本册页不在了，但书中的文字还在某人的脑海中存活着，是否书还有独立的生命？

然而我并不担忧。幸福不是蜂蜜、糖或所有甘甜物质的混合体，它的尺寸始终在我们内心的神圣之处。那就是对自己生命状态的全然把握，知道自己在做什么，而这个方式又是给自己带来快乐，并对他人有所裨益的。幸福哪怕再细微，也顽强存在。

购买一个希望

那年在国外，看到一个穷苦老人在购买彩票。他走到彩票售卖点，还未来得及说话，工作人员就手脚麻利地在电脑上为他选出了一组数字，然后把凭证交给他。他好像无家可归，没有什么固定的目标要赶赴，买完彩票，就在一旁呆呆站着。我正好空闲，便和他聊起来。

我问，你为什么不亲自选一组数字呢？

他说，是我自己选的。我总在这里买彩票，工作人员知道我要哪一组数字。只要看到我走近，就会为我敲出来。

我说，那你每次选的数字都是一样的喽？

他说，是的，是一样的。我已经以同样的数字买了整整四十年彩票。每周一次，购买一个希望。

我心中快速计算着，一年就算五十二周，四五二十，二五一十……然后再乘以每注彩票的花费……天！我问道，你中过吗？

他突然变得忸怩起来，喃喃地说，没中过。有一次，大奖和我选的数字只差一个。

我说，那以后，你还选这组数字吗？

他很坚定地说，选。

我说，我是个外行，说错了你别见怪。依我猜，以后重新出现这组数字的概率是极低的，更别说还得有一个数字改成符合你的要求。

他说，你说得对，是这样的。

我就愣了。他衣衫褴褛面容憔悴，买彩票的钱虽然不多，但周复一周地买着，粒米成箩，也积成了不算太小的数目。用这些钱，为什么不给自己买一身避寒的衣服，吃一顿饱饭呢？再说，固执地重复同一组数字，绝不更改，实在也非明智之举。

我不忍伤他心，又不知说什么好，只有久久地沉默了。过了一会儿，他主动开口说，你一定很想知道那是一组什么样的数字吧？

我点头说，是啊。

他有些害羞地说，那是我初恋女友的生辰。每周我下注的时候，都会想起她，心中就暖和起来。

我说，那到了开奖的时候，你知道自己没中，会不会心中寒冷？

他笑了，牙齿在霓虹灯下像糖衣药片一样变幻着色彩。他说，不会。我马上又买新的一轮彩票，希望就又长出来了。我很穷，属于穷人的希望是很有限的。用这么少的钱，就能买到一个礼拜的快乐，这种机会，在这个世界上，实在是不多。更不用说，那个数字还寄托着我的回忆。如果我选的这组数字中大奖，她一定会注意到的，因为那是她的生辰啊。紧接着她会好奇是谁得了这份奖金。于是就能看到我的名字。她立刻就明白我这一辈子没有忘记她，而且我有了这么多的钱，她也许会来找我……

老人说完，就转过身，缓缓地走了。

后来，我把这个真实的故事讲给很多人听。每个人听完后都会长久地沉默。然后说，真盼望他中奖啊！

风不能把阳光打败

"但是"这个连词，好似把皮坎肩缀在一起的丝线，多用在一句话的后半截儿，表示转折。

比方说：你这次的考试成绩不错，但是——强中自有强中手。

比方说：这女孩身材不错，但是——皮肤黑了些。

不知"但是"这个词刚发明的时候，它前后意思的分量是否大致相当。也就是说，它只是一个单纯纽带，并不偏向谁。后来在长期的使用磨损中，悄悄变了。无论在它之前堆积了多少褒词，"但是"一出，便像洒了盐酸的污垢，优点就冒着泡没了踪影，记住的总是贬义，好似爬上高坡，没来得及喘匀口气，"但是"就不由分说地把你推下了谷底。

"但是"成了把人心捆成炸药包的细麻绳，成了马上有冷水泼面的前奏曲，让你把前面的温暖和光明淡忘。只有振作精神，迎击扑面而来的顿挫。

其实，所有的光明都有暗影，"但是"的本意，不过是强调事物立体。可惜日积月累的负面暗示，"但是"这个预报一出，就抹去了喜色，忽略了成绩，轻慢了进步，贬斥了攀升。

一位心理学家主张大家从此废弃"但是"，改用"同时"。

比如我们形容天气的时候，早先说：今天的太阳很好，但是风很大。

今后说：今天的太阳很好，同时风很大。

最初看这两句话的时候，好像没有多大差别。你不要着急，轻声地多念几遍，那分量和语气的韵味，就体会出来了。

"但是风很大"，会把人的注意力凝固在不利的因素上，觉着太阳好不是件值得高兴的事情，风大才是关键。借助了"但是"的威力，风把阳光打败。

"同时风很大"，它更中性和客观，前言余音袅袅，后语也言之凿凿，不偏不倚，公道而平整。它使我们的心神安定，目光精准，两侧都观察得到，头脑中自有安顿。

一词背后，潜藏着的是如何看待世界和自身的目光。

花和虫子，一并存在。我们的视线降落在哪里？

"但是"，是一副偏光镜，让我们把它对准虫子，把它的身子放得浓黑硕大。

"同时"，是一个透明的水晶球，均衡地透视整体，既看见虫子，也看见无数摇曳的鲜花。

尝试用"同时"代替"但是"吧。时间长了，你会发现自己多了勇气，因为情绪得到了保养和呵护。你会发现拥有了宽容和慈悲，因为更细致地发现了他人的优异。你能较为敏捷地从地上爬起，因为看到沟坎的同时，也看到了远方的灯火……

心灵絮语

心是一只美丽的小箱子

奇以"心"为偏旁的字，怎么那么多？比如"念、想、意、忘、慈、感、愁、恩、恶、慰、慧"等等等等，哈！一个庞大的家族。

除了这些安然地卧在底下的"心"以外，还有更多迫不及待站着的"心"。这就是那些带"竖心"旁的字，比如："忆、怀、快、怕、怪、恼、恨、惭、悄、惯、惜"等等等等。原谅我就此打住，因为再举下去，实在有卖弄学问和抄字典的嫌疑。

从这些例证，可以想见当年老祖宗造字的时候，是多么重视"心"的作用，横着用了一番还嫌不过瘾，又把它立起来，再用一遭。

其实，从医学解剖的观点来看，心虽然极其重要，但它的主要工作，是负责把血液输送到人的全身，好像一台水泵，干的是机械方面的活，并不主管思维。汉字里把那么多情绪和智慧的感受，都堆到它身上，有点张冠李戴。

真正统率我们思想的，是大脑。人脑是一个很奇妙的器官。比如学者用"脑海"来描述它，就很有意思。一个脑壳才有多大？假若把它比成一个陶罐，至多装上三四个大"可乐"瓶子的水，也就满满当当了，如果是儿童，容量更有限，没准刚倒光几个易拉罐，就沿着罐子四溢出水来了。可是，不管是成人还是小孩的大脑，人们都把它形容成一个"海"，一个能容纳百川波涛汹涌的大海。这是为什么？

大脑是我们情感和智慧的大本营，它主宰着我们的思维和决策。

它能记住许多东西，也能忘了许多东西。记住什么忘却什么，并不完全听从意志的指挥。比方明天老师要检查背诵默写一篇课文，你反复念了好多遍，就是记不住。就算好不容易记住了，到了课堂上一紧张，得，又忘得差不多了。你就是急得面红耳赤抓耳挠腮，也毫无办法。若是几个月后再问你，那更是云山雾罩一塌糊涂。可有些当时只是无意间看到听到的事情，比如路旁老奶奶一句夸奖的话，秋天庭院里一朵飘落的叶子，当时的印象很清淡，却不知被谁施了魔法，能像刀刻斧劈一般，永远留在我们记忆的年轮上。

我不知道科学家最近研究出了哪些关于记忆和遗忘的规则，反正以前是个谜。依我的大胆猜测，谜底其实也不太复杂。主管记住什么忘记什么的中枢，听从的是情感的指令。我们天生愿意保存那些美好、善良、友谊、勇敢的事件，不爱记着那些丑恶、虚伪、背叛、怯懦的片段。当然，这并不是说人应该篡改真相，文过饰非虚情假意瞎编一气，只是想说明我们的心，好像一只美丽的小箱子，容量有限。当它储存物品的时候，经过了严格的挑选，把那些引起我们忧愁和苦闷的往事，甩在了外面，保留的是亲情和友情。

我衷心希望每个人的小箱子里，都装满光明和友爱。

挖掘心灵第一图

老人说，在每个人心灵深处，都珍藏着一幅对这个世界最初的印象。它储存在脑海的褶皱中，平时被繁杂的信息遮挡着，好像昏睡的幽灵，不理晨昏。但它是无所不在的，笼罩着我们，统领着每个人对世界的基本视点。好像一纸符咒，规定了我们探询世界的角度。

这话挺悬秘的，有点巫术的味道。我不服，挑战地问，可以当场试试吗？

老人很谦和地一笑，说，一家之言。你可以信，也可以不信。

我说，我恰好知道一个人的心底图像。您若说中了，我就信。

老人淡然回答，行啊。

我说，这个人啊，脑海里留下的最朦胧也就是最原始的印象是——一片无边的荒漠，尘沙漫天，苍黄渺茫。但他周围的小环境不错，好像是一个温暖的怀抱，有袅袅的香气回绕……

说完，我定定看着老人，且听他如何分解。

老人缓缓说，他的精神世界对立而单纯，沉重而简明。对世界本质的认识充满疑惧，觉得人力无法胜天。宇宙不可知。人是孤独渺小的生物，基调混沌而迷茫。但他还会快乐而努力地活着，时时感受到温情和带着暖意的希望，寻找一个光亮、安静、芬芳的所在……说完后，老人问我，他是这样一个人吗？

我抑制住自己的大惊异，说，对与不对，以后我再告诉您。现在，我最想知道的，就是您这种分析的基本方法。能教我一些吗？

老人说，少许心得，不值多说。有点占卜的意味，但并不是街头的摆摊算卦。首先，你让被试者静静地躺下，拼命想早先的事。意识好比柳絮，能飞多远飞多远。回忆的触角竭力向脑仁深处钻，最后变得似睡非睡似醒非醒，一片混沌最好。让人由眼前的明明白白，泡入米汤样的童年。到了再也沉不下去的时候，他的心里就会猛地浮出一幅画。让他把这幅画讲给你听，然后……

老人一一道来，我全身心紧急动员，照单接收。老人说，喏，基本思路就这些。剩下的事，看你的悟性了。

我说，您可要传帮带啊。

其后的一段时间，我像个居心叵测的探子，不断启发诱导各色人等，把他们脑海中留下的生命原初印象，挖掘出来，一一告我，由我再转达老人。老人娓娓道出其中蕴涵的深意，好似隔山买牛。至于那人真实生活中的脾气品行，老人完全不感兴趣，也绝不想知道。在他的眼里，每个人的图谱，就是性格之书打开的目录，他不过是读出来而已。

开头不顺利。第一位男人所谈，简陋得像撕下的小人书碎片。

那幅图像吗？好像是一个黑夜，不知是灯灭了，还是眼睛得了病，总之黑暗包绕……完了，就这些。他干巴巴地舔舔嘴唇说。

他那时黑暗，我此时也黑暗。到处像泼了墨汁，如何分析？只好拼命启发他再想深入些。搜肠刮肚半晌，他补充如下：我摸着黑，仿佛找到一碗粥，就把它喝下去了。我妈妈走过来，眼泪洒在我脸上。很凉……喔，就这些，再也没有了。他坚决地结束了回忆。

真是老虎吃天啊。我沮丧地请教老人，老人说，唔，足够了。他是个悲观主义者，一生都在寻找。他对自己终极寻找的东西，究竟是什么，他本人也闹不清楚。在这寻找的途中，他会得到温暖和利益的回报，他会很珍视亲情。但这些并不能缓解他寻找的焦虑，冲淡他与生俱来的悲哀，稀释充满他周围的茫茫黑色。

我频频点头。最终也没有告诉老人，那是一位苦苦求索的哲学家的心底图像。反正老人并不需要他人的验证。

一个矮小的年轻人不好意思地说，我的第一图像，似乎没什么好说的，支离破碎。那是我和我弟弟在抢被窝。你知道，我小的时候，家里很穷，打通腿，就是两人合盖一个被筒。谁都想把自己盖得暖和些，就拼命把被子朝自己身上裹……就这些，整夜抢啊抢的。穷人家的被子小，遮了这头捂不了那头。我比弟弟个大，总是占上风的时候多些。这就是全部了。

老人分析：这个年轻人竞争性很强，在他的眼里，弱肉强食是生存的基本状态。他信奉实力决定一切。因此他会不遗余力地为自己争夺尽可能多的物质利益和生存空间。但他一般不会害人，不会使用特别凶残的手段。在他的内心里，还残存着普天之下皆兄弟的道义。

实际情况：那年轻人个子不高，说苛刻点几乎要算其貌不扬了，加上家境贫寒，按照常理，该是比较自卑的。但他不，一点都不。整天意气风发精神抖擞的，上大学，考研究生，什么都不落空。每当竞争的时候，他总是毫不退却，奋勇向前。计谋算不上很光明正大，但手段也并不太卑劣，懂得趋利避害，适可而止。也许是天助加上人和，他的运气一直不错。

一位依旧美丽的中年女企业家告诉我，世界在她眼里，是盘根错节的森林、热带雨林，遮天蔽日的。她在摸索着走，有时是爬，到处都是陷阱和叫不出名字的昆虫，很华丽也很狰狞……下着雨，很冷，有大毛毛虫发育成的极冷艳的蝴蝶在脖子后面盘旋……

我对这幅图像的真实性，抱有深刻怀疑。她祖籍北方，从未踏到北回归线以南。再说一个幼小婴孩，想象得出热带雨林的具体模样吗？还有，毛毛虫和蝴蝶，这样复杂重叠的象征物，也是孩童鞭长莫及的。她的叙述，更像一场成人梦境，一个幻觉。但女企业家谈话时的郑重神态，使我无法贸然认定她在说谎。

老人听完我的转述与疑问，首先说，这是真实的。心灵的真实，不仅仅是亲眼所见，更多的时候，是一种浓缩升华后的感受。哪怕你说，图像尽头是一幅外星球人联欢的图画，我也确信无疑。人的感受有一种特质——无比忠诚。出于种种的利害关系，它可以欺骗别人，但它为自己保留下的图谱，却不会是赝品。这位女性对世界的看法，是荒诞奇诡而又不乏夺人心魄的诱惑与美丽，她应该擅长打拼，奋斗出了很好的成就。她好强，勇于挑战。但在不断的挣扎寻觅中，又感到巨大的孤独与人世的险恶。她臆造了一片热带雨林……

我无话可说。老人就像与那女人相识了百年，用电脑扫描了她的整个人生，留下一纸谶语。

随着积累人们心底第一幅图像数量的增多，我渐渐发觉探索源头的奥秘，对每个人是一次心灵的剖析和飞跃。知道了自己眺望世界的基本视角，便有了揭示自身很多特点的钥匙。我们也许不能改变它，却可以因此变得更加理智和从容。

老人有一天对我说，你第一次对我描述的那个人，就是在沙漠中睁开眼睛看世界的人，是谁啊？你还没有告诉我。

我说，那个人就是我。我母亲抱着我，行进在从新疆到北京天地一色的途中。

精神的三间小屋

　　面对那句——人的心灵，应该比大地、海洋和天空都更为博大的名言，自惭自秽。我们难以拥有那样雄浑的襟怀，不知累积至那种广袤，需如何积攒每一粒泥土、每一朵浪花、每一朵云霓？

　　甚至那句恨不能人人皆知的中国古话——宰相肚里能撑船，也让我们在敬仰之余，不知所措。也许因为我们不过是小小的草民，即便怀有效仿的渴望，也终是可望而不可即，便以位卑宽宥了自己。

　　两句关于人的心灵的描述，不约而同地使用了空间的概念。人的肢体活动，需要空间；人的心灵活动，也需要空间。那容心之所，该有怎样的面积和布置？

　　人们常常说，安居才能乐业。如今的城里人一见面，就问，你是住两居室还是三居室啊？……喔，两居室窄巴点，三居室虽说也不富余，也算小康了。

　　身体活动的空间是可以计量的，心灵活动的疆域，是否也可有个基本达标的数值？

　　有一颗大心，才盛得下喜怒，输得出力量。于是，宜选月冷风清、竹木萧萧之处，为自己的精神修建三间小屋。

　　第一间，盛着我们的爱和恨。

　　对父母的尊爱，对伴侣的情爱，对子女的疼爱，对朋友的关爱，对万物的慈爱，对生命的珍爱……对丑恶的仇恨，对污浊的厌烦，对虚伪的憎恶，对卑劣的蔑视……这些复杂而对立的情感，林林总总，会将这间小屋挤得满满。你的一生，经历过的所有悲欢离合喜怒哀乐，仿佛以木石制作的古老乐器，铺陈在精神小屋的几案上，一任岁月飘逝。在某一个金戈铁血之夜，它们会无师自通，与天地呼应，铮铮作响。假若爱比恨多，小屋就光明温暖，像一座金色池塘，有红色的鲤鱼游弋，那是你的大福气。假如恨比爱多，小屋就阴风惨惨，厉鬼出没，你的精神悲戚压抑，形销骨立。如果想重温祥和，就得净手焚香，洒扫庭除。销毁你的精神垃圾，重塑你的精神天花板，让一束圣洁的阳光，从天窗洒入。

无论一生遭受多少困厄欺诈，请依然相信人类的光明大于暗影。哪怕是只多一个百分点呢，也是希望永恒在前。所以，在布置我们的精神空间时，给爱留下足够的容量。

第二间小屋，盛放我们的事业。

一个人从 25 岁开始做工，直到 60 岁退休，他要在工作岗位上度过整整 35 年的时光。按一日工作 8 小时，一周工作 5 天，每年就要为你的职业付出 2000 个小时。倘若一直干到退休，那就是 70000 个小时。在这个庞大的数字面前，相信大多数人都会始于惊骇，终于沉思。假如你所从事的工作，是你的爱好，这 7 万个小时，将是怎样快活和充满创意的时光！假如你不喜欢它，漫长的 7 万个小时，足以让花容磨损，日月无光，每一天都如同穿着淋湿的衬衣，针芒在身。

我不晓得一下子就找对了行业的人，能占多大比例。从大多数人谈到工作时乏味麻木的表情推算，估计这样的幸运儿不多。不要轻觑了事业对精神的濡养或反之的腐蚀作用，它以深远的力度和广度，挟持着我们的精神，使之成为它麾下持久的人质。

适合你的事业，不靠天赐，主要靠自我寻找。这不但是因为相宜的事业，并非像雨后白桦林的菌子一样，俯拾即是，而且因为我们对自身的认识，也是抽丝剥茧，需要水落石出的流程。你很难预知，将在 18 岁还是 40 岁甚至更沧桑的时分，才真正触摸到倾心的爱好。当我们太年轻的时候，因为尚无法真正独立，受种种条件的制约，那附着在事业外壳上的金钱、地位，或是其他显赫的光环，也许会灼晃了我们的眼睛。当我们有了足够的定力，将事业之外的赘生物一一剥除，露出它单纯可爱的本质时，可能已耗费半生。然费时弥久，精神的小屋，也定需住进你所爱好的事业。否则，鸠占鹊巢，李代桃僵，那屋内必是鸡飞狗跳，不得安宁。

我们的事业，是我们的田野。我们背负着它，播种着，耕耘着，收获着，欣喜地走向生命的远方。规划自己的事业生涯，使事业和人生，呈现缤纷和谐相得益彰的局面，是第二间精神小屋坚固优雅的要诀。

第三间，安放我们自身。

这好像是一个怪异的说法。我们自己的精神住所，不住着自己，又住着谁呢？

可它又确是我们常常犯下的重大失误——在我们的小屋里，住着所有我们认识的人，唯独没有我们自己。我们把自己的头脑，变成他人思想汽车驰骋的高速公路，却不给自己的思维，留下一条细细的羊肠小道。我们把自己的头脑，变成搜罗最新信息、网罗八面来风的集装箱，却不给自己的发现，留下一个小小的储藏盒。我们说出的话，无论声音多么嘹亮，都是别的喉咙嘟囔过的。我们发表的意见，无论多么周全，都是别的手指圈划过的。我们把世界万物保管得好好的，偏偏弄丢了开启自己的钥匙。在自己独居的房屋里，找不到自己曾经生存的证据。

如果真是那样，我们精神的小屋，不必等待地震和潮汐，在微风中就悄无声息地坍塌了。它纸糊的墙壁化为灰烬，白雪的顶棚变作泥泞，有露水的地面成了沼泽，江米纸的窗棂破裂，露出惨淡而真实的世界。你的精神，孤独地在风雨中飘零。

三间小屋，说大不大，说小不小。非常世界，建立精神的栖息地，是智慧生灵的义务，每人都有如此的权利。我们可以不美丽，但我们健康。我们可以不伟大，但我们庄严。我们可以不完满，但我们努力。我们可以不永恒，但我们真诚。

宁静有一种特殊的力量

宁静有一种特殊的力量，就是不管外界怎样变化无常，都能让你的躯体自在平和。就像一艘在狂风巨浪中保持着稳定的船，你难道不惊异于它锚链的深度和船体的坚固吗？

我喜欢宁静的风景和宁静的人，这使我怡然。我的老师林教授曾经帮我分析过这种爱好的形成。她说，你是不是因为在西藏待得太久了，雪山和冰峰静止不动，久而久之，也就养成了你寂静的性格？

我承认她说得有道理。不过，我的幼儿园老师曾说过，我从小就是一个安静的孩子。

真的是这样吗？我不知道。我知道自己的心里常常翻涌着惊涛骇浪。我知道这是我必须经历的，并不害怕。但我不会很激烈地把它表达出来，我觉得有一些事情要出现，就让它出现好了。我不能阻止它们，但可以平静地面对它们。

我在西藏的高原上，看到过这个世界最为纯净的水。它们来自亿万年前的冰川。我常常站立在波涛翻卷的狮泉河边发呆，心想，水的力量和生命是多么伟大啊！它们历经沧桑，仍然珠圆玉润，没有一丝疲惫和倦怠。看不到些许的伤痕，更没有皱纹和白发，永远年轻地喧嚣着，如同新生的那一刹那。

我原来是很敬佩山的，但和水相比，山的自我修复能力要差很多，它们只能不由自主地风化下去，不可复原。山只能沿着一条没有回头的路，照直地走下去，大块的岩石崩塌，化为细碎的沙砾，然后继续颓弱，变作齑粉样的泥沙，再衰变为黄土……

　　人的心，还是像水吧。可以受伤，但永远有痊愈的力量。在大自然面前，人什么都无须保留，只需堂堂正正即可。

人心的喜马拉雅

电影《不见不散》中，葛优说："这是喜马拉雅山脉，这是中国的青藏高原，这是尼泊尔，山脉的南坡缓缓地伸向印度洋。受印度洋暖湿气流的影响，尼泊尔王国气候湿润，四季如春，而山脉的北麓陡升，终年积雪，再加上深陷大陆的中部，远离太平洋，所以自然气候十分的恶劣。"

徐帆说："你这又扯哪去了？"

葛优说："如果我们把喜马拉雅山炸开一道五十公里的口子，世界屋脊还留着，把印度洋的暖风引到我们这里来。试想一想，那我们美丽的青藏高原从此摘掉落后的帽子不算，还得变出多少个鱼米之乡！"

人们把这段谈话，当作幽默。不过，当你在天空飞越，清晰地认识到喜马拉雅山这座屏障，将山的南麓和北麓分割成完全不同的世界时，炸开喜马拉雅山的念头就会蠢蠢欲动。

印度洋的暖湿气团生成后，在西南季风的吹动下，向北面推进时，高耸的喜马拉雅山成了极难逾越的天然屏障。急于北进的暖湿气团不甘心，四处游动，终于找到一个豁口，那就是——雅鲁藏布江大峡谷的尾口。暖湿气团蜂拥而入，可惜进入蜿蜒曲折的大峡谷后，逐渐失去它所向披靡的势头。水汽通道在顺手造就了藏东南的绿洲之后，后劲松懈，还没走到藏北就偃旗息鼓了。

如果真能炸出一个大口子，使得这条通道输送的水汽更多、更畅快，减少途中的损失，不是就有可能改变西藏的气候吗？更多的暖湿气流长驱直入，进入藏西北，青藏高原会变作江南。

科学家们模拟了有关实验，结果却是否定的。就算炸开 50 公里的口子，在最佳气候条件下，中国三江源地区，降水增加也只有 20~25%。

退一万步讲，就算真的计划要炸喜马拉雅山，如何才能顺利完成这个任务呢？依靠炸药手榴弹地雷什么的常规技术，绝无可能。用原子弹吗？核武器目前还没有用于开山凿洞的记录。要知道，喜马拉雅山脉乃庞然大物坚不可摧，主峰珠穆朗玛一半在尼泊尔境内。哪怕是咱炸自己这一侧，也要得到尼泊尔，甚至更多国家的同意。核武器将严重破坏环境，邻国也不能答应啊。

如此说来，把喜马拉雅山炸个洞，改变雅鲁藏布江中下游干旱及沙漠化严重局面，实际上只是一个科学幻想。如果真把喜马拉雅山炸通了，破坏了原有的生态平衡，不知会发生怎样的变局，很可能是灾难。

自然界自有规律，人类不可妄动。

在尼泊尔，结识了一位精明强干的小伙子。到过中国，会说中文，爱笑爱思索。

我说："你觉得中国和尼泊尔有什么不同？"

他说："中国很大，尼泊尔很小。中国现在有了很大的发展，尼泊尔呢，还比较落后。"

我说："你说得很好。不过，咱们就不讲这些政治经济的情况，单说说感觉上有什么不同？"

他笑了，露出极为整齐和雪白的牙，说："是节奏啊。尼泊尔节奏很慢很慢，几千年我们就一直是这样的节奏，尼泊尔人都习惯了。

中国的节奏现在很快，而且越来越快。我的朋友从中国来，说一下子不习惯尼泊尔这种慢节奏，但是几天过去，静静待下来，就觉得这种节奏很舒服，适合人的身体，还有大自然。您看，凡是自然的东西，都是缓慢的。太阳一点点升起，一点点落下。花一朵朵地开，一瓣瓣地落下。稻谷成熟。都慢得很啊。那些急骤发生的自然变化，多是灾难。比如火山喷发，比如飓风和暴雨，比如山崩地裂加上海啸……身体也是慢的。一个孩子要长大，是很慢的。一个人睡觉，也是很慢的，要很久很久，从日落到日出，人才能休息过来……"

"还有呢？"我问。

他认真地想了一下，说："是耐心啊，还有脾气啊。中国的人，现在情绪上都比较紧张，不耐烦。尼泊尔人基本上不发脾气，慢慢来，就算有很严重的事儿，也不着急。"

不知道再问什么。我也学尼泊尔人，只是微笑和无所事事地张望。自然界的喜马拉雅山是不能炸通的，但人心的喜马拉雅，可否有习习的和风持久地吹拂？

造　心

　　蜜蜂会造蜂巢。蚂蚁会造蚁穴。人会造房屋、机器，造美丽的艺术品和动听的歌。但是，对于我们最重要最宝贵的东西——自己的心，谁是它的建造者？

　　孔雀绚丽的羽毛，是大自然物竞天择造出的。白杨笔直刺向碧宇，是密集的群体和高远的阳光造出的。清香的花草和缤纷的落英，是植物吸引异性繁衍后代的本能造出的。卓尔不群坚忍顽强的性格，是禀赋的优异和生活的历练造出的。

　　我们的心，是长久地、不知不觉地以自己的双手塑造而成的。

　　造心先得有材料。有的心是用钢铁造的，沉黑无比。有的心是用冰雪造的，高洁酷寒。有的心是用丝绸造的，柔滑飘逸。有的心是用玻璃造的，晶莹脆薄。有的心是用竹子造的，锋利多刺。有的心是用木头造的，安稳麻木。有的心是用红土造的，粗糙朴素。有的心是用黄连造的，苦楚不堪。有的心是用垃圾造的，面目可憎。有的心是用谎言造的，百孔千疮。有的心是用尸骸造的，腐恶熏天。有的心是用眼镜蛇唾液造的，剧毒凶残。造心要有手艺。一只灵巧的心，缝制得如同金丝荷包。一罐古朴的心，厚厚的好似百年老酒。一枚机敏的心，感应快捷电光石火。一颗潦草的心，门可罗雀疏可走马。一摊胡乱堆就的心，乏善可陈杂乱无章。一片编织荆棘的心，暗设机关处处陷阱。一道半是细腻半是马虎的心，好似白蚁蛀咬的断堤。一朵绣花枕头内里虚空的心，是假冒伪劣心界的水货。

造心需要时间。少则一分一秒，多则一世一生。片刻而成的大智大勇之心，未必就不玲珑。久拖不决的谨小慎微之心，未必就很精致。有的人，小小年纪，就竣工一颗完整坚实之心。有的人，须发皆白，还在心的地基挖土打桩。有的人，半途而废不了了之，把半成品的心扔在荒野。有的人，成百里半九十，丢下不曾结尾的工程。有的人，精雕细刻一辈子，临终还在打磨心的剔透。有的人，粗制滥造一辈子，人未远行，心已灶冷炕灰。

心的边疆，可以造得很大很大。像延展性最好的金箔，铺设整个宇宙，把日月包含。没有一片乌云，可以覆盖心灵辽阔的疆域。没有哪次地震火山，可以彻底颠覆心灵的宏伟建筑。没有任何风暴，可以冻结心灵深处喷涌的温泉。没有某种天灾人祸，可以在秋天，让心的田野颗粒无收。

心的规模，也可能缩得很小很小，只能容纳一个家，一个人，一粒芝麻，一滴病毒。一丝雨，就把它淹没了。一缕风，就把它粉碎了。一句谎言，就让它痛不欲生。一个阴谋，就置它万劫不复。

心可以很硬，超过人世间已知的任何一款金属。心可以很软，如泣如诉如绢如帛。心可以很韧，千百次的折损委屈，依旧平整如初。心可以很脆，一个不小心，顿时香消玉殒。

造心的时候，可以有很多讲究和设计。

比如预埋下一处心灵的生长点，像一株植物，具有自动修复、自我养护的神奇功能。心受了创伤，它会挺身而出，引导心的休养生息，在最短的时间内，使心整旧如新。

比如高高竖起心灵的避雷针，以便在危急时刻，将毁灭性的灾难导入地下，耐心等待雨过天晴。

比如添加防震防爆的性能，在心灵遭受短时间高强度的残酷打击下，举重若轻，镇定地维持蓬勃稳定。比如……

优等的心，不必华丽，但必须坚固。因为人生有太多的压榨和当头一击，会与独行的心灵，在暗夜狭路相逢。如果没有精心的特别设计，简陋的心，很易横遭伤害，一蹶不振，也许从此破罐破摔，再无生机。没有自我康复本领的心灵，是不设防的大门。一汪小伤，便漏尽全身膏血。一星火药，便烧毁绵延的城堡。

心为血之海，那里汇聚着每个人的品格、智慧、精力、情操，心的质量就是人的质量。有一颗仁慈之心，会爱世界、爱人、爱生活，爱自身也爱大家。有一颗自强之心，会勤学苦练百折不挠，宠辱不惊大智若愚。有一颗尊严之心，会珍惜自然善待万物。有一颗流量充沛羽翼丰满的心，会乘上幻想的航天飞机，抚摸月亮的肩膀。

造心是一项艰难漫长的工程，工期也许耗时一生。通常是母亲的手，在最初心灵的模型上，留下永不消退的指纹。所以普天下为人父母者，要珍视这一份特别庄重的义务与责任。

当以我手塑我心的时候，一定要找好样板，郑重设计，万不可草率行事。造心当然免不了失败，也很可能会推倒重来。不必气馁，但也不可过于大意。因为心灵的本质，是一种缓慢而精细的物体，太多的揉搓，会破坏它的灵性与感动。

造好的心，如同造好的船。当它下水远航时，蓝天在头上飘荡，海鸥在前面飞翔，那是一个神圣的时刻。会有台风，会有巨涛。但一颗美好的心，即使巨轮沉没，它的颗粒也会在海浪中，无畏而快乐地燃烧。

心灵的盛宴

喜欢"宴"这个字。不仅仅因为它代表丰盛的饭菜和酒水，更因了它的形状。

一"女"，日日坐在屋檐下，安然。

请严谨的学者们宽宥我愚蠢的说法。这不是学问，只是我的一厢情愿。

人是可以喜欢一些字，也可以不喜欢一些字。就像有人喜欢花，有人喜欢野兽。

通常我们说到"宴"，多指以酒饭款待宾客，但我说的这个心灵宴，却是自我独享。

心灵会储存很多东西。有精神分析派的科学家，甚至认为我们所经历过的所有事件，都会被心灵事无巨细地记录下来，永久贮藏。记忆像个不厌其烦的拾荒者，将我们理智上抛弃的星星点点，都精心收藏起来。时不时翻拣，在潜意识中神出鬼没地影响着我们，有时会让我们变成一个连自己都陌生的人。

记忆五花八门，我觉得最简单的区分就是分为甜蜜和悲苦两大类。每个人都会有创伤，也会有幸福，它们组成了不同的库房，随时输出不同的内容，记忆就是孜孜不倦的厨娘，不由分说每日端给你一桌自制的宴席。

每个人都是由记忆组成的。我们日日咀嚼着心灵的食物，体味着其中的浓烈滋味。

很多人的心灵席，真是满桌皆苦啊。喝的是苦丁茶，主食是苦荞麦。菜肴是苦瓜、苦蒿、苦荬菜。最后再喝一碗黄连汤……谈起话来，三句话不离苦字。他们病态地嗜好回忆苦难，似乎苦难是一枚枚勋章。可惜他们从中升发出的不是化腐朽为神奇的力量，而是无穷的怨怼和凄惶。觉得自己是天下弃儿，命运如此不堪，先天孱弱，后天烦忧。他们的心灵餐桌陈腐不堪，黯淡乏味，毒汁四溅，让人避之唯恐不远。

曾经有个词，叫作"忆苦思甜"，我主张不要忆苦，而要忆甜。想念自己所经历过的所有美好时光，哺精神以佳肴，饲灵魂以甘泉，拒绝不洁和病毒，强身健体，益寿延年。睁大感恩和期待的眼眸，看世界和人性中的光明一面，让自己从心灵餐桌上，摆满多营养、多清甜、多能量、多维生素的美好情愫。

也许有人会说，我就是个倒霉蛋，你让我如何找到可以补充和回味的营养素呢？

世界上所有的事情都是一分为二的，没有绝对的坏事，也没有绝对的好事，就看你从哪个角度去观察和感悟世界了。你是孤儿，但你可以从小培养独立自主发奋图强的精神。只要有了这种精神，我相信前途就有光明。殊不见多少父母双全的孩子，碌碌无为敷衍一生。你没有高大的身材，但你有机敏的头脑和乐于助人的善意，那么我坚信会有好运气在前面的拐角处等候你。你没有天使的面孔，但你有过人的美德，那么我相信你一生会找到属于自己的幸福。美貌并不等于幸福，无数红颜薄命的女子，都在用不幸的眼泪诠释这个朴素道理。

心灵的宴席是自己烹饪的，所有的食材都是自己准备的，所有的调料都是自己扑撒上去的。为自己做一桌美味的宴席吧，让我们的精神在这种独酌品尝中，得到新的能量，充满干劲地走曲折的道路，抵达光明的前方。

在纸上写下你的忧伤

　　把你不快乐的理由写在一张纸上，你会惊奇地发现，它们完全没有你想象的那样多。一般来说，它们是不会超过十条的。在这其中，把那些你不可能改变的理由划掉，比如你不是双眼皮或者你不是出身望族。然后认真地对付剩下的若干条，看看有哪些切实可行的方法可以将它们改变。

　　我常常用这个法子帮助自己，写在这里，供朋友们参考。

　　先准备一张纸，在纸上写下我纷乱的思绪。最好是分成一条条的，这样比较清晰和简明扼要。要知道，人在愁肠百结、眼花缭乱的时候，分辨力会下降，容易出错。所以把复杂的问题简单化、条理化，用通俗点的说法，就是给问题梳个小辫子。实践证明，这是个好方法。

　　具体的操作步骤是这样的。假如你感到沮丧，就请你分门别类地把沮丧的理由写下来。假如你哀伤，就尝试着把哀伤的理由也提纲挈领地写下来。如果你也不知道因为什么，就是心烦意乱、百爪挠心、不知所措、诸事不顺的时候，也请你把所有可能导致如此糟糕心情的理由写下来。不要嫌麻烦，依此类推——当你愤怒的时候，当你寂寞的时候，当你无所适从的时候，当你自卑和百无聊赖的时候……都可以用这个法子试一试。

　　给你一个建议——找一张大一些的纸，起码要有 A4 纸那样大。如果你愿意用一张报纸一般大的纸，也未尝不可。反正我常常是这样开始的，引发我不适的感觉是如此强烈，深感没有一张大纸根本就写不下。数不清的理由像野兔般埋伏在烦恼的草丛里，等待着我去一一将它们抓出来。如果纸太小，哪里写得下？写到半路发觉空白地方不够了，再去找纸，多么晦气！

当然了，你要找一个安静的地方。你要独自一人。不要把这当成一个玩笑，精神的忧伤是值得认真对待的，我们要凝聚心力，有条不紊地打开创口。

我当过外科医生，每逢打开伤口的时候，我都要揪着一颗心，因为会看到脓血和腐肉，有的时候，还有森森白骨。但是，任何一个负责任的医生，都不会因为这种创面的血腥狼藉而用一层层的纱布掩盖伤口，那样只会养虎为患，使局面越来越糟。

打开精神的伤口也是需要勇气的。当你写第一条的时候，你很可能会战战兢兢地下不了笔，这时候，你一定要鼓起勇气，不要退缩。就像锋利的柳叶刀把脓肿刺开，那一瞬，会有疼痛，但和让脓肿隐藏在肌肉深处兴风作浪相比，这种短痛并非不可忍受。

第一刀刺下去之后，你在进出眼泪的同时，也会感到一点点轻松。因为，你把一个引而不发的暗疾揪到了光天化日之下。

乘胜追击，不要手软。请你用最快的速度再写下让你严重不安的第二条理由。这一次，稍稍容易了一些。不是吗？因为万事开头难啊！你已经开了一个好头，你已经把让你最难忍受的苦痛凝固在了这张洁白的纸上。这张纸，因了你的勇敢和苦痛，有了温度和分量。

第二条写完之后，请千万不要停歇下来，一定要再接再厉啊！这应该不是什么太难之事，因为让你寝食不安的事不会只是这样简单的一两件，你的悲怆之库应该还有众多的储备呢！也不要回头看，估摸自己已经写的那些东西是不是排名前后有调整的必要，只需埋头向前，一味写下。

写！继续！用不着掂量和思前想后，就这样写下去。等到了你再也写不出来的时候，咱们的"白纸疗法"第一阶段就先告一段落。

摆正那张纸，回头看一看。

我猜你一定有一个大惊奇。那些条款绝没有你想象的多！在一瞬间，你甚至有些不服气，心想造成我这样苦海无边、纷乱不止的原因，难道只有这些吗？不对，一定是什么地方出了差池，我想得还不够深不够细，概括得还不够周到，整理得还不够全面……

不要紧。不要急。你尽可以慢慢地想，不断地补充。你一定要穷尽让自己不开心的理由，不要遗漏一星半点。

好了，现在，你到了绞尽脑汁再也想不出新的愁苦之处的阶段了。那么，我们的"白纸疗法"第一阶段正式完成。

你可以细细端详这些让你苦恼的罪魁祸首。我猜你还是有些吃惊，它们比你预想的还要少得多。你以为你已万劫不复，其实，它们最多不会超过十条。

不信，我可以试着罗列一下。

1. 亲人逝去；

2. 工作变故；

3. 婚姻解体；

4. 人际关系恶劣；

5. 缺乏金钱；

6. 居无定所；

7. 疾病缠身；

8. 牢狱之灾；

9. 失学失恋；

10.……

看到这里，你也许会说，这也太极端了吧？这些倒霉的事怎么能都集中到一个人身上呢？这种人在现实中的比例太低了！万分之一有没有啊？是的，我完全能理解你的讶然，但是，正如我们前面所说的，即使是这样的"头上长疮脚下流脓"的超级倒霉蛋，他的困境也并没有超过十条。

现在，"白纸疗法"进入第二个阶段。

把你的那些困境分分类，看看哪些是能够改变的，哪些是无能为力的。对于能够改变的，你要尽自己的努力来争取摆脱困境。对于那些不能改变的，就只能接受和顺应。

咱们还是拿那个天下第一倒霉蛋的清单来做个具体分析。

1. 亲人逝去；

2. 工作变故；

3. 婚姻解体；

4. 人际关系恶劣；

5. 缺乏金钱；

6. 居无定所；

7. 疾病缠身；

8. 牢狱之灾；

9. 失学失恋。

不能改变的：亲人逝去，婚姻解体，疾病缠身。

已经得到改变的：因为牢狱之灾，解决了居无定所。因为牢狱之灾，也就没有继续工作的可能性了，所以，第二条困境就不存在了。失学这件事，也只有等待出狱之后再做考虑。失恋这件事，虽然说并不是完全没有希望挽回，但因为恋爱毕竟是两个人的事情，假如在没有牢狱之灾的情况下，对方都已经和你分手，那么现在的局面更加复杂，和好的可能性也十分微弱，基本上可以把它放入你无能为力的筐子里面了。

可以做出的改变：

1. 在牢狱里，服从管理，争取减刑。

2. 积极治病，强身健体。

3. 学习知识和技能，争取出狱后能继续学业或是找到工作，积攒金钱，建立新的恋爱关系，找到房子，成立美满家庭。

通过剖析这张超级倒霉蛋的单子，我想你已经知道了该怎么做，我这里也就不啰唆了。毕竟每一片叶子都是不同的，每一个人遇到的具体困境和难处也都是不同的。我也就不打听你的隐私了。现在，让我们进入"白纸疗法"的第三个阶段。

第三个阶段非常简单，就是你给自己写一句话，可以是鼓励，也可以描述自己的心境，也可以把自己骂上一句。当然了，这可不是咬牙切齿的咒骂，而是激励之骂。

有的朋友可能还是不知道如何下笔，让我举几个例子。

有人写的是：那个悲伤的人已经走远，我从这一刻再生。

有人写的是：振作起来。不然，我都不认识你了！

还有人写的是：一切反动派都是纸老虎。

最有趣的是我曾看到一个年轻人写道：啊！我呸！

我问他，这个"我呸"，是什么意思？

他翻翻白眼说，你连这个都不懂？就是吐唾沫的意思。吐痰，这下你总明白了吧？

我笑笑说，还是不大明白。

他说，你怎么这么笨呢！像吐口水一样，把过去的霉气都吐出去，新的生活就开始了。我小的时候，每逢遇到公共厕所，氨水样的味道直熏眼睛，我妈就告诉我，快吐口水，就把吸进肚子里的臭气都散出去了……现在，我也要"呸"一下。

我明白了，这是一个仪式，和过去的沮丧告别，开始新的一天。

其实也很有道理。在咱们的文化中，有一个词叫作"唾弃"，说的就是完全的放弃。还有一个词叫作"拾人余唾"，就是把别人放弃的东西再捡回来，充满了贬义。因此，这个小伙子在一句"我呸"当中，蕴含了弃旧图新的决定。

苦难不是牛痘疫苗

　　那一年几乎成了我的"说话年"。北大、清华、北京师范大学、北京外国语大学、中国协和医科大学、北京科技大学、首都师范大学、中医药大学……还有女子中学和北京八中的少年班。从少年到青年，从北京到新疆，我都曾和他们聊过天。

　　我之所以不喜欢把那种形式称为讲演，是因为自己心里有障碍。我害怕那个"演"字，觉得有几分虚拟与矫情。也许对在舞台上的演员是正常事情，但对以笔为幕的我来说，更习惯在黎明或是夜半，独自枯索。

　　生平不会表演，也未曾当过老师。面对许多人说话，提前就会感到莫大压力。每逢答应了要在某时某刻与众人会晤，我在前一天就惶惶不可终日，夜里也睡不好觉，仿佛面临一场结果莫测的考试。有时直到赶赴会场的路上，都不晓得自己将如何开头。

　　其实，这种场合，拒绝是最简单的方法，过去多年我坚持说"不"，除非极熟识的朋友托到头上、百推无效，否则绝不答应出席。一天，女作家赵玫的一句话改变了我的看法。她说："不要拒绝大学生，他们是希望。"

　　这种集体聊天大致分为两部分。前三分之二时间由我主说，题目通常是《文学与人生》这类大得吓人的题目。题目大了，其实有好处，就是无论你怎样说都不会跑题。我私下里以为，同学们对从作家那里能听到些什么，期望值并不很高，一般来说比较宽容，我也乐得撒开来谈。

后三分之一的时间一般留作大家对话。纸条不断从会场的不同角落传上来，形态各异。有写满了字的整张作业纸，也有寥寥数语、窄如柳眉的短笺。我满怀兴致地阅读它们，好像对着大山呼唤了一声，片刻后收获连绵不绝的回音。每次讲演回来，都有成包的各色纸条回馈，纷纷扬扬，好似从飘飘洒洒的冬夜掬回一捧雪花。

我很喜欢这些字条，里面蕴涵着信息和挑战。时间久了，纸条如山，偶有翻看，仍会感到灼热与激荡。那是一些年轻的心的切片，标记着那些难忘的夜晚。不论日子过去多久，依然显现着清晰的思想和蓬勃的生命力。

我也常常反思，自己在当时的回答中是否诚挚、友善和机智？

现在，我把一些字条直录在这里。其后是我的回答，基本上是当时的想法，也许经过时间的沉淀更有条理了一些。

问：您不愿当医生，可我最爱看您笔下的医生，这也曾让我一度非常想当医生。您笔下的医生医术都很高超，我觉得您当医生也一定是个好医生，我总为您感到后悔。想问两个问题：

（1）您后悔吗？

（2）您认为作家是最适合您的职业吗？

此条来自清华大学。他们的纸条和别的大学的纸条有些微不同，基本上都用整张的纸，字也写得较大，感觉较为豪放。文科学校所用的纸条多半细小精致，字也文秀些。

答：我当医生的时候，医术一般，但我是一个比较负责任的医生。医生是一个对责任感要求非常严格的职业，甚至可以说，责任感与医术是一个好医生飞翔的双翼。我当医生时有一个习惯，也可以算爱好吧——和病人谈话，耐心倾听他们对于自己痛苦的倾诉。我不喜欢那种医生，把诊断搞清后就不屑于理睬病人，觉得病人只是一个悬挂疾病的衣架。我愿意尽我的所能和气地、深入浅出地向病人解释他的病情，同情他的疾苦……这不是很难的事情，但有些医生忽略了。

不当医生，我不后悔。因为这是我在没有外力胁迫的情况下，自觉自愿做出的选择。人一生能够从事自己所热爱的事业是一种奢侈的好运气。

问：您为什么没有起一个笔名？您若起一个笔名，将是什么样的？

此条来自北京大学。直觉告诉我这是一个有志从事文学创作的女孩子。她的提问很内行，富有技术性。

答：在我还没有做好小说能够发表的心理准备的时候，它就发表了，多少有些令我措手不及。当时杂志社并没有人问我要不要用一个笔名，我也就不便说请把原稿上我的本名涂掉，换一个笔名，私下觉得那太给人添麻烦了（其实不复杂，但我不好意思说）。于是，以精心策划的笔名面世的机会稍纵即逝。当然，到了发表第二篇稿子的时候，已从容了些，有机会缓缓思忖一个笔名。但一旦开始具体操作，深深的忧虑攫住了我——换了一个崭新的笔名，我的父母在感情上是否会接受，承认那个铅字所组成的陌生字眼就是他们的女儿？我拿不定主意，也没有勇气问他们。事情一耽搁，机遇就又过去了。我从小是一个很乐意让父母高兴的孩子，为了这份并非空穴来风的忧虑，我终于坚定地不用笔名了。

如果要起笔名，我要用一种矿物质或是金属的名称做笔名。我喜欢那种在亿万斯年的大自然当中凝结精华与力量的感觉，而且我觉得金属有特殊的壮丽。

问：您有那么坎坷的经历，可无论是您的文学还是您的话语，所表达的都是对生活的乐观和轻松，您认为这是一种经历了太多苦难后的宽容和超越，还是您并不认为有必要感受沉重？

这个纸条，我记得来自一位医学生，好像还是博士班的。我当时有些踌躇，不知如何解答是好。因为他似乎比我考虑得更成熟。

答：我很坎坷吗？我不觉得啊。现在很多人讲到坎坷的时候，多用一种夸耀的口气或是藏着求人怜悯的企图，使我不爱说这个词。坎坷和顺利似乎是反义词，其实都是生命的相对状态。至于顺利是否就与快乐相连，坎坷是否就一定指向沉重？我以为并非必然。我们可以在顺利的时候愁容惨淡，也可以在苦难时欢颜一笑，关键在于我们把握命运的能力。

我不喜欢模拟苦难，无论是从理论还是从实践上。我对人为地制造苦难以考验他人的做法深恶痛绝。人生的苦难，不是像牛痘疫苗一样的病毒提取物，植入人体就可以终生预防天花了。我所看到的更多事实是，苦难磨秃了人对美好事物的细腻感受力，催生了损人利己的恶性竞争意识，使人变得粗糙和狠毒。苦难浪费了时间，剥夺了本应更富创造力的年华，迟滞了我们的步伐。

如果苦难一定要扑面而来，那就得镇静迎战了。这另当别论。

我所遇到的最好玩的一些问题，比如关于未来和幻想，事无巨细的提问和随心所欲的对话来自少年，特别是北京八中。那是一些十三四岁的男孩女孩，智商很高，天性活泼生动，马上就要参加高考了，竟然还有兴致邀我对话，说读过我的作品，想交流一下感受。

我力拒，理由简单。我想象不出这些非凡的孩子会是怎样的精灵，不知和太聪明的孩子该如何讲话。万一不妥，岂不是戕害了祖国花朵，还是一些很优良的大花骨朵。闹不好，我前脚刚走，后脚人家就得消毒。

但校方力邀，那位音色有些苍凉的老师，一口一个："不是我请您，是我的孩子请您。"

做母亲的人听不得人家说我的孩子想如何如何，我只好答应了。

所幸那是一群非常机灵可爱的少年，知识面极广，天上地下、金戈铁马，我们讨论了很多问题，留下深刻记忆的是这样一张字条。

问：我考上大学一点儿问题都没有，但我不喜欢这件事，今年7月我不想考啦！背许多没用的东西，瞎耽误工夫。顺便问您一句，您第一次稿费钱多吗？干什么用了？

答：人一生要干许多自己不喜欢的事。这一规则以我的岁数和经历来看，可以倚老卖老地向你们说——这是一条铁律。世上有些事不是因为我们喜欢才去做，而是从长远看、从责任看、从发展的眼光看必须做。我同意你的观点，上大学没什么了不起，但它是一张门票，你要领略更广大的景色，你得有入场券。不必将它看得过重，也不可太掉以轻心。你既然一点儿问题都没有，不妨轻松过关，然后再按自己的意志努力向前，走自己的路。

第一次稿费钱不多，几万字的稿子，几百块钱，基本上合一个字一分多点钱。我把其中一半寄给我父母，另一半买了书。妈妈说，汇款单到的那一天，她正在小路上散步，听人喊"你女儿把稿费寄来了"，几乎流下了眼泪。

泥沙俱下的生活

有年轻人问，对生活，你有没有产生过厌倦的情绪？

说心里话，我是一个从本质上对生命持悲观态度的人，但对生活，基本上没产生过厌倦情绪。这好像是矛盾的两极，骨子里其实相通。也许因为青年时代，在对世界的感知还混混沌沌的时候，我就毫无准备地抵达了海拔五千米的藏北高原。猝不及防中，灵魂经历了大的恐惧、大的悲哀。平定之后，也就有了对一般厌倦的定力。面对穷凶极恶的高寒缺氧、无穷无尽的冰川雪岭，你无法抗拒人是多么渺小、生命是多么孤单这副铁枷。你有一千种可能性会死，比如雪崩，比如坠崖，比如高原肺水肿，比如急性心力衰竭，比如战死疆场，比如车祸枪伤……但你却在苦难的夹缝当中，仍然完整地活着。而且，只要你不打算立即结束自己，就得继续活下去。愁云惨淡畏畏缩缩的是活，昂扬快乐兴致勃勃的也是活。我盘算了一下，权衡利弊，觉得还是取后种活法比较适宜。不单是自我感觉稍愉快，而且让他人（起码是父母）也较为安宁。就像得过了剧烈的水痘，对类似的疾病就有了抗体，从那以后，一般的颓丧就无法击倒我了。我明白日常生活的核心，其实是如何善待每人仅此一次的生命。如果你珍惜生命，就不必因为小的苦恼而厌倦生活。因为泥沙俱下并不完美的生活，正是组成宝贵生命的原材料。

他又问，你对自己的才能有没有过怀疑或是绝望？

我是一个"泛才能论"者，即认为每个人都必有自己独特的才能，赞成李白所说的"天生我材必有用"。只是这才能到底是什么，没人事先向我们交底，大家都蒙在鼓里。本人不一定清楚，家人朋友也未必明晰，全靠仔细寻找加上运气。有的人可能一下子就找到了；有的人费时一世一生；还有的人，干脆终生在暗中摸索，不得所终。飞速发展的现代科技，为我们提供了越来越多施展才能的领域。例如，爱好音乐、爱好写作……都是比较传统的项目，热爱电脑、热爱基因工程……则是近若干年才开发出来的新领域。有时想，擅长操纵计算机的才能，以前必定悄悄存在着，但世上没这物件时，具有此类本领潜质的人，只好委屈地干着别的行当。他若是去学画画，技巧不一定高，就痛苦万分，觉得自己不成才。比尔·盖茨先生若是生长在唐朝，整个就算瞎了一代英雄。所以，寻找才能是一项相当艰巨重大的工程，切莫等闲视之。

人们通常把爱好当作才能，一般说来，两相符合的概率很高，但并不像克隆羊那样惟妙惟肖。爱好这个东西，有时候很能迷惑人。一门心思凭它引路，也会害人不浅。有时你爱的恰好是你所不具备特长的东西，就像病人热爱健康、矮个儿渴望长高一样。因为不具备，所以就更爱得痴迷，九死不悔。我判断人对自己的才能，产生深度的怀疑以至绝望，多半产生于这种"爱好不当"的漩涡之中。因此，在大的怀疑和绝望之前，不妨先静下心来，冷静客观地分析一下，考察一下自己的才能，真正投影于何方。评估关头，最好先安稳地睡一觉，半夜时分醒来，万籁俱寂时，摒弃世俗和金钱的阴影，纯粹从人的天性出发，充满快乐地想一想。

为什么一定要强调充满快乐地去想呢？我以为，真正令才能充分发育的土壤，应该同时是我们分泌快乐的源泉。

他的最后一个问题是，你是怎样度过人生的低潮期的？

安静地等待。好好睡觉，像一只冬眠的熊。锻炼身体，坚信无论是承受更深的低潮或是迎接高潮，好的体魄都用得着。和知心的朋友谈天，基本上不发牢骚，主要是回忆快乐的时光。多读书，看一些传记。一来增长知识，顺带还可瞧瞧别人倒霉的时候是怎么挺过去的。趁机做家务，把平时忙碌顾不上的活儿都抓紧此时干完。

抑郁的源头

　　每个人都是这样密切地与他人相关，所以当彼此的关系断裂时，才显出空旷无助的凄楚。断裂的原因，可能是误解、背叛、欺瞒、争吵、鄙视……死亡当然是最彻底的断裂了。生命是一根链条，其中一环断了怎么办？唯一的方法是把链条再接起来。这是需要花工夫动脑子的事情。

　　看过一个熟练的纱厂女工表演棉条的连接。棉条断了，每一根棉丝都断了，如同一根雪白的冰棒被截断。女工把需要吻合的两根棉条对接，展开，让每一根棉丝都找到连接的位置，然后轻轻地捻动，让它们在旋转中融为一体。接好了，抻拽一番，融合得天衣无缝。

　　这个过程形象地说明了建立新关系的步骤。找到新的位置，然后从容不迫地连接，新的关系就慢慢建立起来了。

　　世界上的事，简言之，都是关系使然。人的全部活动，就是三种无法逃避的关系。

　　第一重关系，是人和自然的关系。人类是自然之子。没有自然，就没有了人所依附的一切。大自然的伟力，在城市里的人，不大容易体会得到。你到空旷的山野和广袤的沙漠中，你置身于晴朗的夜空之下，你在雪山顶端和海洋中央之时，比较容易找到人类应该待着的位置。

　　第二重关系，是人和自我的关系。你离不开你自己。只要你活一天，你就和自己密不可分。就算是你的肉身寂灭了，你依然和自己的精神痕迹紧紧地贴附在一起，无法分离。

第三重关系，就是人和他人的关系。纵观世界上无数的悲欢离合、潮起潮落，无非就是在这重关系上的跌宕起伏。人是被称为"人群"的，人不是单独的个体，而是人以群分。

这三重关系，无论哪一重发生了断裂，都是噩耗。我们是相互连接的，没有哪一部分的震荡，其他部分可以幸免。所以，海明威说，不要问丧钟为谁而鸣，丧钟为你而鸣。

人永远不要割断自己同他人的联系，不要割断同祖国的联系，不要割断同祖先的联系，不要割断同亲人的联系，不要割断同工作的联系，不要割断同历史的联系，不要割断同文化的联系……正是这重重联系，像斜拉桥的绳索一样，托举着你成为你。

如果桥梁的绳索断了，谁都知道要在第一时间将它修复。但是，人的关联的绳索断了，一时半会儿好像看不出非常严重的后果。你还是你，可以按时上班，可以听音乐和下饭馆，可以聊天和静思。但是，且慢，时间长了，是一定要出岔子的。很多的抑郁症就是这样悄无声息地发生了。我曾经听过一位美国心理学家讲述治疗抑郁症的新疗法，他很决绝地说，世界上所有的抑郁症，都是在关系上出了问题。

真是这样的吗？

你可以不信，但可以好好想一想。

孤独是一种兽性

孤独这两个字，从它的偏旁与字形，一眼望去就让人想起动物世界。看来我们聪明的祖先造字的时候，就已洞察它的真髓。

很低等的动物，多半是合群的。比如海洋里庞大的虾群，丛林中的白蚁，都是数目庞大的聚合体。随着物种渐渐进化，孤独才悄然而至。清高的老虎、高傲的鹰隼、狡猾的狐狸、威猛的狮子，你见过成群结伙浩浩荡荡组织起来的吗？

等进化到了人，事情才又复杂了。人类为了各种利益，重新集结在一起。比如上千万人的城市，至今还在膨胀之中，从事某一行业的人摩肩接踵地挤在一起，房屋盖得像毒蘑菇一般紧密，公共汽车拥挤成血肉长城……

在这种情况下，人回忆孤独、渴望孤独而不得，便沉浸于寻找与回味的痛苦。

孤独是一种源于兽的洁癖和勇敢。高雅的人在说到孤独时，以为那是人类的特殊情感，其实不过是返祖之一斑。

孤独是某个生命个体独立地面对大自然的交流。自然是永恒而沉默的，只有深入它的怀抱，在万籁寂静之时，你才能感觉到它轻如发丝的震颤。

寻共鸣易，寻孤独难。因为共同的利害，无数人紧紧拴在一起，利至则同喜，利失则同悲。比如股票市场，哪里有孤独插翅的缝隙？

高官厚禄、纸醉金迷、霓裳羽衣、巧笑倩兮……都需要有人崇拜，有人喝彩，有人钟情……假若孤独着，一切岂不似沙上建塔？

这些人也经常谈论孤独。但他们说出"孤独"这个字眼的时候，表达的不过是一种利益不够辉煌的愤懑，和洁净凉爽无欲无求的孤独感大不相干。

人是软弱的动物，因为恐惧才拥挤一处，以为借此可以抵挡从天而降的风雷。即使无法抵御，因为目睹同类也遭此厄运，私心里也可生出最后的快慰。

孤独是属于兽的一种珍贵属性，表达一种独往独来的自信与勇猛，在人满为患的地球上，它已经越来越稀少了。

也许有一天，人性终于消灭了兽性，孤独就像最后一只恐龙，也会销声匿迹。

自信第一课

1972 年的一天，领导通知我速去乌鲁木齐报到，新疆军区军医学校在停顿若干年后这一年第一次招生，只分给阿里军分区一个名额，首长经过研究讨论决定让我去。

按理说，我听到这个消息应该喜出望外才是。且不说我能回到平地，吸足充分的氧气，让自己被紫外线晒成棕褐色的脸庞得到"休养生息"，就是从学习的角度讲，"重男轻女"的部队能够把这样宝贵的唯一的名额分到我头上，也是天大的恩惠了。但是在记忆中，我似乎对此无动于衷，也许是雪山缺氧把大脑冻得迟钝了。我收拾起自己简单的行李，从雪山走下来，奔赴乌鲁木齐。

1969 年，我从北京到西藏当兵，那种中心和边陲的，文明和狂野的，优裕和茹毛饮血的，高地和凹地的，温暖和酷寒的，五颜六色和纯白的……一系列剧烈反差让我的心发生了沧海桑田般的变化。面临死亡咫尺之遥，面对冰雪整整三年，我再也不是当初那个天真烂漫的城市女孩，内心已变得如同喜马拉雅山万古不化的寒冰般苍老。我不会为了什么突发事件和急剧的变革而大喜大悲，只会淡然承受。

入学后，从基础课讲起，用的是第二军医大学的教材，教员由本校的老师和新疆军区总医院临床各科的主任、新疆医学院的教授担任。记得有一次，考临床病例的诊断和分析，要学员提出相应的治疗方案。那是一个不复杂的病案，大致的病情是由病毒引起重度上呼吸道感染，病人发烧、流涕、咳嗽，血象低，还伴有一些阳性体征。我提出方案的时候，除了采用常规的治疗外，还加用了抗生素。

讲评的时候，执教的老先生说："凡是在治疗方案里使用了抗生素的同学都要扣分。因为这是一个病毒感染的病例，抗生素是无效的。如果使用了，一是浪费，二是造成抗药，三是无指征滥用，四是表明医生对自己的诊断不自信，一味追求保险系数……"老先生发了一通火，走了。

后来，我找到负责教务的老师，讲了课上的情况，对他说："我就是在方案中用了抗生素的学员。我认为那位老先生的讲评有不完全的地方，我觉得冤枉。"

教务老师说："讲评的老先生是新疆最著名的医院的内科主任，在国民党的军队里做到很高的医官，他的医术在整个新疆是首屈一指的。把这位老先生请来给你们讲课，校方已冒了很大的风险。他是权威，讲得很有道理。你有什么不服的呢？"

我说："我知道老先生很棒。但是具体问题要具体分析。他提出的这个病例并没有说出就诊所在的地理位置。比如要是在我的部队，在海拔5000米以上的高原，病员出现高烧等一系列症状，明知是病毒感染，一般的抗生素无效，我也要大剂量使用。因为高原气候恶劣，病员的抵抗力大幅度下降，很可能合并细菌感染。如果到了临床上出现明确的感染征象时才开始使用抗生素，那就晚了，来不及了。病员的生命已受到严重威胁……"

教务老师沉默不语。最后，他说："我可以把你的意见转告给老先生，但是，你的分数不能改。"

我说："分数并不重要。您听我讲完了看法，我已知足了。"

教室的门开了，校工闪了进来，搬进来一把木椅子摆在讲案旁，且侧放。我们知道，老先生又要来了。也许是年事已高，也许是习惯，总之，老先生讲课的时候是坐着的，而且要侧着坐，面孔永远不面向学生，只是对着有门或有窗的墙壁。不知道他这是积习，还是不屑于面对我们，或是有什么难言之隐。

这一次，老先生反常地站着。他满头白发，面容黢黑如铁，身板挺直如笔管，让我笃信了他曾是国民党医官一说。

老先生目光如锥，直视大家，音量不大，但在江南口音中运了力道，话语中就有种清晰的硬度了。他说："听说有人对我的讲评有意见，好像是一个叫毕淑敏的同学。这位同学，你能不能站起来，让我这个当老师的也认识你一下？"

我只好站起来。

老先生很注意地看了我一眼，说："好。毕淑敏，我认识你了，你可以坐下了。"

说实话，那几秒钟真把我吓坏了。不过，有什么办法呢？说出的话就像注射到肌肉里的药水一样，是没办法抠出来的。

全班寂静无声。

老先生说："毕淑敏，谢谢你。你是好学生，你讲得很好。你的话里有一部分不是从我这儿学到的，因为我还没有来得及教给你那么多。是的，作为一个好的医生，一定不能全搬书本，一定不能教条，要根据具体的情况决定治疗方案。在这一点上，你们要记住，无论多么好的老师，也不可能把所有的规则都教给你们。我没有去过毕淑敏所在的那个 5000 米高的阿里，但是我知道缺氧对人的影响。在那种情况下，她主张使用抗生素是完全正确的。我要把她的分数改过来……"

我听到教室里响起一阵轻微的欢呼。因为写了抗生素治疗的不仅我一个，很多同学都为这一改正而欢欣。

老先生紧接着说："但在全班，我只改毕淑敏一个人的分数。你们有人和她写的一样，还是要被扣分。因为你们没有说出她那番道理，是知其然而不知其所以然。你现在再找我说也不管事了，即使你是冤枉的也不能改。因为就算你原来想到了，但对上级医生的错误没敢指出来。对年轻的医生来说，忠诚于病情和病人，比忠实于导师要重要得多。必要的时候，你宁可得罪你的上司，也万万不能得罪你的病人……"

这席话掷地有声。事隔这么多年，我仍旧能够清晰地记得老先生如锥的目光和舒缓但铿锵有力的语调。平心而论，他出的那道题目是要求给出在常规情形下的治疗方案，而我竟从某个特殊的地理环境出发，并苛求于他。对一个初出茅庐的年轻人的不够全面的异议，老先生表现出了虚怀若谷的气量和真正的医生应有的磊落品格。

真的，那个分数对我来说完全不重要，重要的是我在此番高屋建瓴的话语中悟察到了一个优等医生的拳拳之心。

我甚至有时想，班上同学应该很感激我的挑战才对。因为没过多长时间，老先生就因为身体的关系不再给我们讲课了。如果不是我无意中创造了这个机会，我和同学们的人生就会残缺一段非常宝贵的教诲。

我的三年习医生涯，在我的生命中是一个重大的转折。我从生理上洞察人体，也从精神上对自己有了更多的信任。我知道了我们的灵魂居住在怎样的一团组织之中，也知道了它们的寿命和局限。如果说在阿里的时候我对生命还是模模糊糊的敬畏，那么，老师的教诲使我确立了这样的观念：一生珍爱自身，并把他人的生命看得如珠似宝，全力保卫这宝贵而脆弱的珍品。

柔　和

　　"柔和"这个词，细想起来挺有意思的。先说"和"字，由禾苗的"禾"和"口"两部分组成，那涵义大概就是有了生长着的禾苗，嘴里的食物就有了保障，人就该气定神闲，和和气气了。

　　这个规律，在农耕社会或许是颠扑不破的。那时只要人的温饱得到解决，其他的都好说。随着社会和科技的发达进步，人的较低层次需要得到满足之后，单是手中有粮，就无法抚平激荡的灵魂了。中国有句俗话，叫作"吃饱了撑的——没事找事"。可见胃充盈了之后，就有新的问题滋生，起码无法达至完全的心平气和。

　　再说"柔"这个字。通常想起它的时候，好像稀泥一摊，没什么筋骨的模样。但细琢磨，上半部是"矛"，下半部是"木"——一支木头削成的矛，看来还是蛮有力度和进攻性的。柔是褒义，比如柔韧、以柔克刚、刚柔相济、百炼钢化作绕指柔……都说明它和阳刚有着同样重要的美学和实践价值。

　　记得早年当医学生的时候，一天课上先生问道，大家想想，用酒精消毒的时候，什么浓度为好？学生齐声回答，当然是越高越好啦！先生说，错了。太高浓度的酒精，会使细菌的外壁在很短的时间内凝固，形成一道屏障，后续的酒精就再也杀不进去了，细菌在壁垒后面依然活着。最有效的浓度，是把酒精的浓度调得柔和些，润物无声地渗透进去，效果才佳。

　　于是我第一次明白了，柔和有时比风暴更有力量。

柔和是一种品质与风格。它不是丧失原则，而是一种更高境界的坚守，一种不曾剑拔弩张，依旧扼守尊严的艺术。柔和是内在的原则和外在弹性充满和谐的统一，柔和是虚怀若谷的谦逊和冷暖相宜的交流。

现代人在风驰电掣的忙碌中，是多么期望自己和他人的柔和啊！不信，你看看报上的征婚广告，尽是征询性格柔和的伴侣，人们希望目光是柔和的，语调是柔和的，面庞的线条是柔和的，身体的张力是柔和的……

当我们轻轻念出"柔和"这个词的时候，你会觉得有一缕淡蓝色的温润弥漫在唇舌之间。

有人追索柔和，以为那是速度和技巧的掌握。书刊上有不少教授柔和的小诀窍，比如怎样让嗓音柔和，手势柔和……我见过一个女孩子，为了使性情显出柔和，在手心用油笔写了大大的"慢"字，天天描一遍，掌总是蓝的，以致扬手时常吓人一跳，以为她练了邪门武功。这女孩并为自己规定每说一句话之前，在心中默数从一到十……她除了让人感到木讷和喜怒无常外，与柔和不搭界。

一个人的心如若不柔和，所有对外在柔和形式的摹仿和操练，都是沙上楼阁。

看看天空和海洋吧。当它们最美丽和博大，最安宁和清洁的时候，它们是柔和的。

只有成长了自己的心，才会在不经意间，收获了柔和。我们的声音柔和了，就更容易渗透到辽远的空间；我们的目光柔和了，就更轻灵地卷起心扉的窗纱；我们的面庞柔和了，就更流畅地传达温暖的诚意；我们的身体柔和了，就更准确地表明与人平等的信念。

柔和，是力量的内敛和高度自信的宁馨儿。愿你一定在某一个清晨，感觉出柔和像云雾一般悄然袭身。

忍受快乐

忍受快乐。

这个提法，好像有点不伦不类。快乐啊，好事嘛，干吗还要用"忍受"这个词？习惯里，忍受通常是和痛苦、饥寒交迫、水深火热联系在一起的。

忍受是什么呢？是一种咬紧嘴唇苦苦坚持的窘迫，是一种打碎牙齿和血吞的痛楚，是一种期待困难减弱、祈祷苦难消散的呻吟，是一种狭路相逢听天由命的无奈。

如果是忍受灾害，似乎顺理成章，忍受快乐，岂不大谬？天下会有这种人？人们惊愕着，以为这是恶意的玩笑或误会。

环顾四周，其实不欢迎快乐的人比比皆是。不信，你睁大眼睛，仔细观察一下当快乐不期而至的时候，大多数人的惊慌失措吧。

最具特征的表现是对快乐视而不见。在这些人的心底，始终有一种冷硬的声音在回响："你不配拥有……这是过眼烟云……好景终将飘逝……此刻是幻觉……人生绝非如此……啊！我太不习惯了，让这种情形快快过去吧……"

我们姑且称这种心绪为"快乐焦虑症"。

这奇怪的病症是怎样罹患的？

许多年前，我从雪域西藏回北京探亲，在车轮上度过了 20 天时光。最终到家，结束颠沛流离之后，有几天的时间，我无法适应岿然不动的大地。当我的双脚结结实实地踩在土地上的时候，感觉怪诞和恐慌，我焦灼不安地认为，只有那种不断晃动和起伏的颠簸才是正常的。

你看，经历就是这么轻易地塑造了一个人的感受和经验。当我们与快乐隔绝太久，当我们在凄苦中沉溺太深的时候，我们往往在快乐面前一派茫然。这种陌生的感觉，本能地令我们拒绝和抵抗。当我们把病态看成了常态时，常态就成了洪水猛兽。

一些人，对快乐十分隔膜。他们习惯于打拼和搏斗，不识天真无邪的快乐为何物。他们对这种美好的感觉是那样骇然和莫名其妙，他们祷告它快快过去吧，还是沉浸在争执的旋涡中更为习惯和安然。

还有一些人，顽固地认为自己注定不会快乐。他们从幼年起就习惯了悲哀和苦痛，他们不容快乐来打扰自己，不能承受快乐的重量。他们更习惯了叹息和哀怨，甚至发展到只有在灰色的氛围里才有变态的安全感。那实际上是一种深深的忧虑造成的麻痹和衰败，他们丧失了宁静地承接快乐的本能。

他们甚至执拗地蒙起双眼，当快乐降临的时候不惜将快乐拒之门外。他们已经从"快乐焦虑症"发展到了"快乐恐惧症"。当快乐敲门的时候，他们会像打寒战一般抖起来。当快乐失望地远去之后，他们重新坠入暗哑的泥潭中昏睡了。

常常有人振振有词地说："我不接受快乐，是因为我不想太顺利了，那样必有灾祸。"

此为不善于享受快乐的经典论调之一。快乐就是快乐，它并不是灾祸的近亲，和灾祸没有什么血缘关系。快乐并不是和冲昏头脑、想入非非必然相连。灾祸的发生自有它的轨迹，和快乐分属不同的目录。中国有句古话叫"乐极生悲"，我相信世上一定有这种巧合，快乐之后紧跟着就降临了灾难。但我要说，那并不是快乐引来的厄运，而是灾难发展到了浮出水面的阶段，灾难在许多因素的孕育下自身已然强大。越是在这种情形下，我们越是要珍惜快乐，因为它的珍贵和短暂。只有充分地享受快乐，我们才有战胜灾难的动力和勇气。

许多人缺乏忍受快乐的气度，怕自己因为享受快乐而触怒了什么神秘的力量，怕因为快乐而导致了自己的毁灭。

快乐本身是温暖和适意的，是欢畅和光亮的，是柔润和清澈的，也是激烈和富有冲击力的。

由于种种幼年和成年的遭遇，有人丢失了承接快乐的铜盘，双手掬起的只是泪水，这不是他们的过错，但是他们永远沉沦于悲哀。他们不敢享受快乐，他们只能忍受。当快乐来临的时候，他们手足无措、举止慌张，甚至以为一定是快乐敲错了门，它应该到邻居家去串门的，不知怎么搞错了地址。快乐的笑脸把他们吓坏了，他们在快乐面前感到大不自在，赶紧背过身去，快乐就只能寂寞地遁去。

快乐是一种心灵自在安详的舞蹈，快乐是爱自己的同时享有爱的欢愉，快乐是身心的舒适和松弛，快乐是一种和谐和宁静。

当我们奔波、颠簸、动荡、烦躁太久之后，我们无法忍受突然的安稳和寂静。我们在无边无际的喧闹中，遗失了最初的感动，我们已忘怀大自然的包容，我们便不再快乐。

很多人不敢接受快乐的原因，是觉得自己不配快乐。这真是一个奇怪的逻辑。快乐是属于谁的呢？难道不是像我们的手指和眉毛一样属于我们自身的吗？为什么让快乐像一个无人认领的孤儿在路口徘徊？

人是有权快乐的。甚至可以说，人就是为了享受心灵的快乐才努力奋斗，才与其他人交往的。如果这一切只是为了增加苦难，我们还有什么理由为此奋斗不息？

人是可以独自快乐的，因为人的感觉不相通。既然没有人能代替我们感受切肤之痛，也就没有人能指责我们独自快乐。不要以为快乐是自私的，当我们快乐的时候，我们就播种了快乐的种子。我们把快乐传给周围的人，我们善待周围的世界，这又怎么能说快乐是自私的呢？

当我们不接纳快乐的时候，我们实际上是不尊重自己，不相信自己，不给自己留下精神驰骋的空间。

快乐是一种无拘无束地展翅翱翔，快乐是一种淋漓尽致地挥毫泼墨，快乐是一种两情相依，快乐是一种生死无言。

对于快乐，如同对待一片丰美的草地，不要忍受，要享受。享受快乐，就是享受人生。如果不享受快乐，难道要我们享受苦难？即便苦难过后给我们留下经验，当苦难翻卷着白色的泡沫的时候，也是凶残和咆哮的。

快乐是我们人生得以有所附丽的红枫叶，快乐是维系生命之旅的坚韧缰绳。当快乐袭来的时候，让我们欢叫，让我们低吟，让我们用灵魂的相机摄下这些瞬间，让我们颔首微笑着分享它悠远的香气吧。

忍受快乐，是一种怯懦。享受快乐，是一种学习。

今世的五百次回眸

　　佛说，前世的 500 次回眸，才换来今生的擦肩而过。顿生气馁，这辈子是没得指望了，和谁路遇和谁接踵，和谁相亲和谁反目，都是命定，挣扎不出。特别想到我今世从医，和无数病患咫尺对视。若干垂危之人，我手经治，每日查房问询，执腕把脉，相互间凝望的频率更是不可胜数，如有来世，将必定与他们相逢，赖不脱躲不掉的。于是这一部分只有作罢，认了就是。但尚余一部分，却留了可以掌握的机缘。一些愿望，如果今生屡屡瞩目，就埋了一个下辈子擦肩而过的伏笔，待到日后便可再接再厉地追索和厮守。

　　今世，我将用余生 500 次眺望高山。我始终认为高山是地球上最无遮掩的奇迹。一个浑圆的球，有不屈的坚硬的骨骼隆起，离太阳更近，离平原更远，它是这颗星球最勇敢最孤独的犄角。它经历了最残酷的折叠，也赢得了最高耸的荣誉。它有诞生也有消亡，它将被飓风抚平，它将被酸雨冲刷，它将把溃败的肌体化作肥沃的土地，它将在柔和的平坦中温习伟大。我不喜欢任何关于征服高山的言论，以为那是人的菲薄和短视。真正的高山不可能被征服，它只是在某一个瞬间，宽容地接纳了登山者，让你在他头顶歇息片刻，给你一窥真颜的恩赐。如同一只鸟在树梢啼叫，它敢说自己把大树征服了吗？山的存在，让我们永葆谦逊和恭敬的姿态，让我们知道在这个世界上，有一些事物必须仰视。

　　今生，我将用余生 1000 次不倦地凝望绿色。我少年戍边，有 10

年的时间面对的是皑皑冰雪，看到绿色的时间已经比他人少了许多。若是因为这份不属于我选择的怠慢，罚我下辈子少见绿岛，岂不冤枉死了？记得在千百个与绿色隔绝的日子之后，我下了喀喇昆仑山，在新疆叶城突然看到辽阔的幽深绿色之后，第一反应竟是悚然，震惊中紧闭了双眼，如同看到密集的闪电。眼神荒疏了忘却了这人间最滋润的色彩，以为是虚妄的梦境。就在那一瞬，我皈依了绿色。这是最美丽的归宿，有了它，生命才得以繁衍和兴旺。常常听到说地球上的绿地到了××年就全部沙化了，那是多么恐怖的期限。为了人类的长盛不衰，我以目光持久地祷告。

今生，我将1万次目不转睛地注视人群。如果有来生，我期望还将成为他们之中的一员，而不是其他的什么动物或是植物。尽管我知道人类有那么多可怕的弱点和缺陷，我还是为这个物种的智慧和勇敢而赞叹。我做过一次人类了，我知了怎样才能更好地做人。做人是一门长久的功课，当我们刚刚学会了最初的运算，教科书就被合上。卷子才答了一半，抢卷的铃声就响了，岂不遗憾？

把自己喜欢的事一一想来，我还要看海看花，看健美的运动员，看睿智的科学家，看慈祥的老人和欢快的少女，当然还有无邪的小童，突然就笑了。想我这余生，也不用干其他的事了，每天就在窗前屋后呆呆地看山看树看人群吧，以求个来世的擦肩而过。这样一路地看下去，来世的愿望不知能否得逞，今生的时光可就白白荒废了。于是决定，从此不再东张西望，只心定如水，把握当前。

不为虚缈的擦肩而过，而把余生定格在回眸之中。喜欢山所表达的精神，就游历和瞻仰山的英拔和广博，期望自己也变得如许坚强；喜欢绿色和生命，喜爱人的丰饶和宝贵，就爱惜资源，尊重自己也尊重他人。

谎言三叶草

　　人总是要说谎的，谁要是说自己不说谎，这就是一个彻头彻尾的谎言。

　　有的人一生都在说谎，他的存在就是一个谎言。世界是由真实的材料构成的，谎言像泡沫一样浮在表面，时间使它消耗殆尽，就好像从来没有存在过似的。

　　有的人偶尔说谎，除了他自己，没有人知道这是一个谎言。谎言在某些时候表达的只是说话人的善良愿望，只要不害人，说说也无妨。

　　对谎言刻骨铭心的印象可以追溯很远。小的时候在幼儿园，每天游戏时有一个节目，就是小朋友说自己家里有什么玩具。一个说："我家有会说话的玩具青蛙。"那时我们只见过上了弦会蹦迪铁皮蛤蟆，小小的心眼一算计，大人们既然能造出会跑的动物，应该也能让它叫唤，就都信了。又一个小朋友说："我家有一个玩具火车，像一间房子那样长……"我呆呆地看着那个男孩，前一天我才到他们家玩过，绝没有看到那么庞大的火车……我本来是可以拆穿这个谎言的，但是看到大家那么兴奋地注视着说谎者，就不由自主地说："我们家也有一列玩具火车，像操场那么长……"

　　"哇！哇！那么长的火车！多好啊！"小伙伴齐声赞叹。

　　"那你明天把它带到幼儿园里让我们看看好了。"那个男孩沉着地说。

"好啊！好啊！"大家欢呼雀跃。

我幼小身体里的血液一下凝住了。天哪，我到哪里去找那么宏伟的玩具火车？也许世界上根本就没有造出来！

我看着那个男孩，我从他小小的褐色眼珠里读出了期望。

他为什么会这么有兴趣？依我们小小的年纪，还完全不懂得落井下石……想啊想，我终于明白了。

我大声对他也对大家说："让他先把房子一样大的火车拿来给咱们看，我就把家里操场一样长的火车带来。"

危机就这样缓解了。第二天，我悄悄地观察着大家。我真怕大伙儿追问那个男孩，因为我知道他是拿不出来的。大家在嘲笑了他之后，就会问我要操场一般大的玩具火车。我和那个男孩忐忑不安，彼此都没说什么。只是一整天都是我俩在一起玩。幸好那天很平静，没有一个小朋友提起过这件事。

我小小的心提在喉咙口很久，我怕哪个记性好的小朋友突然想起来。但是日子一天天平安地过去了，大家都遗忘了，以后再说起玩具的时候，我吓得要死，但并没有人说火车的事。

真正把心放下来是从幼儿园毕业的那天。当我离开朝夕相处的老师和小朋友的时候，当然也有点恋恋不舍，但主要是像鸟一样地轻松了，我再也不用为那列子虚乌有的火车操心了。

这是我有记忆以来最清晰的一次说谎，它给我心理上造成的沉重负担，简直是一项童年之最。在漫长的岁月里我无数次地反思，总结出几条教训。

一是撒谎其实不值得。图了一时的快活，遭了长期的苦痛，占小便宜吃大亏。不到万不得已，不要说谎。

二是说谎很普遍。且不说那个男孩显然在说谎，就是其他的小朋友也经常浸泡在谎言之中。证据就是他们并不追问我大火车的下落了。小孩的记性其实极好，他们不问并不是忘了，而是觉得此事没指望了。也就是说，他们知道这是一个骗局。他们之所以能看清真相，是因为感同身受。

三是说谎是一门学问，需要好好研究，主要是为了找出规律，知道什么时候可说谎，什么时候不可说谎，划一个严格的界限。附带的是要锻炼出一双能识谎言的眼睛，在苍茫人海中谨防受骗。

修炼多年，对于说谎的原则，我有了些许心得。

平素我是不说谎的，没有别的理由，只是因为怕累。人活在世上，真实的世界已经太多麻烦，再加上一个虚幻世界掺和在里面，岂不更乱了套？但在我的心灵深处，生长着一棵谎言三叶草。当它的每一片叶子都被我毫不犹豫地摘下来的时候，我就开始说谎了。

它的第一片叶子是善良。不要以为所有的谎言都是恶意的，善良更容易把我们载到谎言的彼岸。我当过许多年的医生，当那些身患绝症的病人殷殷地拉着我的手，眼巴巴地问："大夫，你说我还能治好吗？"我总是毫不踌躇地回答："能治好！"我甚至不觉得这是谎言。它是我和病人心中共同的希望，在不远的微明处闪着光。当事情没有糟到一塌糊涂的时候，善良的谎言也是支撑我们前进的动力啊！

三叶草的第二片叶子是此谎言没有险恶的后果，更像是一个诙谐的玩笑或是温婉的借口。比如文学界的朋友聚会是一般人眼中高雅的所在，但我多半是不感兴趣的。我对未知的事物充满了兴趣，很愿意同普通的工人、农民或是哪一行当的专家待在一起，听他们讲我不知道的故事，至于作家聚在一起要说些什么，我大概是有数的，不听也罢。但人家邀了你是好意，断然拒绝不但不礼貌，也是一种骄傲的表现，和我的本意相差太远。这时候，除了极好的老师和朋友的聚会我会兴高采烈地奔去，此外一般都是找一个借口推托了。比如我说正在写东西，或是已经有了约会……总之，让自己和别人都有台阶下。这算不算撒谎？好像要算的。但它结了一个甜甜的果子，维护了双方的面子，挺好的一件事。

第三片叶子是我为自己规定的，谎言可以为维护自尊心而说。我们常常会做错事。错误并没有什么了不起，改过来就是了。但因了错误在众人面前伤了自尊心，就由外伤变成了内伤，不是一时半会儿治得好的。我并不是包庇自己的错误，我会在没有人的暗夜深深检讨自己的问题。但我不愿在众目睽睽之下，把自己像次品一般展览。也许每个人对自尊的感受阈不同，但大多数人在这个问题上都很敏感。想当年，一个聪敏的小男孩打碎了姑姑家的花瓶没有承认，也是怕自己太丢面子了。既然革命导师都会有这种顾虑，我们自然也可原谅自己。为了自尊，我们可以说谎，同样为了自尊，我们不可将谎言维持得太久。因为真正的自尊是建立在不断完善自己的基础上的，谎言只不过是暂时的烟雾。它为我们争取来了时间，我们要在烟雾还没有消散的时候，把自己整旧如新。假如沉迷于自造的虚幻，烟雾消散之时，现实将更加窘急。

随着年龄的增长，心田里的谎言三叶草渐渐凋零。我有的时候还会说谎，但频率减少了许多。究其原因，我想，谎言有时表达了一种愿望，折射出我们对事实朦胧的希望。生命的年轮一圈圈增加，世界的本来面目像琥珀中的甲虫越发纤毫毕现，需要我们更勇敢地凝视它。我已知觉人生的第一要素不是善，而是真。我已不惧怕残酷的真相，对过失可能的恶劣的后果有了兵来将挡、水来土掩的勇气。甚至对于自尊也变得有韧性多了。自尊，便是自己尊重自己，只要你自己不倒，别人可以把你按倒在地上，却不能阻止你满面尘土、遍体伤痕地站起来。

有的人总是说谎，那不是谎言三叶草的问题，简直是荒谬的茅草地了。对这种人，我并不因为自己也说过谎而谅解他们，偶尔一说和家常便饭地说，还是有原则上的区别的。

中国有句古话，叫作"人之将死，其言也善"。我觉得这个"善"字就是真实的意思。也就是说，人到临死的时候就不说谎了。

但这个省悟，似乎来得太晚了一点。

活着而不说谎，当是人生的大境界。

心轻者上天堂

埃及国家博物馆，有一件奇怪的展品。一方用精美白玉雕刻的匣子，大小约和常用的抽屉差不多，匣内被十字形玉栅栏隔成四个小格子，洁净通透。玉匣是在法老的木乃伊旁发现的，当时匣内空无一物。从所放位置看，匣子必是十分重要，可它是盛放什么东西用的？为什么要放在那里？寓意何在？谁都猜不出。这个谜，在很长一段时间内，让考古学家们百思不得其解。后来，在埃及中部卢克索的帝王谷，在卡尔维斯女王的墓室中，发现了一幅壁画，才破解了玉匣的秘密。

壁画上有一位威严的男子，正在操纵一架巨大的天平。天平的一端是砝码，另一端是一颗完整的心。这颗心是从一旁的玉匣子中取出的。埃及古老的文化传说中，有一位至高无上的美丽女性，名叫快乐女神。快乐女神的丈夫，是明察秋毫的法官。每个人死后，心脏都要被快乐女神的丈夫拿去称量。如果一个人是欢快的，心的分量就很轻，女神的丈夫就判那颗羽毛般轻盈的心，引导着灵魂飞往天堂。如果那颗心很重，被诸多罪恶和烦恼填满皱褶，快乐女神的丈夫就判他下地狱，永远不得见天日。

原来，白玉匣子是用来盛放人的心灵的。原来，心轻者可以上天堂。

自从知道了这个传说，我常常想，自己的心是轻还是重，恐怕等不及快乐女神的丈夫用一架天平来称量，那实在太晚了。呼吸已经停止，一生盖棺论定，任何修改都已没有空白处。我喜欢未雨绸缪，在我还能微笑和努力的时候，就把心上的赘累一一摘掉。我不希图来世的天堂，只期待今生今世此时此刻朝着愉悦和幸福的方向前进。天堂不是目的地，只是一个让我们感到快乐自信的地方。

心灵如果披挂着旧日尘埃，好像浸满了深秋夜雨的蓑衣，湿冷沉暗。如何把水珠抖落，在朗空清风中晾干哀伤的往事？如何修复心里的划痕，让它重新熠熠闪亮一如海豚的皮肤在前进中把阻力减到最小？如何在阳光下让心灵变得通透晶莹，仿佛古时贤臣比干的七窍玲珑心，忠诚、诚恳、聪慧，却不会招致悲剧的命运？

我们不是从一张白纸开始自己的心灵健康之旅，背负着个人的历史和集体的无意识。在文化的熏染中长大，它们对我们的影响复杂而深远，微妙而神秘。

如果你到医院检查身体，医生先要开出一系列的化验单，查验你的血，透视你的肺，必要的时候，还要把你送进冰冷幽暗的仪器中，用电脑拍摄你全身的照片……面对自己的心灵，也需先摸清情况，再对症下药，如何探知自己的心灵究竟是不是健康？这本小册子或许能帮你一个小忙。它收集了一些简单的心理游戏。每一个游戏我都曾饶有趣味地完成过。完成的过程中，不经意间就触动了心海下蛰伏的礁石，得以瞥见心灵深处缤纷的珊瑚和疾游的鲨鱼。中国有句老话，叫作"知己知彼，百战不殆"，你对自己多一分了解，你对未来就多一分把握。

有个广泛流传的说法，说是大脑皮层只开发了不到5%的空间，还有庞大的"哑区"没有被挖掘利用。当洗衣服的水都被节俭的人积攒起来冲刷地板的时候，我们怎能不善待自己的心灵资源？如果你渴求对自己有更多了解；如果你愁眉不展常怀戚戚并有愿改变；如果你希望自己变得更轻捷而有力，向着既定的目标迅跑；如果你顺风顺水还求更多的进步和欢乐，咱们一起来做游戏吧。书中的这些游戏曾经帮助过我，沉浸其中落下的泪水，已化作我的钻石。游戏完成时欢畅的笑声，已成为我生活中最新的习惯。游戏之后绵长的思索，更是多次帮助我在纷杂的世事中廓清方向轻装向前。

本书是为一般读者所写，不是为少数专家而撰，故较多注重了有趣，舍弃了学术上的阐释。感谢我所就读过的北京师范大学心理学院，感谢我的导师香港中文大学林孟平教授，感谢和我一道做过这些游戏的同伴们。是他们给予我知识和勇气，给予我众多的资料和借鉴。感谢北京出版社的卓越创意，感谢我的责任编辑们。是他们把一个良好的愿望变成了美丽的书籍。

朋友，让我们一起来玩游戏吧。我和你分享这其中的甘苦，一如在沙漠的烈日中我们同饮一捧清凉的泉水，漫漫征途中我们合乘一车奔向远方。

女性之思

美丽是心底的明媚

只有心底明媚，才能滋养出旷日持久的美丽。

认识一位资深的整形医生，我问，您可以一眼就看出谁整过形吗？

她说，基本可以。特别是演艺界的人，他们的脸是公开的档案。某个演员笑容呆滞的时候，我知道她刚刚做完一个微型整形项目。某个当红明星突然没有什么缘由地销声匿迹，过一段时间高调复出，我看后知道她或他刚刚把自己打磨完工。我还知道，过一段时光，为了保持良好状态，他或她就得开始下一轮整形了。

我说，整形效果难以持久，是不是他们碰上了手艺不堪的整形医生，所以事倍功半呢？

她说，整形这件事，大约有60％的效果要仰仗整形医生的经验和技术，剩下的30％呢，要看接受者的条件，比如不能是疤痕体质。

我把这两者的概率加了一下，并不到100％，就说，那剩下的呢？

整形医生说，剩下的要看天意，就是概率，再说明白点就是运气。有时候，医生没有问题，病人没有问题，却南辕北辙，甚至丢了性命，就是这神鬼难测的10％在起作用。

我说，这么有风险的事情，为什么人们还要前赴后继在所不辞？

整形医生说，我们这一行真是蒸蒸日上。不管经济是不是景气，每年的增长率都达到两位数以上。特别是现在开辟了新战场。

我说，你们那儿刀光剑影血流成河，真可谓战场。只不过这增的部分位于哪里？

整形医生说，是小鲜肉们。过去男子除了受伤毁容必须要做整形之外，来得毕竟很有限，多年来只占一个很小的固定比例。最近几年，小鲜肉啊颜值啊呼声震天，年轻男子整形的比例大幅上升。天生的小鲜肉数目毕竟有限，我们就后天大批量制造小鲜肉和好颜值，也迎来了整个市场的黄金发展时期。

我说，您整形前，一定要好好观察他们的长相吧？

整形医生说，除此之外，最重要的是我让他们一定回答一个问题。回答不正确的，我就不给他做整形。

我说，是什么问题？

整形医生说，请把你的心想象成一座山谷，告诉我，那里是怎样的景象？

有人说，山谷里绿树成荫泉水潺潺。

有人说，山谷里鸟鸣不绝百兽出没。

有人说，他的山谷里阴风惨惨，宛若地狱。

有人说，他的山谷里毒蛇盘踞豺狗成群。

我说，这和整形有什么关系呢？

整形医生说，整形的效果并不是一劳永逸，相由心生。人们为什么要整形？说到底是为了让自己的容貌美丽。可是再端正的容貌，也不是一成不变的。它一定会随着人心的动荡而此起彼伏。就像一件牛仔裤穿在不同人的身上，半年后，就会养成不同的纹路，人的容貌也是一块更细腻的布。天然的容貌是这样，靠人工矫正过的容貌更经不起磨损。愁苦，会生出相应的皱纹。快乐，则会有完全不同的纹路。如果你想要美好容颜，请先让自己心境明媚。

也有人拒绝做这个想象，说，我不告诉你，你就不会知道我的心事。

我就对他说，你当然可以不告诉我，也可以不对任何人说出你的秘密。但是你不知道，你身边就潜藏着证人，不断揭发你试图掩藏的一切。

那人多半大惊失色，说，这是谁？他躲在哪儿？为什么刺探并出卖我！

我说，它就是你的脸，你的容貌，你的动作，你的身体，包括你所散发出来的气场。我们的心灵就像树根，滋养、生发、塑造着我们的身体。一棵树的叶子光泽灼灼，花开艳丽，你就知道它的根系深长营养丰饶。绝大多数的叶子和根长得一点都不相似，可叶子是根的证件照。

很多人用尽种种法子，来补充皮肤上的水，来拉直面颊上的纹，来填丰唇上的沟壑，来挑垫低垂的眉……在高明的整形医生手下，这些都不是难事。你可以在短时间内看到某人焕然一新的容貌。然而，整形医生手中的刀，抵不过天下另外两把刀。

我说，那两把刀是什么？

她说，一把刀是时间，时间会冲刷整容的效果，就像雪堆遇到春阳，渐渐融化。还有一把更尖锐的刀，就是心灵的雕刻。只有心底的明媚，才能滋养出旷日持久的美丽。

淑女书女

假若刨去经济的因素，比如想读书但无钱读书的女子，天下的女人，可分成读书和不读书两大流派。

我说的读书，并不单单指曾经上过小学中学大学硕士博士，读过一本本的教材。严格地讲起来，教材不是书。好像司机的学驾驶和行车、厨师的红白案和刀功一样，是谋生的预备阶段，含有被迫操练的意味。

我说的读书，基本上也不包括报纸和杂志，虽然它们上头都印有字，按照国人"敬惜字纸"的传统，混进了书的大范畴，那些印刷品上，多是一些速朽的信息，有着时尚和流行的诀窍。居家过日子的实用性是有的，但和书的真谛，还有些差异。

好书是沉淀岁月冲刷的沙金，很重，不耀眼，却有保存的价值。它是地球上曾经生活过的那些智慧的大脑，在永远逝去之前自立下的思维照片。最精华的念头，被文字浓缩了，好像一锅灼热久远的煲汤，濡养着后人的神经。

书对于女人的效力，不像睡眠。睡眠好的女人，容光焕发。失眠的女人，眼圈乌青。读书的女人和不读书的女人，在一天之内是看不出来的。

书对于女人的效力，也不像美容食品。滋润得好的女人，驻颜有术。失养的女人，憔悴不堪。读书的女人和不读书的女人，在三个月之内，也是看不出来的。

日子是一天天地走，书要一页页地读。清风朗月水滴石穿，一年几年一辈子地读下去。书就像微波，从内向外震荡着我们的心，徐徐地加热，精神分子的结构就改变了，成熟了，书的效力凸显出来。

读书的女人，更善于倾听，因为书训练了她们的耳朵，教会了她们谦逊。知道这世上多聪慧明达的贤人，吸收就是成长。

读书的女人，更乐于思考。因为书开阔了她们的眼界，拓展了原本纤细的胸怀。明白世态如币，有正面也有反面。一厢情愿只是幻想。

读书的女人，更勇于决断。因为书铺排了历史的进程，荟萃了英雄的业绩。懂得万事有得必有失，不再优柔寡断贻误战机。

读书的女人，更充满自信。因为书让她们明辨自己的长短，既不自大，也不自卑。既然伟人们也曾失意彷徨，我们尽可以跌倒了再爬起来，抖落尘灰向前。

读书的女人，较少持续地沉沦悲苦，因为晓得天外有天乾坤很大。读书的女人，较少无望地孤独惆怅，因为书是她们招之即来永远不倦的朋友。读书的女人，较少怨天尤人孤芳自赏，因为书让你牢记个体只是恒河沙粒沧海一粟。读书的女人，较少刻毒与卑劣，因为书中的光明，日积月累浸染着节操鞭挞着皮袍下的"小"……

"淑"字，温和善良美好之意。好书对于女人，是家乡的一方绿色水土。离了它，你自然也能活。但与书隔绝的日子，心无家园，半生过下来，女人就变得言语空虚、眼神恍惚、心地狭窄、见识短浅了。

淑女必书女。

做女人的智慧

不论男性还是女性，每个人都有一个自己发现自己、认识自己的过程，它伴随着一个人成长的全过程，也随着每个人的成长而深化。我来北师大读心理学，就是想更好地了解人、了解自己。我觉得，人如果能把自己搞明白，是件很有意思很好玩的事。作为女性，更要了解自己，发现自己。通常，人说"人贵有自知之明"，都是说要明白自己的不足之处。而我认为，女性不光要了解自己的缺点，更要了解自己的优点、自己的特点，这才真的"珍贵"。

我做过医生，对女性的生理比较了解。男女生理上最大的不同是生殖系统的不同，但这种不同并不从根本上决定性别的优劣、强弱。我觉得男女的差异主要体现在社会性别上。我在西藏当兵的时候，我们司令员曾特别惋惜地对我说："你要是个男的就好了。"我问为什么，他说："你挺能干的，我想提你当参谋，以后还可以当参谋长，可惜你是个女的，这就没有一点办法了。"这是我长大成人后，第一次鲜明地意识到男女性别上的不平等。现实中，女性在权利、义务、文化、尊严等方面与男性是有很大差距的，女性在社会上的声音总是很微弱，这是和人类社会的发展过程息息相关的。古时候人们要打仗，丈二的长矛，女的就是拎不动。而现在，坐在电脑前，男女都一样，而且女的输入得可能还更快。人类的科技进步，为推动男女平等提供了基础，男女因为生理原因导致的不平等是可以渐渐被淡化的。

我发现我们女性和男性的差异，主要是由于文化上的原因造成的。比如，严父慈母大家都觉得很正常，但如果一个家里是严母慈父，大家会觉得有点例外。其实，慈、慈悲，是男女共有的品性，不是女人的专利。最近我看一位作家写的文章，说更年期本是人一个正常的生理过程，但人们说起时会认为它包含一种贬义。这里头就有非常多的文化因素。在大学听我做报告的女学生特别多，从她们的眼神中，我知道她们在思考，可到自由提问的时候，通常第一个站起来的总是男生。从我们的文化上讲，一个女孩子总要先看看别人讲什么，这么站起来会不会冒失啊，又担心自己的问题会不会太幼稚啦，实际上是一种文化在压迫着她。从某种程度上说，这是女性的"自动放弃"。人是生而平等的啊。平等不是等出来的，是自己做出来的。这种"文化上的压迫"存于心间，即使平等已经到来了，女性自己心里还是觉得不平等，那么，这种平等就不能真正地到来。

　　女性要学会思考，真正成熟起来。女性心理成熟和自身的阅历在一定程度上相关，而这种阅历只是一种成熟的土壤，成熟则需要智慧。比如一个女人经历了失败的婚姻，上一次她找了一个比自己强的失败了，这次就去找一个差的，最后她可能结了四次婚，还是失败了。阅历没有上升成为智慧，没有思考，失败可能还会重复，而并不能使她真正地成熟。我常常看到鸟儿一根一根地叼来树枝，千辛万苦也要给自己搭一个窝，我想，它们也是需要一个家，需要一种安全感。人也一样，只是女性在体力上没法跟男性比，所以，才对安全感要求更高。她们更需要男性的责任感，更需要关怀和呵护，这种需要是正当的。外在的柔软并不意味着女性就是弱者。在面对困境和生命挑战时，男女采取的方式可能不同，但克服困难的本质是一样的。女性凭借自己内在的力量，能够赋予自身生命的意义、人格的尊严。她们在挑战自我的程度上，在承担社会责任的能力上，和男性是相同的。

女性对自身的了解和认识，包括她对自身生命意义的认识。女性到底是为谁活着？很多女人视孩子和丈夫超过自己的生命，以他们为自己生存的意义而忽略了自己。丈夫、孩子无疑是值得女人为之付出的，但并不是女人的自身或全部。我们说，世界上没有相同的两片树叶，生命属于女人自己，女人应该是她自己，应该为自己活着。不少女人在失去丈夫时觉得自己没法活下去了，在孩子不在身边后突然觉得生活空空荡荡没了着落。漫长的岁月里，她们总是在等，等孩子的长大，等丈夫的闲暇，当这些都等到时，才发现自己已经衰老，已经远离了自己原本想干的事。每个人都应该对自己负责，女性如果把自己生存的意义完全寄寓于对方，寄寓于别人对自己负责，这对男人也是不公平的。

女人因为柔软，所以更需要智慧。情感充沛是女人天性的特点，但不应该是女人的弱点。情感是好东西，女人怎么能没有情感呢？只是女人在付出情感时需要判断对方的真假，付出情感后还要保持与男人发展的同步。当然，这种同步不一定是事业上的，而是精神上的同步，精神上的成熟。女人在工作、家庭中的角色本身也是在发展变化中的。一劳永逸是不行的，坐等十年，智慧也等不来。智慧不是来自外界，而是来自女人自身的修炼、内在的积累。智慧的女人给人的感觉会是宁静的、平和的。

如果我有一个女儿（我有一个很会自己拿主意的儿子），我不预期她将来干什么，我会让她自己去经历成长，我希望她去读更多的书，希望她在智慧上更胜一筹。我相信，读书会开启女性自身的智慧。

从女性的特点来说，女性敏感细腻，更容易感受幸福。幸福对每个人的定义是不确定的。我在感到自己有力量的时候，有一种幸福的感觉。这种"有力量"不是指别的，而是我能感知美好的东西，我有能力决定自己的生活。

　　由从医到写作，是因为写作让我觉得愉快，让我了解人，了解自己，发现自己。我没有理由去做让自己不愉快的事。生命有不可预见性，生活多么新奇，能让我不断地要向前走，不断地进步，我感到很高兴。我想，所有的女性都一样，如果能真正地了解自己，能有智慧，做自己能做好的事，那么，幸福就在不远处。

何时才能外柔内刚

在咨询室米黄色的沙发上，安坐着一位美丽的女性。她上身穿着宝蓝色的真丝绣花 Y 领上衣，衣襟上一枚鹅黄水晶的水仙花状胸针熠熠发光。下着一条乳白色的宽松长裤，有一种古典的恬静花香弥散出来。服饰反射着心灵的波光，常常从来访者的衣着中就窥到他内心的律动。但对这位女性，我着实有些摸不着头脑。她似乎很能控制自己的情绪，安宁而胸有成竹，但眼神中有些很激烈的精神碎屑在闪烁。她为何而来？

您一定想不出我有什么问题。她轻轻地开了口。

我点点头。是的，我猜不出。心理医生是人不是神。我耐心地等待着。我相信，她来到我这儿，不是为了给我出个谜语来玩。

她看我不搭话，就接着说下去。我心理挺正常的，说真的，我周围的人有了思想问题都找我呢！大伙儿都说我是半个心理医生。我看过很多心理学方面的书，对自己也有了解。

她说到这儿，很注意地看着我。我点点头，表示相信她所说的一切。是的，我知道有很多这样的年轻人，他们渴望了解自己，也愿意帮助别人。但心理医生要经过严格的系统的训练，并非只是看书就可以达到水准的。

我知道我基本上算是一个正常人，在某些人的眼中，我简直就是成功者。有一份薪水很高的工作，有一个爱我、我也爱他的老公，还有房子和车。基本上也算是快活，可是，我不满足。我有一个问

126

题——怎样才能做到外柔内刚？

我说，我看出你很苦恼，期望着改变。能把你的情况说得更详尽一些吗？有时，具体就是深入，细节就是症结。

穿宝蓝绸衣的女子说，我读过很多时尚杂志，知道怎样颔首微笑、怎样举手投足。你看我这举止打扮，是不是很淑女？

我说，是啊。

穿宝蓝绸衣的女子说，可是这只是我的假象。在我的内心，涌动着激烈的怒火。我看到办公室内的尔虞我诈，先是极力地隐忍。我想，我要用自己的善良和大度感染大家，用自己的微笑消弭裂痕。刚开始我收到了一定的成效，大家都说我是办公室的一缕春风。可惜时间长了，春风先是变成了秋风，后来干脆成了西北风。我再也保持不了淑女的风范。开业务会，我会因为不同意见而勃然大怒，对我看不惯的人和事猛烈攻击，有的时候还会把矛头直接指向我的顶头上司，甚至直接顶撞老板。出外办事也是一样，人家都以为我是一个弱女子，但没想到我一出口，就像上了膛的机关枪，横扫一气。如果我始终是这样也就罢了，干脆永远的怒目金刚也不失为一种风格。但是，每次发过脾气之后，我都会飞快地进入后悔的阶段，我仿佛被鬼魂附体，在那个特定的时间就不是我了，而是另一个披着我的淑女之皮的人。我不喜欢她，可她又确确实实是我的一部分。

看得出这番叙述让她堕入了苦恼的渊薮，眼圈都红了。我递给她一张面巾纸，她把柔柔的纸平铺在脸上，并不像常人那般上下一通揩擦，而是很细致地在眼圈和面颊上按了按，怕毁了自己精致的妆容。待她恢复平静后，我说，那么你理想中的外柔内刚是怎样的呢？

穿宝蓝绸衣的女子一下子活泼起来，说，我给你讲个故事吧。那时我在国外，看到一家饭店冤枉了一位印度女子，明明道理在她这边，可饭店就是诬她偷拿了某个贵重的台灯，要罚她的款。大庭广众之下，众目睽睽的，非常尴尬。要是我，哼，必得据理力争，大吵大闹，逼他们拿出证据，否则决不罢休。那位女子身着艳丽的纱丽，长发披肩，不温不火，在整个两小时的征伐中，脸上始终挂着温婉的笑容，但是在原则问题上丝毫不让。面对咄咄逼人的饭店侍卫的围攻，她不急不恼，连语音的分贝都没有丝毫的提高，她不曾从自己的立场上退让一分，也没有一个小动作丧失了风范，头发丝的每一次拂动都合乎礼仪。

那种表面上水波不兴、骨子里铮铮作响的风度，真是太有魅力啦！穿宝蓝绸衣的女子的眼神充满了神往。

我说，我明白你的意思了，你很想具备这种收放自如的本领：该硬的时候坚如磐石，该软的时候绵若无骨。

她说，正是。我想了很多办法，真可谓机关算尽，可我还是做不到，最多只能做到外表看起来好像很镇静，其实内心躁动不安。

我说，当你有了什么不满意的时候，是不是很爱压抑着自己？穿宝蓝绸衣的女子说，那当然了。什么叫老练，什么叫城府，指的就是这些啊。人小的时候天天盼着长大，长大的标准是什么？这不就是长大嘛！人小的时候，高兴啊懊恼啊，都写在脸上，这就是幼稚，是缺乏社会经验。当我们一天天成长，就学会了察言观色，学会了人前只说三分话，未可全抛一片心。风行社会的礼仪礼貌，更是把人包裹起来。我就是按着这个框子修炼的，可是到了后来，我天天压抑着自己的真实情感，变成了一张面具。

我说，你说的这种苦恼我也深深地体验过。在阐述自己观点的时候，在和别人争辩的时候，当被领导误解的时候，当自己的一番好意却被当成驴肝肺的时候，往往就火冒三丈，也顾不得平日克制而出的彬彬有礼了，也记不得保持风范了，一下子义愤填膺，嗓门也大了，脸也红了。

听我这么一说，穿宝蓝绸衣的女子笑起来说，原来世上也有同病相怜的人，我一下子心里好过了许多。只是后来您改变了吗？

我说，我尝试着改变。情绪是一点一滴积累起来的，我不再认为隐藏自己真实的感受是一项值得夸赞的本领。当然了，成人不能像小孩子那样，把所有的喜怒哀乐都写在脸上，但我们的真实感受是我们到底是一个怎样的人的组成部分。如果我们爱自己，承认自己是有价值的，我们就有勇气接纳自己的真实情感，而不是笼统地把它们隐藏起来。一个小孩子是不懂得掩饰自己的内心的，所以有个褒义词叫作"赤子之心"。人渐渐长大，在社会化的过程中，学会了把一部分情感埋在心中。在成长的同时，也不幸失去了和内心的接触。时间长了，有的人以为凡是表达情感就是软弱，而要把情感隐蔽起来，这实在是人的一个悲剧。

我们的情感，很多时候是由我们的价值观和本能综合形成的。压抑情感就是压抑了我们心底的呼声。中国古代的人就知道，治水不能"堵"，只能疏导。对情绪也是一样，单纯的遮蔽只能让情绪在暗处像野火的灰烬一样，无声地蔓延，在一个意想不到的地方猛地蹿出凶猛的火苗。想通这个道理之后，我开始尊重自己的情绪。如果我发觉自己生气了，我不再单纯地否认自己的怒气，不再认为发怒是一件不体面的事情，也不再竭力用其他的事件分散自己的注意力。因为发自内心的愤怒在未被释放的情况下，是不会像露水一样无声无息地渗透到地下销声匿迹的，它们会潜伏在我们心灵的一角，悄悄地发酵，膨胀着自己的体积，积攒着自己的压力，在某一个瞬间就毫不留情地爆发出来。

如果我发觉自己生气了，就会很重视内心感受，我会问自己，我为什么而生气？找到原因之后，我会认真地对待自己的情绪，找到疏导和释放的最好方法，再不让它们有长大的机会。举个小例子，有一段时间我一听到东北人说话的声音心中就烦，经常和东北人发生摩擦，不单在单位里，就是在公共汽车上或是商场里，也会和东北籍的乘客或是售货员争吵。终于有一天，我决定清扫自己这种恶劣的情绪。我挖开自己记忆的坟墓，抖出往事的尸骸。那还是我在西藏当兵的时候，一个东北人莫名其妙地把我骂了一顿，反驳的话就堵在我的喉咙口，但一想到自己是个小女兵，他是老兵，我该尊重和服从，吵架是很幼稚而不体面的表现，我就硬憋着一言不发。那愤怒累积着，在几十年中变成了不可理喻的仇恨，后来竟到了只要听到东北口音就过敏反感，非要吵闹才可平息心中的阻塞，造成了很多不必要的误会。

我把我的故事对穿宝蓝绸衣的女子讲完了。她说，哦，我有了一些启发。外柔内刚的柔只是表象，只是技术，单纯地学习淑女风范，可以解决一时，却不能保证永远。这种皮毛的技巧，弄巧成拙也许会使积聚的情绪无法宣泄，引起某种场合的失控。外柔需要内刚做基础，而内刚不是从天上掉下来的，是靠自我的不断探索。

我说，你讲得真好，咱们都要继续修炼，当我们内心平和而坚定的时候，再有了一定的表达技巧，就可以外柔内刚了。

素面朝天

爱最真实的自己，素面朝天是一种生活方式。

素面朝天。

我在白纸上郑重写下了这个题目。夫走过来说，你是要将一碗白皮面，对着天空吗？

我说有一位虢国夫人，就是杨贵妃的姐姐，她自恃美丽，见了唐明皇也不化妆，所以就被称为……

夫笑了，说，我知道。可是你并不美丽。

是的，我不美丽。但素面朝天并不是美丽女人的专利，而是所有女人都可以选择的一种生存方式。

看着我们周围。每一棵树、每一叶草、每一朵花，都不化妆，面对骄阳、面对暴雨、面对风雪，它们都本色而自然。它们会衰老和凋零，但衰老和凋零也是一种真实。作为万物灵长的人类，为何要将自己隐藏在脂粉和油彩的后面？

见一位化过妆的女友洗面，红的水黑的水蜿蜒而下，仿佛洪水冲刷过水土流失的山峦。那个真实的她，像在蛋壳里窒息得过久的鸡雏，渐渐苏醒过来。我觉得这个眉目清晰的女人，才是我真正的朋友。片刻前被颜色包裹的那个形象，是一个虚伪的陌生人。

脸，是我们与生俱来的证件。我的父母，凭着它辨认出一脉血缘的延续；我的丈夫，凭着它在茫茫人海中将我找寻；我的儿子，凭着它第一次铭记住了自己的母亲……每张脸，都是一本生命的图谱。连脸都不愿公开的人，便像捏着一份涂改过的证件，有了太多的秘密。所有的秘密都是有重量的。背着化过妆的脸走路的女人，便多了劳累，多了忧虑。

化妆可以使人年轻，无数广告喋喋不休地告诫我们。我认识的一位女郎，盛妆出行，艳丽得如同一组霓虹灯。一次半夜里我为她传一个电话，门开的一瞬，我惊愕不止。惨淡的灯光下，她枯黄憔悴如同一册古老的线装书。"我不能不化妆。"她后来告诉我。"化妆如同吸烟，是有瘾的，我现在已经没有勇气面对不化妆的我。化妆最先是为了欺人，之后就成了自欺。我真羡慕你啊！"从此我对她充满同情。

我们都会衰老。我镇定地注视着我的年纪，犹如眺望远方一幅渐渐逼近的白帆。为什么要掩饰这个现实呢？掩饰不单徒劳，首先是一种软弱。自信并不与年龄成反比，就像自信并不与美丽成正比，勇气不是储存在脸庞里，而是掌握在自己手中。化妆品不过是一些高分子的化合物、一些水果的汁液和一些动物的油脂，它们同人类的自信与果敢实在是不相干的东西。犹如大厦需要钢筋铁骨来支撑，而绝非几根华而不实的竹竿。

常常觉得化了妆的女人犯了买椟还珠的错误。请看我的眼睛！浓墨勾勒的眼线在说。但栅栏似的假睫毛圈住的眼波，却暗淡犹疑。请注意我的口唇！樱桃红的唇膏在呼吁。但轮廓鲜明的唇内吐出的话语，却肤浅苍白……化妆以醒目的色彩强调以致强迫人们注意的部位，却往往是最软弱的所在。

磨砺内心比粉饰外表要难得多，犹如水晶与玻璃的区别。

不拥有美丽的女人，并非也不拥有自信。美丽是一种天赋，自信却像树苗一样，可以播种，可以培植，可以蔚然成林，可以直到地老天荒。

我相信不化妆的微笑更纯洁而美好，我相信不化妆的目光更坦率而真诚，我相信不化妆的女人更有勇气直面人生。

有时候若不是为了工作，假若不是出于礼仪，我这一生，将永不化妆。

抬粉面，花相妒

"烟花"，指的是如烟的花朵吧？香氛蒸腾，大地纷披的暖流搅动透明的空气，缓缓抬升，仿佛夏日的柏油路面，有一种清溪的波光诡谲。花朵被光和热包裹着，似颤抖的锦缎。三月，正是春天最美丽的季节，远远看去有花朵浓艳的盛放和就要凋落的最后一笑吧。不熟悉扬州的地理与历史，只记得那句绵延千载的古诗——烟花三月下扬州。三月倒是三月，可惜我去的这当儿是阳历三月，只相当于阴历的二月。阴历二月的扬州，还是长江北岸的早春时节，大运河边的垂柳，刚刚努出绿鹦鹉般的芽。

坐一条船穿行在细雨的江上，去探幽唐代的扬州，已是光天化日下的梦幻。扬州的繁华还在，只是已充满了现代感，寻寻觅觅，只是都市的喧嚣。在扬州，买些什么特产呢？我固然知道，由于交通的发达，如今再没有什么绝对的特产了。令妃子倩笑的艳红荔枝，不必累死快马，昨日还在枝头，今日就携着绿蜡样的叶，无声无息地摆在了北国的果盘中。哈密的瓜，一年四季都会在餐桌上，笑容可掬地滴着蜜糖般的汁。

一位美丽女子说："苏州胭脂扬州粉，给我带些扬州的鸭蛋粉。"

我不知一向讲究对仗工整的古人，把抹在脸上的腮红和咽到肚里的佳肴放在一起，有何深意。我说："鸡蛋的胆固醇就够高了，更甭说鸭蛋了。很多人吃早餐的时候，盘里都遗弃了蛋黄。你倒好，专门要带鸭蛋粉。估计很腥，只能喂鱼。"

女友就笑了，说："姐姐啊，你可真是孤陋寡闻。这鸭蛋粉不是吃的，是中国古代女子化妆的香粉，形似洁白的鸭蛋，故得此盛名。"

到了扬州，才知道这扬州鸭蛋粉，有一个很好听的名字，叫作"谢馥春"，好像一位美女的闺名。

扬州出脂粉，是有历史的。地方志中有记载："天下香粉，莫如扬州，迁地遂不能为良，水土所宜，人力不能强也。"

扬州的粉为什么好呢？扬州出美女，也不知是寻常女子用了谢馥春的香粉，就修成了倾国倾城的美女，还是扬州美女用了谢馥春，谢馥春从此名扬天下？

香粉的制造发源于汉朝。到了晋朝，妇女均喜搽粉，滥觞开来，居然官绅青年男子也喜搽粉。三国时曹操有位谋士，人称"粉傅何郎"，就是证据。隋唐年间，国盛民安，脂粉业也长足发展，从老人到青年人均喜搽香粉，以显精神饱满。到了宋代，扬州出现了专门生产销售香粉的前店面后作坊的小香铺。清康熙年间，来往商贩众多，舟船便利，扬州香粉带入京都，传进了皇宫。宫内妃子宫娥抢着用，用后皮肤白里透红，红白相映，流光溢彩，从此声名大振。王廷把扬州香粉选做贡粉。一沾了宫廷的边儿，凡物也就奢华和名贵起来，扬州香粉从此被称为宫粉。

清道光十年，也就是1830年，扬州谢馥春香粉铺创建开办，品种有香粉、藏香、棒香、香袋等产品。当时扬州粉独占鳌头的当数戴春林、薛天锡两家。要想在香粉上与戴、薛两家竞争，谢馥春必须创造出特色。掌门人谢宏业经营过中草药材生意，他独辟蹊径，将香粉与药材结合起来，原料精选广东专门为其加工的石粉、米粉、豆粉，结合时令，选用白兰、茉莉、珠兰、玫瑰等鲜花，再加以适量冰片、麝香，制成既有花香又有保健作用的各种香粉。包装上也花了一番心思。用缎面绒里的锦盒、锡盒，盒子有圆形、方形、海棠形，盒面刻有龙凤图案，古色古香。内置半个鸭蛋般的粉饼，俗名叫它"鹅蛋粉""鸭蛋粉"，煞是可爱，谢馥春由此声名鹊起。此香粉最大的特点是——轻、红、白、香。

一说起老字号，总会想起巴拿马万国博览会，也就是世博会。在1915年举行的巴拿马万国国际博览会上，"扬州谢馥春香粉"大大露了一回脸。它和茅台酒一起，登上了领奖台，荣获国际银质奖章和奖状，成了中国最早得此殊荣的化妆品。

"谢馥春香粉铺"除了生产鸭蛋粉外，还有冰麝油及香件，被称为谢馥春"三绝"。

今天的鸭蛋香粉，已经没有锦缎盒子了。分为四种花香，分别是栀子、桂花、玫瑰还有茉莉，用一种极为传统的纸盒包装着，好像从用民国旧画报的纸张糊出来的，正面有个静默的女子，内敛地微笑着，欲说还休的样子半低着头。打开盒盖，和现在常用的外国香型不同，有一种甜美的花香悄然弥散开来。看这粉的成分说明，有羊毛脂、冰片、高岭土、方解石粉、滑石粉等等，据说和当年的老配方毫无二致。

于是想，女子为什么要把自己打扮得比实际情形要白嫩一些呢？想来是为了显得少经日晒，皮肤细腻。在农耕社会，底层的女子是要到田间劳作的，这就会使皮肤粗糙和灰暗。为什么要用粉妆显出红润呢？想来是因为身体素质好、血脉丰盈的女子，脸上是常常会透出血色的晶莹。

出身于非劳动人民家庭，身体素质好，不曾气血亏，激素分泌正常……这是人们对于健康的妙龄女子的标准。达到这个标准的，还望更上一层楼。暂时达不到标准的，希望能乔装打扮鱼目混珠。于是，香粉就应运而生。说到底，谢馥春的长盛不衰，是心理期冀的伪装。归根结底的诉求，是年龄和健康的迷彩服。

致不美丽的女孩子

35 岁之前，长相是父母给的，35 岁之后，你要自己负责。

有一天，我收到了一封读者来信，撕开之后，落下来一张照片。先看了照片，没什么特别的感觉，待看了信件之后，心脏的部位就有些酸胀的感觉。我赶快伏案，写了一封回信（是手写的，不是用电脑打出来的。我在回信这件事上，坚持手工操作）。现在征得那位女孩子的同意，把她的信和我的回复一并登出来，但愿她的父母会看到。

毕阿姨：

您好！

我有一个痛彻心扉的问题。我的爸爸妈妈都长得很好看，简直就是美女和帅哥的超级组合（他们那个年代还没有这样时髦的词，好像用的是"秀丽"和"精干"这两个形容词）。

人们都以为他们会生出一个金童玉女来，可惜我恰恰取了他们的缺点组合在一起了，长得一点也不漂亮。我从小就习惯了人们见到我时的惊讶——哟，这个小姑娘长得怎么一点也不像她的爸爸妈妈啊！最令人伤感的是，我爸爸妈妈也经常会这么说，同时面露极度的失望之色。为此，我非常难过，也不愿和他们在一起走。现在唯一的希望就是他们快快老了，那时候，他们就不会太好看了，而我还年轻，是不是可以弥补一下先天的不足啊！您说呢？

寄上一张我的照片，但愿不会吓着您。

肖晓：

你好！

我看到了你寄来的照片，情况不像你说的那样悲惨啊！相片上，你是一个很可爱很阳光的少女哦！也许你的父母真是美男子和美女的超级组合（遗憾你没有寄来一张合影，那样的话，我也可以养养盯着电脑太久而昏花的双眼了），在这样的父母笼罩之下，真是很容易生出自卑的感觉，此乃人之常情，你不必觉得是自己的错。不过，如果你的父母也这样埋怨你，你尽可以据理力争，找一个至爱亲朋大聚会的场合，隆重地走到众人面前，一本正经地说，嗨，大家请注意，我是一件产品，内在的质量还是很好的，至于外表，那是把我制造出来的设计师的事，你们如果有意见，就找他们去提吧，或者把产品退回去要求返修，把外观再打磨一下。但愿当你说完这番话之后，大家就会面面相觑，微笑着不再说什么了。

人们总是非常愿意评价他人的长相，有时单凭长相就在第一时间做出若干判断。这也许是从远古时代就流传下来的一种近乎本能的习惯，那时候的人会凭借着长相，判断对方和自己是不是同属于一个部落和宗族，是不是有良好的营养和体力，甚至性情和脾气也能从面部皱纹的走向看出端倪来。现代人有了很多进步，但在以貌取人这方面，基本上还在沿用旧例，改变不大。

有一句流传很广的话是这样说的——人的长相这件事，在

35岁之前是要父母负责的，但在35岁之后，就要自己负责了。有时我在公园看到面目慈祥很有定力的老女人，心中就会充满感动。要怎样的风霜才能勾勒出这样的线条和风采，我们看到的不再是先天的美貌桑叶，它们已经被岁月之蚕噬咬得只剩下经络，华贵属于天地的精华和不断蜕皮的修炼。

从相片上看你还很年轻，长相的公案，目前就推给你的父母吧。我希望你健康地长大，但中年以后的事，恐怕就要你自己负责了。如果你实在不想再听这些议论了，唯一的办法是找到一卷无边无际的胶带，牢牢地糊住他们的嘴巴。看到这里，我猜你会说，你开的这个方子好是好，可我现在到哪里去找那卷无边无际的胶带呢？就是找到了，我能不能买得起？

这卷胶带在哪里，我也不知道。它是怎样的价钱，我也不知道。找找看吧，到网上搜索一番，请大家一齐帮忙找。如果实在是上穷碧落下黄泉也找不到，就只有最后一个法子，那就是让人们说去吧，你可以我行我素，依然快乐和努力地干自己想干的事。

祝你鸡年好！

让女人丑陋的最根本原因

> 生活可以雕塑一个人的相貌，你是一个什么样的人，就会长成什么样子。

对一个女性最有害的东西，就是怨恨和内疚。前者让我们把恶毒的能量对准他人；后者则是掉转枪口，把这种负面的情绪对准了自身。

你可以愤怒，然后采取行动；你也可以懊悔，然后改善自我。但是请你放弃怨恨和内疚，它们除了让女性丑陋以外，就是带来疾病。

我有一个面目清秀的女友，多年没见，再相见时，吓了我一跳。一时间张口结舌，不知说什么好。她倒很平静，说，我变老了，是吧？我嗫嚅着说，我也老了，咱们都老了，岁月不饶人嘛！她苦笑了一下说，我不仅是变老了，更重要的是变丑了。对吧？

在这样犀利洞见的女子面前，你无法掩饰。我说，好像也不是丑，只是你和原来不一样了，好像换了一个人似的，整个面目都不同了。

她说，你不知道我的婚姻很不幸吗？

我说，知道一点。

她说，我告诉你一件事，一个不幸福的女人是挂相的。我们常常说，某女人一脸苦相。其实，你到小姑娘那里看看，并没有多少女孩子就是这种相貌的。女子年轻的时候，基本上都是天真烂漫的。但是你去看中年妇女，就能看出幸福和不幸福两大阵营。

我说，生活是可以雕塑一个人的相貌的，这我知道。但是，好像也没有你说的这样绝对吧？

她坚持道，是这样的，不信你以后多留意。到了老年妇女那里，差异就更大了。基本上就分为两类：一种是慈祥的，一种是狞恶的。我就是属于狞恶的那一种。

我不知如何接下茬，避重就轻地说，不过，我们在照片上看到的老年人，都是慈祥的。

她说，对啊。那些不慈祥的，根本活不了太久。比如我，很可能早早就告别人世。

话说到这份儿上，我只好不再躲避。我说，那么你怎样看待自己的相貌变化？

她说，我之所以同你讲得这样肯定，就是从我自己身上得出的结论。因为我的婚姻不幸福，我又没有法子离婚，所以一直在怨恨和后悔中生活、煎熬着。对着镜子，我一天天地发现自己变得尖刻和狞厉起来。当然，这不是一天发生的，别人看不出来，但我自己能够看出来。我用从自己身上得到的经验去看别人，竟是百分之百的准确……

我看着她，说不出话来。在这样透彻冷静的智慧面前，你只能沉默。

每当我想起她来，心中都漾过竹签扎进牙床般的痛。她所具有的智慧，是一种波光诡谲入木三分的聪明，犹如冰河中的一缕红绳，鲜艳地冻结在那里，却无法捆绑住任何东西。

我愿意把她的心得转述在这里。女人会不会因为心理不健康而变丑，我不敢打包票。因为心理不健康而导致身体上的病患却是千真万确的。

为了不得病，为了不变丑，人们只有更多地让爱意充满心扉。

这世上不美丽的女子居多

　　清晨起来写作，如同一个农妇，到菜园里拔草捉虫。农民告诉过我，拔草和捉虫都要选太阳还没有升起的时候，那时的草梗湿而韧，容易带出草根。虫子身上沾有露水，活动不便，很好捉到。

　　黎明伏案，夜晚的安眠如雨刷般清洗了脑屏上的划痕，速率快捷。然而今天电脑键盘上趴着一封信。我知道家人会把一些他们认为重要的资讯，放在这个要害所在，意思是请我在写作之前必须阅读。

　　一封读者来信。通常，我是不会在清晨这个写作的黄金时段看信的。因为每一封信里，都居住着一个陌生而沧桑的灵魂。倾听它的声音，需要足够的时间和安稳的心绪。

　　家人知道我的这个习惯，依然这样摆放，想来是有理由。正巧先生走过来，我说："你为什么一定要我看这封信呢？"

　　先生说："这信封背面有一行字，打动了我。上面写着：也许这封信到不了毕老师手中，那就请看到这封信的人，善待它。"

　　我打开了这封信。我常常收到很多读者来信，寻求帮助的，倾泻痛苦的，寄托期望的，指点我写作的……都在意料之中。但这一封信，有点特别。她谈了读《女心理师》的心得。然后说，听说《女心理师》要拍电视剧了，她想让我按照她心目中的贺顿，来寻觅演员。

　　"贺顿个子挺秀，面庞清朗，眸子深处有倔强的光。但一眼看去，有点猜不透。似乎是那种温和的邻家女孩的模样，内心却很有主见。

她的灵魂曾饱受创伤，依然自强不息。她出身社会底层，但好学上进，有强烈的求知欲和自尊心。她爱穿蓝色和白色的衣服，有一个最喜欢的饰物，是一枚廉价但是造型奇特的鸟……"

我写作的动力算是彻底湮灭了。我第一次深刻地觉察到：人物一旦走出作者的视野，就有了独立的生命。行走于江湖，任人褒贬。

我无法告诉这个读者——她心目中的贺顿，和我想象的是不一样的。起码我觉得贺顿并不像邻家女孩那样亲切近人吧？但我知道，我的看法不一定对，就像一个母亲并不知道她的儿女们长大之后会是什么模样。

若干年前，当我开始写作《女心理师》的时候，心理师还是一个冷寂的名词，很多人不能把精神疾病和心理疾病区分开来，觉得去看心理医生是丢人和不体面的事情，要偷偷摸摸背着人。现在，局面已经有了很大改观，人们越来越认识到，我们的心也像我们的身体一样，是可以并且经常生病的，这不是罪恶。如果不会倾听心理的呼唤，听任心理疾病蔓延，直到它完全毁坏了我们的生活，甚至戕夺了我们的生命，这才是最最悲惨的。

在那封信中，富有想象力的读者，焦急地问我电视剧《女心理师》什么时候可以播出，里面的贺顿是不是她想象的那个样子？

小说里的主人公，到底长什么样子，停留在文字，是可以任凭读者自由想象的。现在是影像年代，如果拍成了电影电视剧，的确有一个"模样"的问题。

我心中的贺顿，外形是不美丽的。小说中的女主人公，通常都是美丽的，贺顿要算是一个例外。我知道这个世界上，不美丽的女子居多，我觉得贺顿本应是她们中的一员。贺顿出身卑微，身世寒苦。她一路坎坷，遭受重重磨难。好在她把这些都变成了自己思想和意志的营养，变成了有朝一日帮助别人的动力和资本。我不知道这个世界上真正有多少个贺顿这样的人，但我相信她一定曾经存在过。这个世界还是有阳光的，明天还是有希望的。

我的心终于又宁静下来，可以进入今天的长篇小说写作了。这里有新的人物和历史，有更惊险和曲折的故事，也有并不美丽的女主人公。不过，她和贺顿有一点是相同的，那就是有一种奋斗和牺牲的精神，愿以自己的微薄之力让人间变得美好。

这个世界需要一种力量，让我们永不停歇。

校门口的红跑车

女人们对自己的感情经历，大体上可分为三种。一种是讲，逢人就讲，对熟悉她和不很熟悉她的人，甚至车船旅途中的萍客，都可倾诉。一种是不讲，埋得深深，不少人把它像一种致命的病菌一样，带进坟墓。第三种是通常不讲，但在某一特别的场合和时间里，会对人讲。那种时刻，如果我恰巧成为听众的话，常常生出感动。因为我知道，此时一定有什么特别的情形，痛切地触动了她的内心。我也要感激她对我的信任和这一份特别的缘分。

那一夜，月亮非常亮。据说是六十三年以来，月亮最亮的一个晚上。女孩对我说。

我是师范院校的学生。读师范的女生，基本上都是家境贫寒的，长相通常也不很好。这样说，我的女同学们，可能会不服气，但我说的是实话，包括我自己，相貌平平。大约读大二的时候，我们就可以做家教了。其实那时，我们和普通大学生所上的课，并没有大的区别，还没学到教学教法什么的，也不一定就能当好如今独生子女的小先生。师范院校的牌子挺能唬人的，再说我们也特需要钱来补贴。所以，同学们就自己组织起家教"一条龙"服务，每天派出代表，在大街上支个桌子，上书"家教"两字，等着上门求助的家长，接了活后再分给大家。谁领到了活儿，会从自己的收入当中，抽一部分给守株待兔的同学——我们称他们为"教提"。

有一天，教提对我说，给你分一个大款的女儿，你教不教？我说，

145

钱多不多？他说，官价。我说，你还不跟大款讲讲价？他苦笑着说，讲了，不成。人家门儿清。我说，好吧，官价就官价。他说，那明天下午四点，范先生驾车到大门接你。

第二天，我提前五分钟到了学校门口。没人。我正好把自己的服装最后检视一遍。牛仔裤，白 T 恤——挺得体的，既朴素又充满了活力，而且这是我最好的衣服了。

四点整，一辆我叫不出来名字的红跑车飞驰而来，停在我面前，一位潇洒的中年男人含笑问道：您是黎小姐吗？

我姓李，他讲话有口音，我也就不计较了，点点头。我说，您是范先生吗？他说，正是。咱们接上头了，快请上车。我女儿正在家等你呢。

我上了车，坐在他身边，车风驰电掣地跑起来。我从来没有坐过如此豪华的车，那感觉真是好极了。他的技术非常娴熟，身上散发着清爽的烟草和皮革混合的气味，好像是猎人加渔夫。总之，很男人。

他一边开车一边说，女儿的英语基础不是很好，尤其是胆小，不敢会话。口语的声音弱极了，希望我不要在意。我的目光注视着窗外飞速闪动的街景，不停地点头……心想，同样的建筑，你挤在公共汽车上看，和坐在这样高贵的车里看，感觉竟有那么大的差别啊。

很快到了一片"高尚"住宅区。（我对这个词挺不以为然的，住宅也不是品质，凭什么分高尚和卑下呢？）在一栋欧式小楼面前停下，他为我打开车门时说，我的女儿英语考试成绩每提高一分，我就奖给你一百块钱。

我充满迷茫地问他，你女儿的英语成绩和我有何相干呢？我是来教历史的。

那一瞬，我们大眼瞪小眼。然后异口同声地说：对不起，错了。他赶紧带上我，驱车重回校门口，接上那位教英语的黎同学回家，而我找到已经等得很不耐烦的范先生。

说实话，那天我对范先生的女儿很是心不在焉。这位范先生虽说也是殷实人家，但哪能与那一位范先生相比呢？我心里称那位先入为主的先生为范一先生。

晚上，我失眠了。范一先生的味道，总在我的鼻孔里萦绕。我想，住在那栋小楼里的女人，该是怎样的福气呢？不过，想来素质也不是怎样的好吧？不然，她的女儿为什么那么胆小？要是我有这样的先生和家业，会多么的幸福啊……

想归想。这年纪的女生，谁没有一肚子的幻想呢？天一亮，我就恢复正常了，谁叫咱是灰姑娘呢！下午四点之前，我又到了校门口，范二先生说好了再来接我。可能是因为头天迟到的缘故，我到得格外早。

走近校门，我的心咚咚跳起来——又看到了那辆非凡的红色跑车。我悄悄站在一旁，因为和我没关系。他是来接英语系的黎同学的，这很好理解。

没想到，那辆红跑车，如水鸟一样无声地滑到了我面前，范一先生温柔地笑着说，李小姐，你好。

我说，您到得很早啊。

范一说，昨天我正点到时，你已经到了。所以，我想你今天还会到得早，果然不错。我喜欢守时的人，咱们走吧。

他说着，打开了车门。

我说，范先生，昨天错了。

他笑笑说，昨天错了，今天就不能再错。我已将黎同学炒了，重新雇用你。

我很吃惊，说，你怎么会知道今天我们能见面？

他说，不要这么惊奇。你惊奇的样子，可爱极了。对于一个商人来说，这点信息有什么难呢？历史系，一个姓氏和"黎"近似的有着魔鬼身材的女生，现正做着家教……就这样啊。

我扶着车门说，我不是英语系的。

他说，你的大学只要是考上的，就可以教我女儿的英语……上车吧，我女儿已经在等了。

在车上，所有昨天的感觉都复活了。正当我沉浸在速度的快感之中时，范一先生打断了我的美好感受。他说，看来你对自己太不在意了。

我说，此话怎么讲？

他说，你穿着和昨天一模一样的衣服。有你这样魔鬼身材的女孩，应该善待自己才是。

我说，一个穷学生，是无法善待自己的。

他说，我也当过穷学生，你的处境我能体会。但是，别忘了，你有资源啊。

我说，我有什么资源啊？芸芸众生而已。

他说，你的身材非常好，我昨天一眼就被吸引了。一个人，长相好，其实，相对来说比较容易。一张脸，才有多大的面积？对比匀称不算难。就是有些小的瑕疵，比如眼睛不够大，鼻梁不够挺直，做做整容也不难，巴掌大的地方，就那么几组零件，好安排。可一个人的身材，波及全身所有的结构，头颅过大过小都不成，脖子不长不行，脊柱要挺拔，胸腰的比例要适宜，腿更是重中之重，要是短了，纵使闭月羞花也白搭……你呢，刚刚好，所有的搭配都天造地设，你要懂得珍惜啊。而且我提醒你，女性的身材，是很脆弱的结构。上了年纪，就不一样了。锻炼出来的，节食出来的，和天然的，是不一样的……好了，我们到了。

又是那座小洋楼，但我无心观赏它的精致了。我的心被范一先生的逻辑催动，变得不安分了。这就像一个穷人守着自己的几亩薄田苦熬。有一天，突然有人对你说，你田里长的那些草，都是人参啊。你还能心平气和吗？

不过，那天我还是抖擞起精神，辅导范一先生的女儿。我对女主人的羡慕和嫉妒，都不存在了。这是一个没有女主人的家庭，因此，那女孩十分孤独内向。她的英语其实不是很差，只是因为不敢说，成绩才糟。

范一对我很满意，约定以后天天接我来做家教。我说，都是这辆车吗？

他说，你很在意这辆车吗？

我说，不是在意，是它美丽。

他说，我能理解。美丽的东西，人们都想和它在一起。好啊，即使我不能来，我也会派我的司机开着这辆车来。

我和范一先生的女儿交了朋友，她的胆子渐渐大起来。嘴一敢张开，成绩就突飞猛进。

校门口每天准时出现的红色跑车，让我大出风头。有时候下午有课，我就编谎话请假，总之从未误了范一那边。期末，那女孩的英语成绩提高了二十五分，范一递给了我两千五百块钱。

我就接过来了。心安理得。

后来，他开始给我买衣服，我不要，他说，我是不忍暴殄天物啊。我就收了……直到有一天，他很神秘地拿出一个纸袋，说是托人特地从国外带回来的时装，送给我。那套衣服漂亮得让人心酸，让人觉得自己以前穿过的都是垃圾。

你能今天在我家就把这套衣服穿起来，让我看看吗？你知道，我也很爱美丽的东西啊。范一说。

我本不想答应，但我怕范一不高兴。工钱和奖金，都是我必需的，还有这套华贵的衣服。

我把卫生间里面门上的小疙瘩按死，开始换衣服。正当我把旧衣服脱下，新衣服还没上身的时候，门无声无息地开了。

我想看看自己的眼光，对你的三围估计得准不准？范一说。

我呼救反抗……偌大的房间里，只有我们两人，女孩到同学家去了。暴行之后，范一扔下一笔钱，说，我是很公平的。你们做家教，是按小时收钱，明码标价。我也是。你的每一公分胸围，我付一笔钱。你的腰围比臀围每少一公分，我付一笔钱。我可以告诉你，我从来没有给过任何一个小姐这么多的钱。你真是魔鬼身材啊。

我很想到公安局告他，可我怕舆论。每天招摇的红跑车，让我气馁。我也很想把钱扔到他脸上，然后扬长而去。那是电影里常常出现的镜头，但是，我做不到。我缺钱。我已经付出了高昂的代价，我要为自己保存一点物质补偿。

我想，一个人是不是记得住那些惨痛的教训，不在于片刻的决绝，更在于深刻的反省吧。

我再也没有见过范一。有时候，在镜子面前欣赏自己优美的身材的时候，我会想起范一的话。我承认这是一种资源，但是，所有的资源，都需要保护。越是美好的资源，越要珍惜。女人，最该捍卫的，不就是我们的尊严吗？

在明月的照耀下，我看到她脸上的清泪。

我眉飞扬

眉毛对人并不是非常重要的。我之所以这么说，是因为人如果没有了眉毛，最大的变化只是可笑。脸上的其他器官，倘若没有了，后果都比这个损失严重得多。比如没有了眼睛，我说的不是瞎了，是干脆被取消掉了，那人脸的上半部变得没有缝隙，就不是可笑能囊括的事，而是很可怕的灾难了。要是一个人没有鼻子，几乎近于不可思议，脸上没有了制高点，变得像面饼一样平整，多无聊呆板啊。要是没了嘴，脸的下半部就没有运动和开合，死板僵硬，人的众多表情也就没有了实施的场地，对于人类的损失，肯定是灾难性的。流传的相声里，有理发师捉弄顾客，问："你要不要眉毛啊？"顾客如果说要，他就把眉毛剃下来，交到顾客手里。如果顾客说不要呢，他也把顾客的眉毛剃下来，交到顾客手里。反正这双可怜的眉毛，在存心不良的理发师傅手下，是难逃被剃光的下场了。但是，理发师傅再捣蛋，也只敢在眉毛上做文章，他就不能问顾客："你要不要鼻子啊？"按照他的句式，再机灵的顾客，也是难逃鼻子被割下的厄运。但是，他不问。不是因为这个圈套不完美，而是因为即使顾客被套住了，他也无法操作。同理，脸上的眼睛和嘴巴，都不能这样处置。可见，只有眉毛，是面子上无足轻重的设备了。

但是，也不。比如我们形容一个人快乐，总要说他眉飞色舞；说一个男子英武，总要说他剑眉高耸；说一个女子俊俏，总要说她蛾眉入鬓；说到待遇的不平等，总也忘不了眉高眼低这个词；还有柳眉、倒竖眉、开眼笑眉、眉目传情、眉头一皱计上心来……哈，你看，几乎在人的喜怒哀乐里，都少不了眉毛的份儿。可见，这个平日只是替眼睛抵挡汗水和风沙的眉毛，在人的情感词典里，真是占有不可忽视的位置呢。

我认识一位女子，相貌身材肤色连牙齿，哪里长得都美丽。但她对我说，对自己的长相很自卑。我不由得又上上下下左左右右地将她打量了个遍，就差没变成一架 B 超仪器，将她的内脏也扫描一番。然后很失望地对她说，对不起啦，我实在找不到你有哪处不够标准，还请明示于我。她一脸沮丧地对我说，这么明显的毛病你都看不出，你在说假话。你一定是怕我难受，故意装傻，不肯点破。好吧，我就告诉你，你看我的眉毛！

我这才凝神注意她的眉毛。很粗很黑很长，好似两把炭箭，从鼻根耸向发际……

我说，我知道那是你画了眉，所以，也没放在心里。

女子说，你知道，我从小眉毛很淡，而且是半截的。民间有说法，说是半截眉毛的女孩会嫁得很远，而且一生不幸。我很为眉毛自卑。我用了很多方法，比如人说天山上有一种药草，用它的汁液来画眉毛，眉毛就会长得像鸽子的羽毛一样光彩颀长，我试了又试，多年用下来，结果是毛没见黑见长，手指倒被那种药草染得变了颜色……因为我的眉毛，我变得自卑而胆怯，所有需要面试的工作，我都过不了关，我觉得所有考官都在直眉瞪眼地盯着我的眉毛……你看你看，直眉瞪眼这个词，本身就在强调眉毛啊……心里一慌，给人的印象就手足无措，回答问题也是语无伦次的，哪怕我的笔试成绩再好，也惨遭淘汰。失败的次数多了，我更没信心了。以后，我索性专找那些不必见人的工作，猫在家里，一个人做，这样，就再也不会有人见到我的短短的暗淡的眉毛了，我觉得安全了一些。虽然工作的薪水少，但眉毛让我低人一等，也就顾不了那么多了。

我吃惊道，两根短眉毛，就这样影响你一生吗？

她很决绝地说，是的，我只有拼力弥补。好在商家不断制造出优等的眉笔，我画眉的技术天下一流。每天，我都把自己真实的眉毛隐藏起来，人们看到的都是我精心画出的美轮美奂的眉毛，不会有人看到我眉毛的本相。只有睡觉的时候，才暂时地恢复原形。对于这个空当，我也做了准备，我设想好了，如果有一天我睡到半夜，突然被火警惊起，我一不会抢救我的财产，二不会慌不择路地跳楼，我要做的最重要的一件事，就是掏出眉笔，把我的眉毛妥妥帖帖画好，再披上一条湿毛毯匆匆逃命……

我惊讶得说不出话来，然后是深切的痛。我再一次深深体会到，一个人如果不能心悦诚服地接受自己的外形，包括身体的所有细节，那会在心灵上造成多么锋利持久的伤害。如霜的凄凉，甚至覆盖一生。

至于这位失火也画眉的女子，由于她内心的倾斜，在平常的日子里，她的眉笔选择得过于黑了，她用的指力也过重了，眉毛画得太粗太浓，显出强调的夸张和滑稽的戏剧化了……她本想弥补天然的缺陷，但在过分补偿的心理作用下，即使用了最好的眉笔，用了漫长的时间精心布置，也未能达到她所预期的魅力，更不要谈她所渴望的信心了。

眉毛很重要。眉毛是我们脸上位置最高的饰物。(假如不算沧桑之刃在我们的额头上镂刻的皱纹。)一双好的眉毛，也许在医学美容专家的研究中，会有着怎样的弧度怎样的密度怎样的长度怎样的色泽……但我想，眉毛最重要的功能，除了遮挡汗之外，是表达我们真实的心境。当我们自豪的时候，它如鹰隼般飞扬；当我们思索的时候，它有力地凝聚；当我们哀伤的时候，它如半旗低垂；当我们愤怒的时候，它——扬眉剑出鞘……

　　假如有火警响起，我希望那个女子能够在生死关头，记住生命大于器官，携带自己天然的眉毛，从容求生。

　　我眉飞扬。不论在风中还是雨中，水中还是火中。

寻觅优秀的女人

为了和时间对抗，要做一个优秀的女人。

女人占了人类的一半。这个数字是多少？假定人类有六十亿，广义的女人（从垂垂老妪到嗷嗷待哺的女婴）就有三十亿。假如我们把女孩的年龄界定在十五至三十岁，大约占女人总人数的五分之一吧，那也有六个亿了。

望漫天霞霓，俯苍茫人寰，常常想，这其中最优秀的女人该有多少？

优秀的女人首要该是善良。

之所以把善良排得唯此为大，是因为这个世界残酷的太多。权力场，金钱场，情场，战场……到处弥漫着硝烟，到处流淌着血污。在温文尔雅的面纱下，潜伏着充满杀机的眼睛。优秀的女孩赋有净化灵魂的使命，她们像明矾一样，使世界变得澄清，她们的血像油一般润滑了车轮，历史艰难地向前滚动。女人的善良是人类温情的源泉。

善良的女人知多少？

这个比例实在是不敢高估。女性其实是极不易保持善良的。她们遭受的屈辱多，她们自身的负担重。在被伤害之后，易滋生出火焰一样的报复。在悲伤之余，常在凄冷的黑夜咬牙切齿，对整个生活发出女巫般的诅咒。

原谅我，女人们。虽然我很想说出一个有关你们善良的高比例，犹如我们面对一块待检的金石，报出它是十金足赤。但事实是，历经磨难而终不改善良本性的女人，像一道川流污浊仍清澈见底的小溪，其实是很罕见的。苍老的妇人多见狞恶之色，琐碎之色，猥琐之色，就是明证。

优秀的女人其次应该是智慧的。

女人比男人更需要智慧，因为她们是更柔软的动物。智慧是优秀女人贴身的黄金软甲，救了自身才可救旁人。没有智慧的女人，是一种通体透明的藻类，既无反击外界侵袭的能力，又无适应自身变异的对策，她们是永不设防的城市。智慧是女人纤纤素手中的利斧，可斩征途的荆棘，可斫身边的赘物。面对波光诡谲的海洋，智慧是女儿家永不凋谢的白帆。优秀的智慧的女性，代表人类的大脑半球，对世界发出高亢而略带尖锐的声音，在每一面山壁前回响。

但女人难得智慧。她们多的是小聪明，乏的是大清醒。过多的脂粉模糊了她们的眼睛，狭隘的圈子拘谨了她们的想象。她们的嗅觉易在甜蜜的语言中迟钝，她们的脚步易在扑朔的路径中迷离。智慧不单单是天赋的独生女，她还是阅历、经验、胆魄三位共同的学生。智慧是一块璞，需要雕琢。而雕琢需要机遇。

不是每一块宝石都会璀璨，不是每一粒树种都会挺拔。

我是一个保守的农人。面对一块贫瘠土地上的麦苗，实在不敢把收成估计得太好。智慧的女人通常比我们想象得要少。

优秀的女人还需要勇气。

在这颗小小的星球上，什么矛盾都不存在了，男人和女人的矛盾依然欣欣向荣。交战的双方永远互相争斗，像绳子拧出一个个前进的螺纹。假如你是一个优秀的女人，无论你朝哪个领域航行，或迟或早你将遭遇这个世界上最优秀的男人。不要奢望有一处干燥的麦秸可供你依傍，不要总在街上寻找古旧的屋檐避雨。当你不如一个男人的时候，他会宽宏大量地帮助你；当你超过一个男人的时候，他会格外认真地对抗你。这不知是优秀女人的幸与不幸，善良的智慧的有勇气的女人，要敢在黑暗的旷野独自唱着歌走路，要敢在没有桥、没有船，也没有乌鸦的野渡口，像美人鱼一般泅过河。

这个比例有多少？

望着越来越稀疏的队伍，我真不忍心将筛孔做得太大。但女人天性胆小，就像含羞草乐意把叶子合起来一样。你不能苛求她们。

现在，在漫长阶梯上行走的女人已经不多了。

最后让我们来说说美丽吧。

在这样艰苦的跋涉之后再来要求女人的美丽，真是一种残酷。犹如我们在暴风雨以后寻找晶莹的花朵。

但女人需要美丽。美丽是女人最初也是最终的魅力。不美丽的女人辜负了造物主的青睐，她们不是世上的风景，反倒成了污染。

何为美丽？一千个人有一千种说法。我只能扔出我的那一块砖。

美丽的女人首先是和谐的。面容的和谐，体态的和谐，灵与肉的和谐。美丽并非一些精致巧妙的零件的组合，而是一种整体的优美。甚至缺陷也是一种和谐，犹如月中的桂影。那不是皓月引发无数遐想最确实的物质基础吗？和谐是一种心灵向外散发的光辉，它最终走向圣洁。

美丽其次应该是柔和的，太辛辣太喧嚣的感觉不是美，而是一种刺激。优秀女人的美丽像轻风，给世界以潜移默化的温馨。当然它也容纳篝火一般的热情。可是你看，跳动的火苗舒卷的舌头是多么的柔和，像嫩红的枫叶，像浸湿的红绸。激情的局部仍旧是细致而绵软的。

美丽的女人应该是持久的。凡稍纵即逝的美丽都不是属于人的，而是属于物的。美丽的女人少年时像露水一样纯洁，青年时像白桦一样蓬勃，中年时像麦穗一样端庄，老年时像河流的入海口，舒缓而磅礴。

美丽的女人经得起时间的推敲。时间不是美丽的敌人，而只是美丽的代理人。它让美丽在不同的时刻呈现出不同的状态，从单纯走向深邃。

女人的美丽不是只有一根蜡烛的灯笼。它是可以不断燃烧的天然气。时间的掸子轻轻扫去女人脸上的红颜，但它是有教养的，还女人一件永恒的化妆品——叫作气质。可惜有的女人很傻，把气质随手丢掉了。

也许可以说，所有美好的女人都是美丽的。

我在女性的群体里砌了一座金字塔，它是我心目中的女性黄金分割图。

这样一路算下来，优秀的女人多乎哉？不多也。

是不是我的比例过于苛刻？是不是我对世界过于悲观？是不是我看女人的暗影太多？是不是优秀和平庸原不该分得太清？

现代的世界呼唤精品。女士们买一个提包都要求质量上乘，为什么我们不寻求自身的优秀？

优秀的女人也像冰山，能够浮到海面上的只有庞大体积的几十分之一。精品绝不会太多，否则就是赝品或是大路货了。

难道女人不该像拥有眼睛一样拥有善良吗？难道没有智慧的女人不是像没有翅膀的鸟儿一样无法翱翔？难道坚韧不拔果敢顽强对于女人不是像衣衫一般重要？难道女人不是像老妪爱惜自己最后一颗牙齿一样爱惜美丽？

让我们都来力争做一个优秀的女人吧。为了世界更精彩，为了自身更完美，为了和时间对抗，为了使宇宙永恒。

飘扬的长发与人生的幸福

> 长发是女人的第三性征，有多少情侣因为一头长发一见钟情。

接到一封读者来信，是一个名牌大学的男生写来的。他说恋爱过程连战累挫，女友抛弃了他，他很痛苦，简直丧失了活下去的勇气。他问我拯救自己的方式是否是马上进入下一场恋爱。以前的每一位女友都有飘逸的长发，都是一见钟情。他说，我还要找一头长发的女孩，还要一见钟情。

通常的读者来信，我是不回的。但这一封，让我沉吟。他谈到了厌世和一个我不能同意的救赎自我的方法，我想对长发谈点看法。因为长发对他成了一种绝望与新生的象征。

早年间，看到很多女孩留长发，司空见惯了，也不去寻找这后面所包含的信息。后来，我偶然发现一位已婚女友的发式常有变化，有时是长发，有时是短发。刚开始我以为这是她出于美观或是时尚的考虑，后来她告诉我，这和她的婚姻状况有关。如果这一阶段与她的丈夫关系不错，她就梳短发；如果关系很僵，她就留长发。我说，哦，我明白了，头发和爱情密切相关。她笑话我说，亏你还是个作家呢，难道不知头发是人的第三性征？

后来，我见到她稳定地梳起了马尾巴。说实话，那一头飘扬的长发（她的头发不错），和她满脸的皱纹实在是有些不宜。好在我已明白了头发的意义，对她说，你是下定了离婚的决心，要重新寻找新的伴侣了。

她有些惊奇，说我还没来得及告诉你，你怎么就知道了？

我说是你的头发出卖了你。她抚摸着头发说，这是爱情的护照。

从那以后，我就对长发渐渐地留意起来。

女性的头发的样式表示她的婚姻状况，这是一种集体无意识。已经深深地刻在我们的骨骼上了。女孩子为什么要留长发？首先因为一个人的头发，是一个很好的晴雨表。可以反映这个人的健康状况。在中医学里，称"发为血之余"。一个人的头发是否健康，表示着他的血脉是否丰沛充盈，生命力是否蓬勃旺盛。服饰可以调换，颜面可以化妆，但一个人的头发，是不能全面颠覆的。血自骨髓来，骨髓是一个人先天后天的精华之府。在骨髓的后面站着肾。"肾主骨生髓"，这才是关键所在。众所周知，在东方人的文化中，"肾"并不仅仅是一个泌尿器官，而是和人的生殖系统有着极为密切的关系。

好了，现在我们已经逐渐捅到了问题的核心。长发在某种意义上，表达的是这个人"肾"的健康状况，也就是间接地反映着他的生殖潜能。当你以为只是展示你飘扬的长发的时候，你其实是在暴露你的健康史。

所以，一般说来，未婚的和期望求偶的女子，爱留长发。如果一个未婚女孩梳个短发，大家就会说她像个"假小子"。女子在结婚的时候，会把头发来一个改变，正如那首著名的歌曲中唱到的："谁把你的长发盘起，谁为你穿上嫁衣？"

如今，对女子头发的要求，是越来越苛刻了。君不见某些品牌的洗发水广告，拍出的长发美女，那头发的长度已经到了一挂黑瀑的险恶境地。画面曲折表达的意思是——你想赢得性感高分吗？请向我看齐。潇洒到形销骨立的刘德华干脆说：我的梦中情人，有一头长发。潜台词即，你想成为著名歌星的梦中情人吗？此处有一个绝好的机会——请用我们这个牌子的洗发水吧！

这种要求渐渐全方位起来。比如以前男性歌手组合F4的走红，除了种种因素之外，我觉得和他们形象中的一统长发有相当的关联。不单男性需要知道女性的健康和性征资料，女性也有同样的要求。女性的潜在的平等诉求被察觉和被满足，于是F4蓬松的长发油然而生并一炮而红。

不厌其烦地就头发讨论了半天，是想说明"性"这个因素，是仅次于"食"的人类基本本能之一，它的影响力不可低估。它在很多时候，渗入到我们生活的种种缝隙中。以"缘分"甚至是"思想"这类面孔闪亮登场。

再来说说一见钟情。我是医生出身，见过若干关于"一见钟情"的生物学分析。在那些神话般的境遇之中，很可能是男女双方的体味在相互吸引，要么就是基因的配型有着某种契合，还有免疫互补……甚至，童年经验也在润物细无声地影响着我们。不要把"一见钟情"说得那么神秘，那么不可思议的权威。我们不是生活在真空，很多以为虚无缥缈的事件背后，有着我们今天还不能彻底通晓的物质基础。

在我们以为是天作之合的帷幕下，有时埋伏着的不过是人的本能这个"老狐狸"。我在这里绝没有鄙薄本能的意思。但作为主人，知道有乔装打扮的本能先生混在客人堆里一个劲儿地劝酒。觥筹交错时就要提防酩酊大醉，以防完全丧失了理智，被本能夺了嫡。

本能这个东西，很有意思。魔力就在于我们能否察觉它。它习惯在暗中出没，魔法无边。我们被它辖制而不自知，它就是君临天下的主宰。但是，如果把它揪到光天化日之下，它就像雪人一样瘫软乏力。假设那位来信的男生，知道了他期望找到一位长发女友这一先入的标准，不过是要查询和检验一个女子的生殖系统潜能和最近若干时间以来的健康状况，那么，他在考虑长发因素的时候，可能就有了更多的角度和更宽容的把握。

本能是很会乔装打扮的，它不狡猾，但它善变。能够识出它的种种变相，不仅要凭一己的经验，也要借助他人的心得和科学的研究。

如果有人现在对那个男孩子讲，你选择女友的标准只是看她如何性感，我猜他一定要反驳，说根本就不是那样浅薄。我们情投意合，我们非常默契。我要找到的就是和她在一起的这一份独特的感觉，等等。

其实在婚姻这件事上，绝对的好或是绝对的坏，大约是没有或是极少的，有的只是常态，只是平衡，只是相宜。单凭某个孤立的条件来寻找爱人，怕是不够成熟的表现。你是一个什么人，你可要先认清，才好去寻找一个和你相宜的人。我很喜欢一个词，叫作"志同道合"，人们常常以为这句话是指事业，我觉得写给婚姻更妙。

有的年轻朋友会说，我找的是伴侣，火眼金睛地把对方认清了不就得了，干吗先要从自己开刀？

理由很简单。忠诚的人只能欣赏忠诚，而不能欣赏背叛。诚恳的人只能接纳诚恳，而不能接纳谎言。慷慨的人可以忍受一时的小气，却不会喜欢长久的吝啬。怯懦的人可以伪装暂时的勇敢，却无法在无尽的折磨中从容。想用婚姻改造人，只是一个幻彩的泡沫，真实只能是——人必然改造婚姻。

恋爱、婚姻是一个寻找对方，更是寻找自己的过程。你整个的价值观和思想体系，都在这种亲密无间的关系中，得以延伸和凸显。

如果你把金钱当作人生的要素，你就不要寻找一个侠肝义胆的爱人。因为你即使在危难中曾受惠于他，但那是他的禀性，而非对你的赞同。当有一天你祭起"金钱至上"的大旗，无论你怎样千娇百媚，还是挽不回壮士出走的决心。

如果你荆钗布裙安于寡淡，就不要寻找一个鸿鹄千里的爱人。即使你以非凡的预见知道他会直抵云天，也不要向这预见屈服，把自己的一生押了出去。否则他的翅膀上坠着你，他无法自在遨游，你也被稀薄的空气掠得胆战心惊。

如果你单纯以色相示人，就要准备在人老色衰的时候，被厌恶和抛弃。如果你喜欢夸夸其谈，你就等着被欺骗的结局吧。

物以类聚，人以群分。失恋男生喜欢长发和一见钟情，他就不断地被这些吸引。他把恋爱当成了一道算术题，当一个答案打上红叉的时候，他赶忙用橡皮擦掉笔迹，在毛糙的纸上写下另一个答案。殊不知他早已将题目抄错。

不要把长发当成唯一，一见钟情也没有什么神秘。我手头就有若干个例子，某些离散的婚姻，往往始于绚烂无缺的开端。比起开头来，人们更重视过程和结尾，这就是"创业难，守成更难"。这就是"行百里者半九十"的涵义。

我在一个有鸟鸣的清晨给这位男生回信。因为我已心境沧桑，而对方是一位青年，人在清晨的时候心脉比较年轻。我说，不要把人生匆匆结束，不要把恋爱匆匆开始，你把一件事做完再做另一件事好吗？

他很快给我回了信。他说，不是我没有做完，而是事情已经被女友提前结束。我复信说，为了你一生的幸福，你要把爱的前提好好掂量，为此花费一点时间是值得的。没想清楚之前，旧的就不算真正结束。我明白你想用新鲜替代腐烂，想把新发丝黏结在旧发丝上让它随风飘扬……可你见过馊了的牛奶吗？如果你不把酸奶倒掉，不把罐子刷洗干净，便把新牛奶倒进去，那么，只怕很快我们就又要捂起鼻子了……

他已经久未来信了。我不知他是生我的气了，还是已酝酿了清新的爱情？

优秀女子择偶难

不要忽视你身边太熟悉的人，宝藏往往就埋藏在你周围。这种忽略眼前、好高骛远的人，基本上也是忽略自我的人。当你看不起自己的时候，你也看不起周围的人。

很多女子抱怨自己找不到合适的伴侣。她们期望着优秀，不断地磨砺着自己的优秀。优秀的女子都希望找到的男子比自己更优秀，殊不知在这场觅宝的过程中，等待并不是最好的策略。你在寻寻觅觅，很多眼疾手快的女子已经把青青的果子摘下来，放在自己的篮子里，等待成熟。

一个女子要找到一个男子，如同一个螺栓要找到一个螺帽。这个比喻虽然没有"肋骨"那样血肉相连，倒是更符合工业社会的氛围。

我觉得大龄女子们常常忽略了一个基本事实。我这样说，并不是嘲笑她们的智商，而是有好几次我把这个道理讲给她们听的时候，她们脸上的惊奇之色，让我很是心疼。所以，我就不厌其烦地在这里再讲一遍，你如早已知晓，就跳过去好了。

齐眉三十岁了，真是一个好姑娘。那张脸精致得无可挑剔，只是眼角已经有了极细小的皱纹。她是社会学的硕士，在一家很好的单位任职。她说，我就想不通，那些条件好的男士，怎么就匆匆忙忙地把自己处理掉了，而不等等我们呢？

我说，齐眉，你是哪一年生人？

她说，毕老师，现在是 2008 年，我三十岁了。您可以算出我是哪一年出生的。

我说，还是你自己告诉我吧。

齐眉小声说，1978 年。

我说，你要找的男子大约是多大年纪呢？

她说，年龄不能太大吧？最多比我大五岁。

我说，能不能选择年龄比你小一点的男生呢？

她思忖了一下说，最多只能小两岁。

我说，好了，我们对男子年龄的要求已经算出来了。他们大概是 1973 年到 1980 年出生的男子。

我又说，你对他们的身高有没有要求？

齐眉说，当然有要求了。我身高一米七，他总不能比我矮吧？还要算上高跟鞋的高度，我就算不穿那种鞋跟特别高的，三厘米的高度总是要有的。夏天，我还喜欢戴美丽的帽子，这样，他起码一米八以上。

我说，好的，我都记录在案了。学历呢？

齐眉笑起来说，这还用问吗？我都硕士了，他最低要和我一样，最好是博士、博士后什么的。

我说，还有吗？

齐眉说，当然有了。他得是城里人，不得有一大帮子乡下的穷亲戚，那样我们家不得开旅馆啊！父母得是知识分子，最好是教授。不要官员，官员一退下来就什么都不是了。他得有房子，起码要三室一厅，不然将来有了孩子，还要雇保姆，都在哪里住呢？这要先考虑周全。要有车，虽然不需要是宝马、奔驰什么的，但夏利和捷达肯定不成，本田和凯美瑞差不多。爱好体育，不能有啤酒肚、罗圈腿什么的，平足最好也没有……五官要端正，人品要好，不吸烟、不喝酒、不打麻将……收入嘛，年薪在十万元以上……

齐眉意犹未尽，还想补充点什么。我赶紧说，咱们暂且打住，你看我现在把对方描画一番，你听听看是否全面。

该男子年龄在二十八到三十五岁之间，身高一米八，书香门第，硕士以上的学历，家是城市的，有房有车，品行好，相貌好，收入好，工作好，没有不良习气，忠于老婆——

齐眉笑起来说，我可没说要忠于老婆。

我说，那么你愿意找一个不忠诚的男子啦？

齐眉说，我没说，不等于我没有要求。我觉得忠诚是不言而喻的。

我说，这样的男子好不好？

齐眉说，当然好了。这是我多年以来制订下的标准，无懈可击。

我说，你按照这个标准寻寻觅觅，直到现在还是单身，看来是没有找到。

齐眉说，找到了一个。

我说，那为什么不赶紧抓住他，把自己嫁出去？

齐眉深叹了一口气说，我找到他的时候，他已经是别人的老公了。我不能做那种没有道德的事情。况且，我真的向他示爱，他也许不会接受我。因为这样的人，对自己的家庭是很有责任感的。

我说，齐眉，咱们现在已经逼近了结论。你觉得这样的男子好，我也觉得这样的男子好，但这样的男子在人群中的比例是十分稀少的。也就是说，你要求的是一个小概率的事件。中国男子的平均身高是 1.697 米。中国这些年来培养出的硕士、博士以上人才，总共100 万人，只占全部人口的 1% 以下，这其中还包括女性。你所要求的身高、学历两项，就把很多人删去了。然后还有城市户口，有房有车，年薪、家庭背景等条件，说句悲观的话，我觉得 1000 个未婚男子当中都难得挑出一个。这个概率太低了。

而且，你要注意，这是不能增产的。因为那些螺帽不是现在制造出来的，是早在 28～35 年以前就出厂了，没有办法增加配给。你只有在这个框架中挑选。你刚才说的那个例子就很典型，好不容易碰上了一个，结果早就成家立业成了人夫，你没法插足了。

说句实在话，在恋爱心理方面，男子和女子是不相同的。男子其实并不一定要找个有地位、有学历、收入高的女子为妻，他们可能更看重的是女子的温柔体贴、贤惠和顺，对自恃条件优越而颐指气使的女生，未必就趋之若鹜、曲意逢迎、百折不挠、再接再厉、生命不息追求不止。

说句不客气的话，你知道这样的男生条件好，别人也知道。这不是一个秘密，不可能藏着掖着，而是公开摆在那里，路人皆知。那些想借着婚姻这"第二次出生"来改变自己命运的女子，在这个世上大有人在。她们更具有敏锐的嗅觉和求生的本能，能更全面地具备生存的智慧，她们往往谋略更早，出手更快，更会审时度势，发现那些潜在的绩优股。更不消说齐眉你所要求的这种显而易见的卓越分子了。

试想一下，如果早市上有一把更青翠、更水灵、更茁壮的芥菜，是不是那些早起的主妇会抢先把它拣到篮子里呢？这就是婚姻的法则，你已经失去了先机，现在，要在新的形势下制订新的策略。

齐眉有点慌了，说，我不愿委屈自己。

我说，这不是委屈自己，只是适当地调整而已。

齐眉说，我想不到自己的标准中哪一点可以调整。

我说，我看最可以调整的就是男子的身高。

齐眉说，我觉得这一点最不可商量。

我说，为什么呢？

齐眉摇头叹气道，身高这个东西，没有一时一刻能逃得掉，只要你一睁眼，就看得到。一个矮个子的人，总在你面前晃啊晃的，叫人多闹心啊！拿不出手啊！

我说，这就是你的心理感受了。世界上有很多身高矮小的男人，都做出了很大的成就，这些我就不多说了。我想问你的是，你知道女子选择配偶，为什么首选高大的男子吗？

齐眉说，赏心悦目啊！

我说，这肯定是原因之一，但不是最重要的原因。况且，就连这一条，也是长久以来的文化所形成的。世界上并没有什么规定说人越高大越好。

齐眉说，这我可就有点不明白了。您告诉我，也许有助于我早早嫁出去。

我说，人们为什么喜爱高大的男子，这要从人类的进化谈起。在远古的时候，条件非常艰苦，几乎没有工具。人们在狩猎和保卫营地的时候，当然是高大的男子比较占优势，他们有更多存活下来的机会。就是受到野兽的攻击，倚仗着身高腿长，奔跑起来速度更快，这样就能有更多的机会逃脱。作为繁衍后代的女子，为了自身的安全和后代的保障，当然是找这样的伴侣比较保险了。人们就把这样的观念一代代地传了下来，现在的女孩子们就被动地接受了这个潜规则，并不去想想它有多少合理性。

齐眉若有所思，说，古代人的智慧到今天难道过时了吗？

我说，时过境迁。即使是在古代，要想得到最大的安全，也不是光凭着体力的优越就可以存活下来的，还要靠脑子灵活、身手矫健，这是毫无疑问的。证据之一就是那些矮小的男子并没有被这种残酷的生存法则淘汰光了，他们依然生机勃勃地存在着，而且这种动脑的优势越来越明显。到了现代，摆脱科学技术的帮忙，纯粹运用体力就可以得到最大收益的行当，是越来越少了。反之，需要动脑筋拼智商的事业是越来越多了。比如使用计算机，你很难说一个一米八的大汉就一定会比一个一米六的小个子操纵得更熟练。比如拿出一个最好的创意和设计方案，基本上也和该男子的身高没有关系……也就是说，现代社会让身高这个因素逐渐淡化了……

您说得有道理，可是不全面。要知道，身高不是淡化了，是更强化了。如果我告诉别人，我找的男朋友身高还没有我高，那我还不得被人笑话死了？！齐眉反驳我。

我从这反驳中听出了曙光。齐眉已经在认真地考虑这个建议了。

我说，你估计得不错。现代传媒的力量很大，他们总是把一些身材高大的男子汉展现在银幕中，逼人仰视。这是影视附和人们潜意识的结果，反过来它又把这种潜意识变成了触手可及、活灵活现的屏幕真实。作为一个现代人，要有火眼金睛，识别这种种光怪陆离底下的真相，然后从容地按照自己的心愿行事。

齐眉半晌不语，然后说，我明白了，试试看吧。

我说，好啊，你的名字很好，预祝你找到另一半，让那个成语找到另一半——举案齐眉。

女人什么时候开始享受

　　当我们为自己的母亲，为自己的姐妹，为我们自己，问这个问题的时候，我们先要说明什么是女人的享受。我们所说的享受，不是一掷千金的挥霍，不是灯红酒绿的奢侈，不是吆三喝四的排场，不是颐指气使的骄横……

　　我们所说的享受，不是珠光宝气的华贵，不是绫罗绸缎的柔美，不是周游列国的潇洒，不是管弦丝竹的飘逸……

　　我们所说的享受，只不过是在厨房里，单独为自己做一样爱吃的菜。在商场里，专门为自己买一件心爱的礼物。在公园里，和儿时的好朋友无拘无束地聊聊天，不用频频地看表，顾及家人的晚饭和晾出去还未收回的衣衫。在剧院里，看一出自己喜欢的喜剧或电影，不必惦念任何人的阴晴冷暖……

　　我们说的女人的享受，只是那些属于正常人的最基本的生活乐趣。只因无数的女人已经在劳累中将自己忘记。

　　女人何尝不希冀享受啊？

　　抱着婴儿，煮着牛奶，洗着衣物，女人用沾满肥皂的手抹抹头上的汗水说，现在孩子还小，等孩子长大了，我就可以好好享受享受了……

　　孩子渐渐地大了，要上幼儿园。女人挽着孩子，买菜做饭，还要在工作上做得出色，女人忙得昏天黑地，忘记了日月星辰。

　　不要紧，等孩子上了学就好了，松口气，就能享受了……女人们说，她们不知道皱纹已爬上脸庞。

孩子终于开始读书了，女人陷入了更大的忙碌之中。

要把自己的孩子培育成一个优秀的人。女人们这样想着。陀螺似的转动在单位、家、学校、自由市场和各种各样的儿童培训班里……孩子和丈夫是庞大的银河系，女人是行星。

白发似一根根银丝，从空气中悄然落下，留在女人疲倦的额头。

我什么时候才能无牵无挂地享受一下呢？

在没有月亮的夜晚，女人吃力地伸展自己酸痛的筋骨，这样问自己。

哦，坚持住，就会好的。等到孩子大了，上了大学，或有了工作，一切就会好的。到那个时候，我就可以好好地享受一下了……

女人这样对自己允诺。

她就在梦中微笑了。

时间抽走女人的美貌和力量，用皱纹和迟钝充填留下的黑洞。

孩子大了，飞出鸽巢，仅剩旧日的羽毛与母亲做伴。

女人叹息着，现在，她终于有时间享受一下了。

可惜她的牙齿已经松动，无法嚼碎坚果。她的眼睛已经昏花，再也分不清美丽的颜色。她的耳鼓已经朦胧，辨不明悦耳音响的差别。她的双腿已经老迈，再也登不上高耸的山峰……

出去的孩子又回来了，他带回一个更小的孩子。

于是女人恍惚觉得时光倒流了，她又开始无尽地操劳……

那个更幼小的孩子开始牙牙学语了，只是他叫的不是"妈妈"，而是"奶奶"……

女人就这样老了，终于有一天，她再也不需要任何享受了。

在最后的时光里，她想到了，在很久很久以前，她对自己有过一个许诺——在春天的日子里，扎上一条红纱巾，到野外的绿草地上，静静地晒太阳。听蚂蚁在石子上行走的声音……

那真是一种享受啊。

女人说着，就永远地睡去了。

原谅我描述了这样一幅女人享受的图画，忧郁而凄凉。

因为我觉得无数的女人，在慷慨大度地向人间倾泻爱的时候，她们太不爱一个人了——那就是她们自己。

女人们，给自己留一点享受的时间和空间吧。不要一拖再拖，不要一等再等。

就从现在开始，就从今天开始。

不要把盘子里所有的肉，都夹到孩子的嘴边。不要把家中所有的钱，都用来装扮房间和丈夫。不要把所有的精力，都投入工作。不要在计划节日送礼物的名单上，独独遗下自己的名字……

善良的女人们，请从这一分钟开始，享受生活。

握紧你的右手

常常见女孩郑重地平伸着自己的双手，仿佛托举着一条透明的哈达。看手相的人便说，男左女右。女孩把左手背在身后，把右手手掌对准湛蓝的天。

常常想世上可真有命运这种东西？它是物质还是精神？难道说我们的一生都早早地被一种符咒规定，谁都无力更改？我们的手难道真是激光唱盘，所有的祸福都像音符微缩其中？

当我沮丧的时候，当我彷徨的时候，当我孤独寂寞悲凉的时候，我曾格外地相信命运，相信命运的不公平。

当我快乐的时候，当我幸福的时候，当我成功优越欣喜的时候，我格外地相信自己，相信只有耕耘才有收成。

渐渐地，我终于发现命运是我怯懦时的盾牌，当我叫嚷命运不公最响的时候，正是我预备逃遁的前奏。命运像一只筐，我把自己对自己的姑息、原谅以及所有的延宕都一股脑地塞进去，然后蒙一块宿命的轻纱。我背着它慢慢地向前走，心中有一份心安理得的坦然。

有时候也诧异自己的手。手心叶脉般的纹路还是那样琐细，但这只手做过的事情，却已有了几番变迁。

在喜马拉雅山、冈底斯山、喀喇昆仑山三山交汇的高原上，我当过卫生员。在机器轰鸣、铜水飞溅的重工业厂区里，我做过主治医师。今天，当我用我的笔杆写我对这个世界的想法时，我觉得是用我的手把我的心制成薄薄的切片，置于真和善的天平之上……

高原呼啸的风雪，卷走了我一生中最好的年华，并以浓重的阴影，倾泻于行程中的每一处驿站。

岁月送给我苦难，也馈赠我清醒与冷静。我如今对命运的看法，恰恰与少年时相反。

当我快乐、当我幸福、当我成功、当我优越、当我欣喜的时候，当一切美好辉煌的时刻，我要提醒我自己——这是命运的光环笼罩了我。在这个环里，居住着机遇，居住着偶然性，居住着所有帮助过我的人。

而当我挫折和悲哀的时候，我便镇静地走出那个怨天尤人的我，像孙悟空的分身术一样，跳起来，站在云头上，注视着那个不幸的人，于是，我清楚地看到了她的软弱、她的怯懦、她的虚荣以及她的愚昧……

年近不惑，我对命运已心平气和。

小时候是个女孩，大起来成为女人，总觉得做个女人要比男人难，大约以后成了老婆婆，也要比老爷爷累。

生活中就像没有无缘无故的爱一样，也没有无缘无故的幸运。对于女人，无端的幸运往往更像一场阴谋、一个陷阱的开始。我不相信命运，我只相信我的手。

因为它不属于冥冥之中任何未知的力量，而只属于我的心。我可以支配它，去干我想干的任何一件事情。我不相信手掌的纹路，但我相信手掌加上手指的力量。

蓝天下的女孩，在你纤细的右手里，有一粒金苹果的种子。所有的人都看不见它，唯有你清楚地知道它将你的手心炙得发痛。

那是你的梦想，你的期望！

女孩，握紧你的右手，千万别让它飞走！相信自己的手，相信它会在你的手里，长成一棵会唱歌的金苹果树。

我所喜欢的女性

　　谢父母，却不盲从；谢天地，却不畏惧；谢自己，却不自恋。

　　我喜欢爱花的女性。花是我们日常能随手得到的最美好的景色。从昂贵的玫瑰到卑微的野菊，花不论出处，朵不分大小，只要生机勃勃地开放着，就是令人心仪的美丽。不喜欢花的女性，她的心多半已化为寸草不生的黑戈壁。

　　我喜欢眼神乐于直视他人的女性。她会眼帘低垂余光袅袅，也会怒目相向入木三分，更多的时间她是平和安静，甚至是悠然地注视着面前的一切，犹如笼罩风云的星空。看人躲躲闪闪、目光如蚂蚱般跳动的女性，我总怀疑她受过太多的侵害。这或许不是她的错，但她已丢了安然向人的能力。

　　我喜欢到了时候就恋爱、到了时候就生子的女人。恰似一株按照节气拔苗、分蘖、结粒的麦子。我能理解一切的晚恋晚育和独身，可我总顽固地认为逆时辰而动，需储存偌大的勇气才能上路。如果是平凡的女子，还是珍爱上苍赋予的天然节律，徐步向前。

　　我喜欢会做饭的女人，这是从远古传下来的手艺，博物馆描述猿人生活的图画，都绘着腰间绑着兽皮的女人，低垂着乳房，拨弄篝火，准备食物。可见烹饪对于女人，先于时装和一切其他行业。汤不一定鲜美，却要热；饼不一定酥软，却要圆。无论从爱自己还是爱他人的角度想，"食"都是一件大事。一个不爱做饭的女人，像风干的葡萄干，可能更甜，却失了珠圆玉润的本相。

　　我喜欢爱读书的女人。书不是胭脂，却会使女人心颜常驻。书不是棍棒，却会使女人铿锵有力。书不是羽毛，却会使女人飞翔。书不是万能的，却会使女人千变万化。不读书的女人，无论她怎样冰雪聪明，只有一世才情，可书中收藏着百代精华。

　　我喜欢深存感恩之心又独自远行的女人。知道谢父母，却不盲从。知道谢天地，却不畏惧。知道谢自己，却不自恋。知道谢朋友，却不依赖。知道谢每一粒种子每一缕清风，也知道要早起播种和御风而行。

爱的

关于爱的奇谈怪论

爱是人们常常谈论的话题，因为在空气、水分、食物和安全之后，就是我们的爱了。比如安全这个问题，表面上看来是对环境的要求，其实是一种爱的深化，我们只有在爱中，才感觉自己是有价值，是值得爱护、保护、珍惜和发展的。一个丧失了安全感的人，是无法从容爱自己和爱世界的。比如人际关系，更是爱的浓缩和放大。难以设想，一个不爱他人的人，会有广泛的朋友和良好的社会关系。当然，他的身旁可能会聚集着一些人，但那不是心灵的需要，只是利益的驱使。谈到自我实现，更是爱的高级阶段。因为你的爱，超越了一己的范畴，才扩展到更广阔的人和事物。在这种升腾与弥散的过程中，爱变成一种柔和的光芒，从一个核心的晶体稳定地散发着，把温暖和明亮播扬到远方。

但是，当人们议论起爱的时候，却有着许多混淆和迷乱的地方。爱成了一个花脸，大家都随心所欲地涂抹着它的面孔，把自制的油彩敷在它的嘴角和眉梢。爱于是变得面目诡谲和莫测起来。有几个流传很广的说法，我想提出讨论。

其一，爱和年龄有关吗？

这是人们通常不付诸书面，但彼此心照不宣的概念。具体意思是——只有年轻人才享有充沛富饶的爱意，它的浓度随着年龄的增长而逐步递减，从高耸的爱的山峰萎缩至贫瘠的爱的荒原。由于这一假设的存在，年轻人因此而沾沾自喜，觉得自己仿佛享有一个爱的太平洋，可以不加计算地挥霍爱意。上了年龄的人则很气馁，当谈到爱的时候，很有一些囿顾左右而言他的窘迫。爱的门扉已经像一家到了下班时间的商场，缓缓关闭。店员们带着疲惫的笑容在重复着"谢谢光临"，你也花光了所有的积蓄，即使别人不翻白眼，自己也无颜再耽搁，只有缩起脖子夹着尾巴却步抽身，才是明智之举。

有一种影响约定俗成，那就是——爱，似乎是年轻人的专利，或者只有他们才有深入探讨这个话题的必要。当人们说到中年或老年人的爱意时，会扭扭捏捏地觉得那是一种爱的残次品，不那么正宗，不那么地道。比如在形容青年以上年纪人的爱情的时候，基本不会用火热这个词，而只以温馨代替。毋庸置疑，温馨比火热的温度要差着好几个数量级呢。

在人们约定俗成的看法中，爱是有年龄限制的。它大量地存在于生命旺盛的青少年，而较少地分泌于生命渐趋平稳和衰落的成熟期和晚期。

这岂止是谬误的，首先是奇怪的。它把爱这种密切属于人类的高等和神圣的感情，简化到相当于睾丸素、黄体酮之类内在的激素分泌物和诸如皱纹和胡须这种简单的外在指标了。

这必然首先牵涉爱是一种生理现象还是一种精神现象？

持年轻人拥有最多的爱意的看法的人，其实是把爱定位在激素特别是性激素的产量上了。如果这样来看，年轻人是一定会把老年人打败的。但不幸或者是有幸的是，爱是一种精神的状态，是一种需要不断修炼和提高的艺术，是一种积累经验审视自我的完善过程。因此，爱是和年龄无关的。

证据就是，爱可以在年轻人那里发生，也可以在老年人那里发生。从有人类以来的无数故事和历史可以证明，爱不是年龄的产品，它是心灵的能力。

其二，爱和对象有关。

中国有一句俗语，现在被人用得越来越多了，那就是——遇人不淑。原来是女人专用的，如今也常常听到被抛弃和被耍弄的男人长吁短叹此词。爱错了人的惨剧，古往今来，总是屡屡发生。人们在唏嘘之余，总是悲叹那薄命女子痴情汉，怎么不把眼睛拭亮，偏偏遇到了不该爱不能爱的人，稀里糊涂地就爱上了，且爱得水深火热！

于是顺理成章地归纳出：在此情此景中，爱是没有过错的，错的是那爱的对象不能承接爱，不能感悟爱，不配得到爱……总之一句话——所爱非人。不是有一首很有名的歌嘛，叫作《爱上一个不该爱的人》……

这就很有一点讨论的必要了。

爱在这种悲剧中，似乎是孤立的一盆水，可以从楼台上闭着眼睛，泼到任何一个人的头上，凭的是冥冥之中的概率。和那个施爱者是没有关系的。甚至有一种可怕的论调，爱是盲目的，爱是碰运气，爱是不可知不可测定的，爱是没有规律的……

爱在这里蒙上了宿命和诡谲的色彩，被妖魔化了之后，躲在命运的山洞里，伺机以画皮的模样谋害我们。

这样以少数人的愚蠢所导致的失利，来嫁祸于爱的清白之躯，是不公平和不正派的。

爱是一个正常心智的明媚选择，它积聚了一个人的精神能量和所有的素养智慧，是综合力量的体现。它首先表现在施爱者是有力量和有眼光的。如果你根本没有爱的能力，好比压根儿就不会游泳，你误入爱的海洋，你被淹得两眼翻白，甚至有生命危险，但这不是海水的过错，这是因为你对自己技艺判断的失误。这是你的责任，怎么能迁怒于一望无际波澜壮阔的大海呢？人们对于自然界是如此宽宏大量和易于理解，为什么就对与我们休戚与共的爱，如此苛求相逼呢？这后面是否掩藏着我们人类对自己的宽纵和对无言情感的肆意欺凌呢？

你爱错了，责任在你。不但说明你的眼睛不亮、视力散光、聚焦不准，而且说明你根本就不懂什么是爱。灾祸发生之后，搞清楚责任，是一件很痛苦和扫兴的事情，特别是在枝蔓生长到一败涂地的时候，挖掘出最初那悲惨的种子，原来竟是自己亲手播种的，当灾异显出狰恶之相时，自己非但没有亡羊补牢斩草除根，反倒以血饲虎、姑息养奸，以致贻害无穷……需要极大的勇气和力量审判自己。甚至可以武断地说，由于这类悲剧事件的主人公，原本就对爱的理解颇为肤浅偏颇，当他们气定神闲的时候，你都不能指望他们的明智与清醒，在危机翻江倒海而来的时候，期待他们能有很好的自省力度，几近奢望。同时，我也深信，不幸的现场，如果善加发掘，是一堂虽然付出高昂学费，但也会物有所值的宝贵课堂。有时，幸福这个老师，和颜悦色地教授给你的学问，绝对逊色于灾难声色俱厉的鞭挞。可惜的是，浑身伤痕的爱的败阵者，怨天尤人地呓语着，骂遍了天下人，单单饶过了自己。所以，我很想煞风景地提醒一下善良的人们，对于在爱的战役中的败将，如果他或她没有对自身的反思和批判，如果在交了一笔昂贵的爱的学费之后，学会的只是指责怨恨，那么，无论他或她显出多么楚楚可怜的模样，你可以帮助以金钱，却勿倾泻情感。他们不懂真爱，还需努力学习。

搞清爱的最主要方面，不是在于爱的对象，而在于爱的主体，是沉冷峻严的判断。当你在人世间承受着种种知识的积累的时刻，你还须不断地历练对于爱的思索和实践。你要善于总结经验。如果不把主要的焦点聚焦在自己的爱的基准上，只是在大千世界的林林总总中发泄怨气、推卸责任，你就不但受到了来自他人的情感重创，而且还丢失了以后避开类似伤害的亡羊补牢的篱笆。

有很多人以为，只要成功地找到了一个可爱的人，爱就如霍乱病菌一般，自动地以几何数量级滋生起来，剩下的事，就是不断地收获爱的果实了。他们以为，爱主要是一个寻找的过程，找对了，就一好百好；找错了，就一了百了。爱是一件虎头蛇尾的事，成败仅仅维系在开端部分。

于是，找到那爱的对象就成了千钧一发生死未卜的事情。此事一完成，就马放南山、刀枪入库，只剩等着岁月这个发牌员，验证我们当初押下的签了。

爱是一时一事还是一生一世？

爱是一锤定音还是守护白头？

爱是一失足成千古恨还是勤勉呵护日积月累？

爱是变数还是常数？爱是概率还是守恒？

……

你的爱情等待你的看法。你的爱情验证你的看法。你能够有什么样的爱情观，你就有什么样的爱情。你的观念就是你的命运。

原谅我说得这般决绝甚至带有一点霸道。因为它实在太简单了。引发悲惨结局的肇事者，常常不是对复杂事物的判断，而是对常识的藐视和忽略。

额头与额头相贴

如今，家家都有体温表。苗条的玻璃小棒，头顶银亮的铠甲，肚子里藏一根闪烁的黑线，只在特定的角度瞬忽一闪。捻动它的时候，仿佛是打开裹着幽灵的咒纸，病了或是没病，高烧还是低烧，就在焦灼的眼神中现出答案。

小时家中有一枚精致的体温表，银头好似一粒扁杏仁。它装在一支粗糙的黑色钢笔套里。我看过一部反特小说，说情报就是藏在没有尖的钢笔里，那个套就更有几分神秘。

妈妈把体温表收藏在我家最小的抽屉——缝纫机的抽屉里。妈妈平日上班极忙，很少有工夫动针线，那里就是家中最稳妥的所在。

大约七八岁的我，对天地万物都好奇得恨不能吞到嘴里尝一尝。我跳皮筋回来，经过镜子，偶然看到我的脸红得像在炉膛里烧好可以夹到冷炉子里去引火的炭煤。我想我一定发烧了，我觉得自己的脸可以把一盆冷水烧开。我决定给自己测量一下体温。

我拧开黑色笔套，体温表像定时炸弹一样安静。我很利索地把它夹在腋下，冰冷如蛇的凉意，从腋下直抵肋骨。我耐心地等待了五分钟，这是妈妈惯常守候的时间。

终于到了。我小心翼翼地拿出来，像妈妈一样眯起双眼把它对着太阳晃动。

我什么也没看到，体温表如同一条清澈的小溪，鱼呀虾呀一概没有。

我百般不解，难道我已成了冷血动物，体温表根本不屑于告诉我了吗？

对啦！妈妈每次给我夹表前，都要把表狠狠甩几下，仿佛上面沾满了水珠。一定是我忘了这一关键操作，体温表才表示缄默。

我拈起体温表，全力甩去。我听到背后发生犹如檐下冰凌折断般的清脆响声。回头一看，体温表的扁杏仁裂成无数亮白珠子，在地面轻盈地溅动……

罪魁是缝纫机板锐利的折角。

怎么办呀？

妈妈非常珍爱这支体温表，不是因为贵重，而是因为稀少。那时候，水银似乎是军用品，极少用于寻常百姓，体温表就成为一种奢侈。楼上楼下的邻居都来借用这支体温表，每个人拿走它时都说，请放心，绝不会打碎。

现在，它碎了，碎尸万段。我知道任何修复它的可能都是痴心妄想。

我望着窗棂发呆，看着它们由灼亮的柏油样棕色转为暗淡的树根样棕黑。

我祈祷自己发烧，高高地烧。我知道妈妈对得病的孩子格外怜爱，我宁愿用自身的痛苦赎回罪孽。

妈妈回来了。

我默不作声。我把那只空钢笔套摆在最显眼的地方，希望妈妈主动发现它。我坚持认为被别人察觉错误比自报家门要少些恐怖，表示我愿意接受任何惩罚而不是凭自首减轻责任。

妈妈忙着做饭。我的心越发沉重，仿佛装满水银（我已经知道水银很沉重，丢失了水银头的体温表轻飘得像支秃笔）。

实在等待不下去了，我飞快地走到妈妈跟前，大声说："我把体温表给打碎了！"

每当我遇到害怕的事情，我就迎头跑过去，好像迫不及待的样子。

妈妈狠狠地把我打了一顿。

那支体温表消失了，它在我的感情里留下一个黑洞。潜意识里我恨我的母亲——她对我太不宽容！谁还不失手打碎过东西？我亲眼看见她打碎一个很美丽的碗，随手把两片碗碴一撮，丢到垃圾堆里完事。

大人和小孩，是如此的不平等啊！

不久，我病了。我像被人塞到老太太裹着白棉被的冰棍箱里，从骨头缝里往外散发寒气。妈妈，我冷。我说。

你可能发烧了。妈妈说，伸手去拉缝纫机的小抽屉，但手臂随即僵在半空。

妈妈用手抚摸我的头。她的手很凉，指甲周旁有几根小毛刺，把我的额头刮得很痛。

我刚回来，手太凉，不知你究竟烧得怎样，要不要赶快去医院……妈妈拼命搓着手指。

妈妈俯下身，用她的唇来吻我的额头，以试探我的温度。

母亲是严厉的人。在我有记忆以来，从未吻过我们。这一次，因为我的过失，她吻了我。那一刻，我心中充满感动。

妈妈的口唇有一种菊花的味道，那时她患很重的贫血，一直在吃中药。她的唇很干热，像外壳坚硬内瓤却很柔软的果子。

可是妈妈还是无法断定我的热度。她扶住我的头，轻轻地把她的额头与我的额头相贴。她的每一只眼睛看定我的每一只眼睛，因为距离太近，我看不到她的脸庞全部，只感到一片灼热的苍白。她的额头像碾子似的滚过，用每一寸肌肤感受我的温度，自言自语地说，这么烫，可别抽风……

我终于知道了我的错误的严重性。

后来，弟弟妹妹也有过类似的情形。我默然不语，妈妈也不再提起。但体温表树一样栽在我心中。

终于，我看到了许多许多根体温表。那一瞬，我脸上肯定灌满贪婪。

我当了卫生兵，每天需给病人查体温。体温表插在盛满消毒液的盘子里，好像一位老人生日蛋糕上的银蜡烛。

多想拿走一支还给妈妈呀！可医院的体温表虽多，管理也很严格。纵是打碎了，原价赔偿，也得将那破损的尸骸附上，方予补发。我每天对着成堆的体温表处心积虑摩拳擦掌，就是无法搞到一支。

后来，我做了化验员，离体温表更遥远了。一天，部队军马所来求援，说军马们得了莫名其妙的怪症，他们的化验员恰好不在，希望人医们伸出友谊之手。老化验员对我说，你去吧！都是高原上的性命，不容易。人兽同理。

一匹砂红色的军马立在四根木桩内，马耳像竹笋般立着，双眼皮的大眼睛贮满泪水，好像随时会跌跪。我以为要从毛茸茸的马耳朵上抽血，战战兢兢不敢上前。

兽医们从马的静脉里抽出暗紫色的血。我认真检验，周到地写出报告。

我至今不知道那些马们得的是什么病，只知道我的化验结果起了至关重要的作用。

兽医们很感激，说要送我两筒水果罐头作为酬劳。在维生素匮乏的高原，这不啻一粒金瓜了。我再三推辞，他们再四坚持。想起人兽同理，我说，那就送我一支体温表吧！

他们慨然允诺。

春草绿的塑料外壳，粗大若小手电。玻璃棒如同一根透明铅笔，所有的刻码都是洋红色的，极为清晰。

准吗？我问。毕竟这是兽用品。

很准。他们肯定地告诉我。

我珍爱地用手绢包起。本来想钉个小木匣，立时寄给妈妈。又恐关山重重雪路迢迢，在路上震断，毁了我的苦心。于是耐着性子等到了一个士兵的第一次休假。

妈妈，你看！我高擎着那支体温表，好像它是透明的火炬。

那一刻，我还了一个愿。它像一只苍鹰，在我心中盘桓了十几年。

妈妈仔细端详着体温表说，这上面的最高刻度可测到摄氏四十六度，要是人，恐怕早就不行了。

我说，只要准就行了呗！

妈妈说，有了它总比没有好。只是现在不很需要了，因为你们都已长大。

再选你的父母

　　我猜很多人一看到这个题目的名称，就大不以为然，甚至愤愤然了，觉得毕淑敏是不是昏了头，父母是可以再选的吗？中国是孝之邦，身体发肤，受之父母，戴德还表达不尽，岂容再选？我的父母是天下最好的父母，让我重选父母，这不是逼人不孝吗？若是父母已驾鹤西行，这题目简直就是违背天伦。

　　请您相信我，我没有一丁点想冒犯您的意思，也不是为了震撼视听哗众取宠，实在是为了您的心理健康。

　　父母可不可以批评？我想大家理论上一定承认父母是可以批评的。即使是伟人，也有这样那样的错误和缺点，我们的父母肯定不是完人，当然也可以讨论。可实际上，有多少人心平气和地批评过我们的父母，并收到了良好的回馈，最终取得了让人满意的效果呢？我能客观地审视父母的优劣长短、得失沉浮吗？我相信愤怒的青年可以大吵一架离家出走，但这并不代表着他能公允地、建设性地评价父母。也许有人会说，那是历史了，我们有什么理由在很多年后，甚至在父母都离世之后，还议论他们的功过是非呢？

　　我想郑重地说，有。因为那些历史并没有消失，它们就存在我们心灵最隐秘的地方，时时在引导着我们的行为准则，操纵着我们的喜怒哀乐。

　　父母是会伤人的，家庭是会伤人的。当我们还是孩子的时候，我们无力分辨哪些是真正的教导、哪些只是父母自身情绪的宣泄。

我们如同酒店里恭顺的小伙计，把父母的话和表情，还有习惯和嗜好，如同流水账一般记录在年幼的脑海中。他们是我们的长辈，他们供给我们吃穿住行，在某种程度上说，我们是凭借他们的喜爱和给予，才得以延续自己幼小的生命。那时候，他们就是我们的天和地，我们根本就没有力量抗辩他们、忤逆他们。

你的父母塑造了你，你在不知不觉中重复着他们展示给你的模板，你是他们某种程度的复制品。分析他们的过程其实是在分析你自己。

请你准备一张白纸，让思绪和想象自由驰骋。在白纸上方写下你的名字，左边写上"再选"二字。现在，纸上的这行字变成了"再选✕"，你在这行字的右面写上"的父母"三个字。

"再选✕的父母。"我敢说，也许在此刻之前，你从来没有想过可以把自己的父母炒了鱿鱼，让他们下岗，自行再来招聘一对父母。请你郑重地写下你为自己再选父母的名字。

父：

母：

我猜你一定狠狠地愣了一下。虽然我们对自己的父母有过种种的不满，但真的把他们淘汰了，你一定目瞪口呆。你要挺住啊，记住这不过是一个游戏。

谁是我们再选父母的最佳人选呢？你不必煞费苦心，心灵游戏的奥妙之处就在于它的一闪念之中。你的潜意识如同潜藏深海的美人鱼，一个鱼跃，跳出海面，露出了它流线型的身躯和嘴边的胡须。原来，它并非美女，也不是猛兽。关于你的再选父母的人选，你把头脑中涌起的第一个人名写下就是了。

他们可以是英雄豪杰，也可以是邻居家的老媪；可以是已经逝去的英豪，也可以是依然健在的大款；可以是绝色佳人，也可以是末路英雄；可以是动物植物，也可以是山岳湖泊；可以是日月星辰，也可以是布帛黍粟；可以是一代枭雄，也可以是飞禽走兽；可以是自己仰慕的长辈，也可以是弟妹同学……总之，你就尽量展开想象的翅膀，天上地下地为自己选择一对心仪的父母。

你再选的父母是什么类型的东西（原谅我用了"东西"这个词，没有不敬的意思，只是一言以蔽之），这不重要。重要的是你在这个游戏中重新认识了你的父母，你在弥补你童年的缺憾，你在重新构筑你心灵的世界。你会发现自己缺少的东西、追求的东西到底是什么。

有个农村来的孩子，父母都是贫苦的乡民。在重选父母的游戏中，他令自己的母亲变成了玛丽莲·梦露，让自己的父亲变成了乾隆。我想这是一个非常典型的例子，我首先要感谢这位朋友的坦率和信任。因为这样的答案太容易引起歧义和嘲笑了，虽然它可能是很多人的向往。

我问他，玛丽莲·梦露这个女性，在你的字典中代表了什么？他回答说，她是我见过的最美丽和最现代的女人。我说，那么，你是不是觉得自己亲生母亲丑陋和不够现代？他沉默了很久说，正是这样。中国有句俗话叫作"儿不嫌母丑，狗不嫌家贫"，我嫌弃我的母亲丑，这真是大不敬的恶行。平常我从来不敢跟人表露，但她实在是太丑的女人，让我从小到大蒙受了很多耻辱。我在心里是讨厌她的。从我开始知道美丑的概念，我就不容她和我一道上街，就是距离很远，一前一后的也不行，因为我会感到人们的目光像线一样把我和她联系起来。后来我到城里读高中，她到学校看我，被我呵斥走了。同学问起来，我就说，她是一个丐婆，我曾经给过她钱，她看我好心，以为我好欺负，居然跟到这里来了……我说这些话的时候，觉得自己也很有道理，因为母亲丑，并把她的丑遗传给了我，让我承受世人的白眼，我想她是对不住我的。至于我的父亲，他是乡间的小人物，会一点小手艺，能得到人们的一点小尊敬。我原来是以他为豪的，后来到了城里，上了大学，才知道山外有山、天外有天，才知道父亲是多么草芥。同学们的父亲，不是经常在本地电视要闻中露面的政要，就是腰缠万贯、挥金如土的巨富，最次的也是个国企的老总，就算厂子穷得叮当响，照样有公车来接子女上下学。我位于社会底层的位置是我的父母强加给我的，这太不公平。深层的怒火潜伏在我心底，使我在自卑的同时非常敏感，性格懦弱，但在某些时候又像地雷似的一碰就炸……算了，不说我了，我本来认命了，因为父母是不能选择的，所以也从来没有动过这方面的脑筋。既然你今天让做换父母的游戏，让我可以大胆设想、别具一格，我一下子就想到了梦露和乾隆。

我说，先问你一个问题，如果父亲不是乾隆，换成布什或布莱尔，要不就是拉登，你以为如何？

他笑起来说，拉登就免了吧，虽然名气大，但是个恐怖分子，再说翻山越岭胡子老长的也太辛苦。布什或布莱尔？

当然可以，我说，你希望有一个总统或是皇上当父亲，这背后反映出来的复杂思绪，我想你能察觉。

他静了许久，说，我明白那永远伴随着我的怒气从何而来了。我仰慕地位和权势，我希图在众人视线的聚焦点上。我看重身份，热爱钱财，我希望背靠大树好乘凉……当这些无法满足的时候，我就怨天尤人，心态偏激，觉得从自己一落地就被打入了另册。因此我埋怨父母，可是中国"孝"字当先，我又无法直抒胸臆，情绪翻搅，就让我永远不得轻松。工作中、生活中遇到的任何挫折，都会在第一时间让我想起先天的差异，觉得自己无论怎样奋斗也无济于事……

我说，谢谢你的这番真诚告白。只是事情还有另一面的解释，我不知你想过没有?

他说,我很想一听。

我说,这就是,你那样平凡贫困的父母在艰难中养育了你,你长得并不好看,可他们没有像你嫌弃他们那样嫌弃你,而是给了你力所能及的爱和帮助。他们自己处于社会的底层,却竭尽全力供养你读书,让你进了城,有了更开阔的眼界和更丰富的知识。他们明知你不以他们为荣,可他们从不计较你的冷淡,一如既往地以你为荣。他们以自己孱弱的肩膀托起了你的前程,我相信这不是希求你的回报,只是一种无私无悔的爱。

你把梦露和乾隆的组合当成你的父母的最佳结合,恕我直言,这种跨越国籍和历史的组合,攫取了权威和美貌的叠加,在这后面你是否舍弃了自己努力的空间?

梦露是出自上帝之手的珍稀品种,乾隆也是天分和无数拼杀才造就的英才。在你的这种搭配中,我看到是一厢情愿的无望,还有不切实际的奢求。

那位年轻人若有所思地走了。我注视着他的背影,期待他今后可能会有改变。

请你静静地和你的心在一起,面对着你写下的期望中的父母的名字,去感受这种差异后面麇集的情愫。发现是改变的尖兵。

家是有生命的精灵

当医学生的时候，一天，教授拿着一支新柳走进教室。它嫩绿的枝管上，萌着鹅黄的叶蕾，大梦初醒的样子。我们正不知一向严谨的先生预备干什么，教授啪地折断了柳枝。绿茸茸的顶端顿时萎下来，唯有青皮褴褛地牵拉着，汁液溅出满堂苦苦的气味。教授说，今天我们讲骨骼。医学上有一个重要的名称，叫作"柳枝骨折"，说的是此刻骨虽断，却还和整体有着千丝万缕的联系。我们的职责，就是把这样的断骨接起来，它需要格外的冷静，格外的耐心……

一次，到了大兴安岭。老猎人告诉我，如果迷了路，沿着柳树，就能走出深山。

我问为什么？老猎人说，春天柳树最先绿，秋天它最后黄。柳树成行的地方必有活水，水往山外流，所以你跟着它，就会找回家。

心中一动，记下了柳树如家。

一位女友向我哭诉她的家庭，说希冀的是家的纯洁，家的祥和。可怕的是最近这一切都濒临破碎，虽是藕断丝连，但她想手起刀落……

我知她家虽已摇摇欲坠，但并非恩断义绝，就和她讲起了柳枝骨折。既然一株植物都可凭着生命的本能，愈合惨痛的伤口，在原处发出新的枝叶，我们也可更顽强更耐心地尝试修复。

女友迟疑说，现代的东西，不破都要扔，筷子全变成一次性的……何况当初海誓山盟如今千疮百孔的家！

我说，家是有生命的精灵。正因为家是活的，所以会得病也会康复。既然高超的仪器会失灵，凌飞的火箭会爆炸，精密的计算机会染病毒，蔚蓝的天空也会厄尔尼诺，婚姻当然也可骨折。

我们是自己家庭的制造者，我们是自己家庭的保健医。每一个家庭，都是男女用感情和双手缔造的，那张家庭的保修单，当然也由双方郑重签发。家是一张木制的椅子，要常常油饰修理。阴雨连绵的季节，要搬它晒太阳，不要生出点点霉雾。秋天的时候，要在田野留步，感受清风的抚摸，忆起春天的期望。

修补家庭是双方的事情，万万不可一方包办。疗治骨折要干净彻底地清洗创面，绝不可留下化脓的细菌。焊接两块钢板，要将那对接的毛边，打去陈锈，露出洁净的茬口，才能在烈焰下重新融合，如果没有痛切的割舍磨打，哪怕只是黏合一块鞋跟，也会在几步之后再次脱落……退让妥协绝不是修补，那是藏污纳垢苟延残喘，那是委曲求全自取其辱，等待我们的只会是更大的苦痛。

修补是比丢弃更烦琐的工程。修补是比丢弃更艰苦的跋涉。修补是比丢弃更费时费心的历练。修补是比丢弃更精妙的技艺。

女友听了我的话，半信半疑道，裂了口子连缀起来的家，就像早年间乡下锔过的碗，还会结实吗？

我说，当年我们也曾问过教授，柳枝骨折长好后，当再次遭受重大压力和撞击的时候，会不会在原位爆开？

教授微笑着回答，樵夫上山砍柴，都知道斧刀最难劈入的树瘤，恰是当年树木折断后愈合的地方。

非血之爱

爱，有无数种分类法。我以为最简明的是——以血为界。

一种是血缘之爱，比如母亲之爱亲子，儿子之爱父亲，扩展至子孙爱姥姥姥爷爷爷奶奶，亲属爱表兄表弟堂姐堂妹……甚至爱先人爱祖宗，都属于这个范畴。

还有一种爱在血外，姑且称为——非血之爱。比如爱朋友，爱长官，爱下属，爱动物……最典型的是爱自己的配偶。

血缘之爱是无法选择的，你可以不爱，却不可能把某个成员从这条红链中剔除。一脉血缘在你诞生之前许久，已经苍老地盘绕在那里，贯穿悠悠岁月。血缘之爱既至高无上又无与伦比的沉重，也充满天然的机缘和命定的随意。它的基础十分简单，一种名叫"基因"的小密码，按照数学的规律递减着，稀释着，组合着，叠加着，遂成为世界上最神圣最博大的爱的基石。

非血之爱则要奇诡神秘得多。你我原本河海隔绝，天各一方，在某一个瞬间，突然结成一体，从此生死相依，难道不是人世间最司空见惯又最不可思议的偶然吗？无数神鬼莫测的巧合混杂其中，爱与恨泥沙俱下无以澄清。激情在其中孕育，伟大与卑微交织错落。精神与人格，在血之外的湖泊中遨游，搅起滔天雪浪，演出无数悲欢离合的故事……爱恋的光谱，比最复杂的银河外星系轨道还难以预计。

血缘之爱使我们感知人间最初的温暖与光明，督我们成长，教我们成人。它是孤独人生与大千世界的脐带，攀援着它，我们一步步长大，最终挣脱它的羁绊，投入血外之爱。然后我们又回归，开始血缘之爱新的轮回。

血缘之爱是水天一色的醇厚绵长，非血之爱更多一见钟情的碰撞和千折百回的激荡。

血缘之爱有红色缆绳指引，有惊无险，经历误会顿挫，多能化险为夷，曲径通幽。非血之爱全凭暗中摸索，更需心灵与胆魄烛照，在苍莽荒原中，辟出人生携手共进的小径。非血之爱，使每个人思考与成长，比之循规蹈矩的血缘，更考验一个人的心智。

（爱一个和你有血缘关系的人，是一种本能，一种幸福，一种责任，一种对天地造化的缠绵呼应。）

（爱一个和你没有血缘关系的人，是一种需要，一种渴望，一种智慧，一种对美与永恒的无倦追索。）

我们一生，屡屡在血与非血的爱中沐浴，因此而成长。

婚 姻 鞋

婚姻是一双鞋。

先有了脚，然后才有了鞋。幼小的时候光着脚在地上走感觉沙的温热、草的润凉，那种无拘无束的洒脱与快乐，一生中将我们从梦中反复唤醒。

走的路远了，便有了跋涉的痛苦。在炎热的漠地被炙得像鸵鸟一般奔跑，在深陷的沼泽被水蛭蜇出肿痛……

人生是一条无涯的路，于是人们创造了鞋。

穿鞋是为了赶路，但路上的千难万险，有时倘不如鞋中的一粒沙石令人感到难言的苦痛。

鞋，就成了文明人类祖祖辈辈流传的话题。

鞋可由各式各样的原料制成。最简陋的是一片新鲜的芭蕉叶，最昂贵的是仙女留给灰姑娘的那只水晶鞋。

无论什么鞋，最重要的是合脚；无论什么样的姻缘，最美妙的是和谐。

切莫只贪图鞋的华贵，而委屈了自己的脚。别人看到的是鞋，自己感受到的是脚。脚比鞋重要，这是一条真理。许许多多的人却常常忘记。

我做过许多年医生，常给年轻的女孩子包脚。锋利的鞋帮将她们的脚踝砍得鲜血淋淋。粘上雪白的纱布，套好光洁的绸丝袜，她们袅袅地走了。但我知道，当翩翩起舞之时，也许会有人冷不防地抽搐嘴角，那是因为她的鞋。

看到过祖母的鞋，没有看到过祖母的脚。她从不让我们看她的脚，好像那是一件秽物。脚驮着我们站立行走，脚是无辜的，脚是功臣。丑恶的是那鞋，那是一副刑具，一套铸造畸形残害天性的模型。

每当我看到包办而蒙昧的婚姻，就想到了祖母的三寸金莲。

幼时我有一双美丽的红皮鞋，但鞋窝里潜伏着一只夹脚趾的虫。每当我不愿穿红皮鞋时，大人们总把手伸进去胡乱一探，然后说："多么好的鞋，快穿上吧！"为了不穿这双鞋，我进行了一个孩子所能爆发的最激烈的反抗。我始终不明白，一双鞋好不好，为什么不是穿鞋的人具有最后的否决权？

旁的人不要说三道四，假如你没有经历过那种婚姻。

滑冰要穿冰鞋，雪地要穿雪靴。下雨要穿雨鞋，旅游要有运动鞋。大千世界，有无数种可供我们挑选的鞋，脚却只有一双。朋友，你可要慎重！

少时参加运动会，临赛的前一天，老师突然给我提来一双橘红色带钉跑鞋，祝愿我在田径比赛中如虎添翼。我褪下平日训练的白网鞋，穿上像橘皮一样柔软的跑鞋，心中的自信也突然溜掉了。鞋钉将跑道锲出一溜齿痕，我觉得自己的脚被人换成了蹄子。我说我不穿跑鞋，所有的人都说我太傻。发令枪响了，我穿着跑鞋跑完全程。当我习惯性地挺起前胸，去冲撞冲刺线的时候，那根线早已像绶带似的悬挂在别人的胸前。

橘红色的跑鞋无罪，该负责任的是那些劝说我的人。世上有很多很好的鞋，但要看适不适合你的脚。在这里，所有的经验之谈都无济于事，你只需在半夜时分，倾听你脚的感觉。

看到那位赤着脚参加世界田径大赛的南非女子的风采，我报以会心一笑：没有鞋也一样能破世界纪录！脚会长，鞋却不变。于是鞋与脚，就成为一对永恒的矛盾。鞋与脚的力量，究竟谁的更大些？我想是脚。只见有磨穿了的鞋，没见有磨薄了的脚。鞋要束缚脚的时候，脚趾就要把鞋面挑开一个洞，到外面去凉快。

脚终有不长的时候，那就是我们开始成熟的年龄。认真地选择一种适宜自己的鞋吧！一只脚是男人，一只脚是女人，鞋把他们联结为相似而又绝不相同的一双。从此，世人在人生的旅途上，看到的就不再是脚印，而是鞋印了。

削足适履是一种愚人的残酷，郑人买履是一种智者的迂腐。步履维艰时，鞋与脚要精诚团结；平步青云时切不要将鞋儿抛弃……

当然，脚比鞋贵重。当鞋确实伤害了脚，我们不妨赤脚赶路！

爱怕什么

爱挺娇气挺笨挺糊涂的，有很多怕的东西。

爱怕撒谎。当我们不爱的时候，假装爱，是一件痛苦而倒霉的事情。假如别人识破，我们就成了虚伪的坏蛋。你骗了别人的钱，可以退赔；你骗了别人的爱，就成了无赦的罪人。假如别人不曾识破，那就更惨。除非你已良心丧尽，否则便要承诺爱的假象，那心灵深处的绞杀，永无宁日。

爱怕沉默。太多的人，以为爱到深处是无言。其实爱是很难描述的一种感情，需要详尽的表达和传递。爱需要行动，但爱绝不仅仅是行动，或者说语言和温情的流露，也是行动不可或缺的部分。我曾经和朋友们做过一个测验，让一个人心中充满一种独特的感觉，然后用表情和手势做出来，让其他不知底细的人猜测他的内心活动。出谜和解谜的人都欣然答应，自以为万无一失。结果，能正确解码的人少得可怜。当你自觉满脸爱意的时候，他人误读的结论千奇百怪。比如认为那是——矜持、发呆、忧郁……

一位妈妈胸有成竹地低下头，做出一个表情。我和另一位女士愣愣地看着她，相互对视了一下，异口同声地说："你要自杀！"她愤怒地瞪着我们说，岂有此理！你们怎那么笨？！我此刻心头正充盈温情！愚笨的我俩挺惭愧的，但没等我们道歉的话出口，那妈妈恍然大悟道："原来是这样！怪不得我每次这样看着儿子的时候，他会不安地说：妈妈，我又做错了什么？你又在发什么愁？"

爱是那样的需要表达，就像耗竭太快的电器，每日都得充电。重复而新鲜地描述爱意吧，它是一种勇敢和智慧的艺术。

爱怕犹豫。爱是羞怯和机灵的，一不留神它就吃了鱼饵闪去。爱的初起往往是柔弱无骨的碰撞和翩若惊鸿的引力。在爱的极早期，就敏锐地识别自己的真爱，是一种能力，更是一种果敢。爱一桩事业，就奋不顾身地投入。爱一个人，就斩钉截铁地追求。爱一个民族，就挫骨扬灰地献身。爱一种信仰，就至死不悔。

爱怕模棱两可。要么爱这一个，要么爱那一个，遵循一种"全或无"的铁则。爱，就铺天盖地，不遗下一个角落。不爱，就抽刀断水，金盆洗手。迟疑延宕是对他人和自己的不负责任。

爱怕沙上建塔。那样的爱，无论多么玲珑剔透，潮起潮落，遗下的只是无珠的蚌壳和断根的水草。

爱怕无源之水。沙漠里的河啊，即便不是海市蜃楼，波光粼粼又能坚持几天？当沙暴袭来的时候，最先干涸的正是泪水积聚的咸水湖。

爱怕假冒伪劣。真的爱也许不那么外表光滑、色彩艳丽，没有精致的包装，没有夸口的广告，但它有内在的质量保证。真爱并非不会发生短路与损伤，但是它有保修单，那是两颗心的承诺，写在天地间。

爱是一个有机整体，怕分割。好似钢化玻璃，据说坦克压上也不会碎，可惜它的弱点是宁折不弯，脆不可裁。一旦破碎，就裂成了无数蚕豆大的渣滓，流淌一地，闪着凄楚的冷光，再也无法复原。

爱的脚力不健，怕远。距离会漂白彼此相思的颜色，假如有可能，就靠得近一点，再近一点，直到水乳交融亲密无间。万万不要人为地以分离考验它的强度，那你也许会后悔莫及。尽量地创造并肩携手天人合一的时光。

爱像仙人掌类的花朵，怕转瞬即逝。爱可以不朝朝暮暮，爱可以不卿卿我我，但爱要铁杵磨成针，恒远久长。

爱怕平分秋色。在爱的钢丝上不能学高空王子，不宜做危险动作。即使你摇摇晃晃，一时不曾跌落，也是偶然性在救你，任何一阵旋风，都可能使你飘然坠毁。最明智最保险的是赶快从高空回到平地，在泥土上留下深深脚印。

爱怕刻意求工。爱可以披头散发，爱可以荆钗布裙，爱可以粗茶淡饭，爱可以风餐露宿。只要一腔真情，爱就有了依傍。

爱的时候，眼珠近视散光，只爱看江山如画；耳是聋的，只爱听莺歌燕舞。爱让人片面，爱让人轻信。爱让人智商下降，爱让人一厢情愿。爱最怕的，是腐败。爱需要天天注入激情的活力，但又如深潭，波澜不惊。

说了爱的这许多毛病，爱岂不一无是处？

爱是世上最坚固的记忆金属，高温下不熔化，冰冻不脆裂。造一架爱的航天飞机，你就可以驾驶着它，遨游九天。

爱是比天空和海洋更博大的宇宙，在那个独特的穹隆中，有着亿万颗爱的星斗，闪烁光芒。一粒小行星划下，就是爱的雨丝，缀起满天清光。

爱是神奇的化学试剂，能让苦难变得香甜，能让一分钟驻成永远，能让平凡的容颜貌若天仙，能让喃喃细语压过雷鸣电闪。

爱是孕育万物的草原。在这里，能生长出能力、勇气、智慧、才干、友谊、关怀……所有人间的美德和属于大自然的美丽天分，爱都会赠予你。

在生和死之间，是孤独的人生旅程。保有一份真爱，就是照耀人生得以温暖的灯。

男女眼中的玫瑰花

通常有恋爱中的男生说，不明白为什么女朋友为了一句话或是一件小事，就吵吵嚷嚷地要分手，或是采取冷战策略，来个不理不睬。

有一次，我在心理诊所接待了一个因为失恋而抓耳挠腮的青年男子，名叫小耕。小耕开门见山地说，我到您这里来，不是为了解决自己的心理问题，只是想请教一下，我采取什么方法才能让女生回心转意。或者说，我不想和您说我自己心里想的是什么，因为我是怎么想的并不重要，重要的是她心里想的是什么。如果您也不知道，您就要帮我猜一猜，她的心思到底是什么。

我看小耕气急败坏、语无伦次的样子，说，她是谁？

小耕说，咱们就叫她乔玉吧。

我说，小耕，你先不要急，把情况慢慢说清楚。

小耕和乔玉是一对恋人。在情人节前很久，小耕就答应那一天会给乔玉一个惊喜。乔玉向往地说，你会给我九十九朵玫瑰吗？送到我们公司来，让我也享受一次众人瞩目的光彩！还没等到小耕回答，乔玉又改变主意了，说，算了，我不要那么多了。九十九朵玫瑰太奢华了，只要九朵就好了，不过，一定要包装得特别漂亮啊！小耕满口答应，他虽然出身农村，但现在是一家很大的公司的主管，收入相当不错。

小耕工作很忙，之前没有预订玫瑰。到了 2 月 14 日那天，没想到玫瑰花价格疯涨。小耕觉得不值，就没有买。到了傍晚，花房快打烊的时候他才去买的。他心想反正也是烛光下的晚宴，花只要是红的，包在朦胧闪光的花纸中，看起来都是一样的。他们已经到了谈婚论嫁的节骨眼，他想把每一分钱都节省下来，花在刀刃上，何必被华而不实的花贩子宰呢！

焦急地等了一天的乔玉，终于等来了九朵打蔫的玫瑰花。她火眼金睛，一下就看出小耕买的是处理玫瑰。她还算顾大局，当着众人什么也没说。一出了众人的视线，乔玉立刻把花儿扔到了地上，大发脾气，踩着花瓣说自己望眼欲穿等来的却是这种货色。那么，在小耕眼中，自己肯定也是处理品，他们的爱情也是处理品，都不配享用上等的玫瑰。她说他这样吝啬，以后的日子肯定没法过了。

小耕无限委屈地说——我无论如何都想不通，那么多山盟海誓，就抵不过玫瑰有点枯萎的花瓣吗？！况且，一般人根本看不出来，她却要这样无限上纲上线。我也非常伤心，也很生气，心想罢了，像这样小心眼、爱计较的女生，不要也罢！但这几天我思来想去，觉得她真是做妻子的最佳人选，很想挽回。我的初步打算是：找海南岛的一家五星级酒店，订下面朝大海的总统客房，让那边把房间钥匙先送过来。然后我在这边订下两张机票。当这些步骤都完成以后，我就用快递把房间钥匙和机票一起送到她的公司，以表达我对她的真情实意。您看怎么样呢？

这表面上是一个问句，但小耕渴望听到赞同回答的表情太明显了，眼巴巴地看着我。实在不忍心给他泼冷水，可正因为出于爱护，我才要讲实话。

我尽量把语速变慢，让他能有个思想准备。我说，请原谅我，我觉得你这个方案不怎么样。

他恼火起来，说，你们女人怎么和我们男人想的就是不一样！

我不计较他的态度，说，首先，一朵玫瑰花，在你的字典里代表着什么？

小耕想也没想就回答说，玫瑰就是玫瑰，一朵花而已。现在的小女生赋予了玫瑰那么多浪漫和想象，其实都是瞎掰。花就是花，无知无觉，开上一两天就谢了。什么九十九朵玫瑰代表爱情天长地久，全是商家编出来骗人的鬼话。谁上当谁是傻瓜！

我说，我能理解你对玫瑰花的定义。说实话，我很有些赞成你的意见呢。花就是花，很简单。

小耕得到了支持，情绪缓和下来，说，务实的人，都持这种看法。

我说，你的女朋友是怎样看待玫瑰花的？

他说，我知道，在这以前，乔玉说过很多次了。她说，玫瑰花代表着爱情的信物，一个女孩子，要是在谈恋爱的时候都没有得到过满捧满怀的芬芳玫瑰，就是枉做了一世女子。

我说，你不是说乔玉是做妻子的上好人选吗？如果她天天要你送玫瑰，我看也很靡费呢。

小耕听了老大不乐意，突然与我反目为仇，说，不允许你这样讲乔玉。她其实是很会过日子的女孩子，只不过要在恋爱的时候要点情绪。

这结果，正中我意。我说，对啊。玫瑰花在你的字典里和在她的字典里，是完全不同的含义。玫瑰花盛开在不同的字典里。你觉得那只是一朵普通的花，她却把自己的理想和价值都寄托在里面了。

我说，女子喜爱花，其实历史悠久。远古时代，人们逐水草而居，靠天吃饭，生活很没有保障。如果在住所附近看到了花，就等于看到了希望。因为花谢了以后，就会有果实慢慢膨大起来，再等一些时候，就到了收获的时节。所以，在女人的记忆深处，对花的喜爱，是一种安全和务实的需要。只不过由于时过境迁，大家已经忘记这其中的传承，只记得看到花时那种单纯的欢喜。一般的花，如果美丽，就没有香味。如果有醉人的香气，花瓣就微小暗淡，两者都占全的很少。这也是来自植物的本能，它们要吸引昆虫，要借助风势，才能传播自己的花粉，繁殖后代。通常只要一种手段就够了，花们也就懒得又美丽又芬芳。玫瑰是一个例外，它美艳馥郁，于是被人们挑选来做了爱情的使者。

人的生活中，需要偶尔的浪漫和奢侈，这也是生命因此有趣和值得眷恋的理由。我觉得，爱情中的人们有资格稍微浪费一点，因为这种时刻毕竟不多啊。

小耕想了想说，我明白了，原来她在玫瑰上寄托了自己的尊严，我买了处理的凋零玫瑰，她就觉得我刺伤了她的尊严。可是，我不是决定改正了吗？我订了豪华客房，表示我不是一个小气鬼。我用特快专递的钥匙和双人机票表示了歉意，用实际行动来响应她的浪漫主张，这不就挽回了吗？

我直截了当地回答他，此招恐怕不甚可行。理由是：乔玉觉得在玫瑰花上丧失的是尊严，已经表示和你绝交。现在还没有达成谅解，你就直接寄双人机票给她，这又一次说明你没有尊重她的选择。所以，别看你花了那么多钱，很可能适得其反呢！再有，你说她是个会过日子并不奢靡的女孩，你租了总统客房，以为能讨得她的欢心，这样她就会认为你断定她是个奢华虚荣的女子，我想她也不会乐意。所以，这很可能是一个事倍功半的馊主意。

听我这样一说，小耕有点急了，说这也不行，那也不成，我可怎么办呢？

我说，小耕，你不要着急。办法就在你手里，不妨再想想看。我就不相信，恋爱中的人还能想不出和解的法子？你一再说她是个通情达理的女孩，那么，这件事还是有希望的。

小耕想了半天，说，我要郑重地向她道歉，说我从今以后会非常尊重她的意见和想法。如果是我承诺的事，就一定做到。如果我有另外的建议，就一定当面向她提出，再不会先斩后奏、一意孤行。

我说，试试吧。预祝你好运气！

小耕走了。

其后的某一天，我收到了速递来的一袋喜糖，喜袋上用透明胶纸粘了一朵粉红色的玫瑰花。我想，这就是故事的结局了吧。

恋爱为什么无疾而终

　　我开诊所的时候，有一天来了一位美丽的姑娘。她的外表看起来几乎无懈可击：身材玲珑有致，充满了女性的味道，但绝不张扬。皮肤有一种珍珠般的柔和光泽，莹莹闪光而不烁目，头颈上下浑然一体，没有任何泾渭分明的色差界限，看得出是天生丽质，不是蜜粉涂抹化妆所为。五官很清俊，搭配在一起，鹅蛋脸，柳眉入鬓，只是嘴巴有点大，和中国古代的仕女形象有一点区别，但我知道，如今大嘴巴正是性感的标志。一袭粉蓝色的职业装，双腿优雅地叠架在一起，浑圆的膝盖在剪裁贴身的高档毛料下若隐若现。我们就称她为梓怡吧。

　　梓怡款款说来，我是从国外回来的，我知道心理医生是干什么的。不一定非要出了大问题，比如抑郁症或是要自杀什么的，才来看心理医生。我在一般人眼里很正常，甚至是太正常了。我要求教您的也是一个很正常的问题，就是——我的恋爱为什么总是无疾而终？刚开始交往得好好的，彼此都谈得来。但是深入接触之后，那些男子就都退避三舍了。真的，不是我不愿意，都是他们先打退堂鼓的。您可以想见这样的结局对我的打击有多大，也许说是打击，也不完全准确，更多的是好奇。我怎么啦？我难道配不上他们吗？我各方面的条件都很优越，说实话，我跟他们交往，已经抱了一种下嫁的姿态。我有国外的文凭，收入很高，自己有房子有车，其他的硬件条件，您也看到了，不是我自夸，真的也是百里挑一呢。而且，我也很会示弱呢！

　　我有点惊奇，轻声重复道，示弱？！

她说，对啊，我会把我的收入打个五折，不然太高了，会让男方自卑。我也会心甘情愿地跟着男朋友到小馆子吃饭，要知道我平日出差，都是住五星级酒店呢！我并不怕吃苦，但该让男士有表现绅士风度的机会，我是一定留给他们的……刚开始交往不久，我就会督促他们给家中的老人买礼物贺生日。倒不是我故意要装出贤惠的样子，实在是我也常常惦念自己的父母，希望大家都能有一颗孝顺之心……您说我做的还有哪些不够呢？真想不明白。

现在，不但是梓怡想不明白，连我也一头雾水了。我想，莫非那些男子真是有眼无珠，这么好的一个妙龄女子，为什么他们不知珍惜？

心理咨询需要过程，第一、第二次见面，我们只能是互相了解，建立彼此信任的关系。临走的时候，梓怡拿出钱夹，说，我要送您一件礼物。我说，你已经按照规定交纳了费用，我不能再接受你的礼物。她微笑着说，这不是一件平常的礼物，您一定要收下。说着，她拿出一张相片。这是她本人的艺术照，照片上的梓怡更是光彩照人。我只有收下，当面拒绝接受一个人的照片，几乎等于宣战。

咨询的频率是每星期一次。在其后几天，我常常会看着梓怡的照片愣神。这样姣好的一个女子，居然很可能寂寞老去，问题究竟出在哪里呢？

终于，我找到了一个方向。梓怡下次来的时候，我说，看来你是很喜欢照相啦？她说，是啊！哪个不喜欢挽留青春呢？我说，如果不保密的话，能不能把你自己的闺房照下来给我看看？特别是墙壁的颜色。她说，这有什么难的！我装修得可精美了，也非常舒适，每间屋子的色彩都不一样。对了，您要这些图片有什么用呢？我开玩笑说，我也要装修房子，猜想你的家一定很有创意，很想学习一下呢。几天后，梓怡用电子邮件把她家的图片发来了。看得出来，她很细心，把边边角角都照了下来，的确是匠心独运，有很多机灵的小点子。其实，我是醉翁之意不在酒。

再一次见到梓怡，我说，那些男士离你而去的时间，让我来猜一猜。梓怡说，好啊，心理学家有的时候也兼算命吗？

我说，这和算命无关，只和我的一个小小推断有关。我猜他们先是和你交往了一段时间，彼此感觉都不错。然后你们约会的场所就从公园、酒吧、咖啡厅等公共场合，转到了比较私密的空间。

梓怡说，您说得一点都不错。我们总不能在凛冽的寒风中在街上走来走去吧？他们会邀请我到他们家去，但是在关系没有最后确定下来之前，我不愿早早地就见到他们的亲属，那样留给自己选择的余地就比较狭小了。我希望婚姻这件事的按钮始终在两个当事人自己的手中，这才有最大的自由。既然他们家不能去，那么到我家就比较合适了。况且，我看到一些教女孩子如何谈恋爱的书籍上写了，约会不要到陌生的地方去，要到自己熟悉的地方。您说，还有什么地方比自己的家更熟悉的呢？在我的家里，我会更安全，也更自在。

我点点头，表示深深的赞同。我说，但是，悲剧接着发生了。当你以为恋爱关系稳步向前推进的时候，男方突然表示撤退了……

梓怡哀戚地说，您如何知道的？正是这样啊……我莫名其妙，不断地追问这到底是为了什么，可他们就是不说，逼急了，就丢出一句：你一定能找到比我更好的人！这叫什么话嘛！推诿逃避，连说一句真话的勇气都没有！梓怡生起气来。实话实说，梓怡就是在生气的时候也是楚楚动人。

我说，我倒是猜出了一点苗头。

梓怡很惊讶，说，您认识他们之中的某一个人吗？

我说，不认识。可我这里有照片。

梓怡真是一个对照片很有兴趣的人，她立刻打起精神，凑过来说，谁的照片？

我把洗出来的照片摊在沙发前的茶几上。梓怡只看了一眼，就说，这有什么可看的？这不就是我发给您的我家的照片吗？

我说，对啊。你的家，你自然是最熟悉的。但最熟悉的东西，你却未必最能认清它。你看看这墙壁……

在所有的墙壁上，都镶有梓怡的大幅照片：有娇媚的，有哀怨的，有若有所思的，有充满期盼的……我说在"所有的墙壁上"，并没有夸张，就连卫生间的马桶上方，都有梓怡的靓照在俯视。在这样的地方如厕，闹不好会排泄不净。

梓怡是聪明女子，她若有所思地说，这有什么不对吗？这是我自己的家啊。

我说，对啊，如果这永远只有你一个人居住和观赏，也许问题并不很大。但是，你让另外一个人走进了你的家门，在这样一个高度自恋的氛围中，那个人很可能感到压抑。这里是你一统天下，没有他人喘息的空间了……

梓怡的故事到此为止，结局大家都可以猜得到。后来，她结婚了，对爱人非常满意。她给我打了一个电话，说，我知道心理医生的规矩是不能和来访者有密切关系的。我如果请您来参加婚礼，我以后有了什么问题，就不好再求您帮助了。所以，为了我以后还能在为难的时候找到您，我就只打这个电话告诉您我的婚讯。

我说，好啊，祝福你。

直到现在，我再也没有接到梓怡的求助。想来，她一切都还好吧。

如果你有很多美丽的照片，请不要把自己的家变成展示这些照片的博物馆。那无意中将是一种排斥他人、唯我独尊的信号，说明你的世界里充满了你，让人却步。高傲、自恋的女人，在让人欣赏的同时，会让人远离。男人和女人都对高度自我的人敬而远之。

世上可真有一见钟情

我收到出版社寄来的一封厚厚的特快专递，签了名，撕开信封，才发现淡蓝色的特快专递信封里面，还藏着另外一封特快专递。

我先看的是出版社的信函。他们说："毕老师，这是一位读者的来信，写明了是转给您的，我们就没有打开，不知是何内容。我们虽然用的是最快的速度，辗转中恐怕也耽误了时间，请您原谅……"

我常常收到读者来信，但用双重特快专递发来的信，实不多见。不知这封信里写的是什么？我很好奇。

以下是这封信的内容。

尊敬的毕老师：

我不知道这封信能不能到达您的手中。我在街上买过您的书，看了以后，觉得自己的故事比您书中所写到的所有的故事都要更精彩。我很想给您写一封信，可是我不知道您的地址，就算是知道了，我想，您可能常常收到很多读者来信，也许看也不看就送到字纸篓里了（但愿我这是以小人之心，度君子之腹）。即便您有时会看看信，但我的信混迹其中，您很可能就忽略掉了。我决心采取一个其他的方式让您读到我的信，这样我就写了一封信给您的那本书的责任编辑，很恳切地求她把我的信转给您。我相信当您看到这些文字的时候，我的信已经成功地转送到您手中了。

其实，我想问您的问题很简单，那就是——世界上到底有没有一见钟情这种东西呢？如果有，它是不是最美好的爱情？如果一个人得不到一见钟情，是不是人生就不够完满呢？比如灰姑娘和王子的爱情，肯定是一见钟情的，还有西厢记牡丹亭什么的，都是这种类型的，才成了千古绝唱。

好了，不说别人的事和古人外国人的事了，说我自己的事。

我是一个很美丽的女孩，可惜我不愿让您在大马路上把我认出来，否则的话，我应该把自己的照片寄一张给您，这样您就不会暗自笑话我是自恋或是吹牛了。我的外形真的很不错，几乎称得起是"国色天香"了，其实，我也不懂这个词到底是什么意思，总之男人们常常这样形容我，在这里借用一下就是了。

我的自夸到此为止，言归正传。在18岁之前，我基本上是一个单纯的女孩，上了大学之后，才渐渐地变得复杂起来。我知道了我的美丽是我的骄傲，上课的时候，连七八十岁的老教授也会多看我几眼，就更不消说那些年轻的讲师和男同学了。

能上大学的女孩很多，美丽的女孩也很多。但能上大学又有美丽外貌的女孩就不是太多了。现在不到处都在讨论资源开发吗？坦率地说，我觉得自己就是一个很好的资源，要善待自己，把自己的资源充分利用起来，我要把自己好好地嫁出去。好比一个抓到了一手好牌的人，我为什么不能大赢特赢呢？

我本来准备大学毕业以后，再慎重处理自己嫁人的问题，没想到猝不及防地就被丘比特的毒箭射中了。您一定要说，爱神之箭怎么能叫毒箭呢？因为它毒汁四溢，让我遍体鳞伤。

那天我到食堂打饭，很长的队，好不容易排到跟前了，不想我的饭卡突然找不到了，大师傅很不耐烦地催我，后面的同学熙熙攘攘一个劲地往前挤。正在尴尬万分的时候，一个很有磁性的声音，在我后脑的上方响起："你先拿我的饭卡买饭吧。"我回头一看，一个高大英俊的男生正微笑着看着我。他的牙齿像米饭一样雪白，特别是他的整个身体，散发出一种独特的香气，真的，在饭厅数十种菜肴和煎炸烧烤之中，他的气味是那样芬芳清新。我一下子就被击中了，简直就像是被施了魔法，乖乖地拿了他的饭卡。

那天的中午饭，顺理成章是我们在一起吃的。因为我要还他的饭钱，所以我留下了他的住址。他是新来的研究生。我还记得那顿饭我们要的都是鱼香肉丝，那种甜兮兮的青椒气味，我一辈子都不会忘记。

我们飞快地坠入了爱河。他对我说，很想租一间房子，和我住在一起。不然如果一天没有8个小时以上看到我抚摸到我，他什么课都听不进去。

我的计划被他的计划打破，我对自己说，为了他的早日成才，也为了我的将来，就答应他吧。就这样，我们共筑了一间精致的爱巢，住了进去。

您一定不相信，我看起来是那种很时尚很前卫的女孩，其实骨子里是很保守的。我把自己的贞节一直保持到了我们住进小屋的那一刻。我以为他看到鲜红的血迹会很高兴，不料他皱了一下眉说，真没想到。我很奇怪，说你不高兴吗？他说，不是不高兴，是觉得自己的责任太大了。那一刻，我突然萌生了不好的预感，觉得他是一个害怕负责的男人。

不过这种不祥的念头很快就消失了。我天天沉浸在芬芳的气味当中，非常幸福。我对他说，你知道自己有一种特别的气味吗？他很诚实地说，不知道。你可能是太喜欢我了，才生出幻觉。我当然不能承认幻觉这个说法，好像我的神经不正常了，我就请最好的朋友到我家来闻一闻。好友像猎狗一样地在我们的小巢里走来走去，最后她万分认真地对我说，除了男人的汗臭，并无其他味道。你以为你找到的是一头香獐或是麝香牛吗？你是情人眼里出西施，其实他和其他男人别无二致。

朋友走了，我也一笑了之。别人闻不到他的奇特，这最好了，要是人人都像我似的一见钟情，我的未来还不保险了呢！我们就这样幸福地过了109天，比水浒的108将还多一天，没想到那天晚上他吃完了我为他包的鸡肉馄饨之后，对我说，对不起，我不爱你了。我明天就会搬出这间房子。不过，请你放心，房租我已经交到月底了，你还可以安心住着，不必慌张。

我大吃一惊，说你怎么可以这样？他很震惊地说，我怎么就不可以这样？既然我们可以一见钟情，我也能和别人一见钟情。我爱上了另外的一个女孩。我说，你不要脸。他说，你不要出口伤人。我们本来就是同居，合则聚不合则散，你我都是自由人。我说，那你以前的山盟海誓呢？他说，你怎么可以相信那些！什么冬雷震震夏雨雪，现在全球大一统，咱们这里是夏天，南半球就是冬天，当然可以夏雨雪了。所以，没有不变的东西，要与时俱进嘛。

我真的很想像电影里那样，狠狠地抽他一个大嘴巴，但是极度的衰弱辖制了我，完全呆若木鸡，根本就抬不起臂膀，眼睁睁地看着他收拾完了自己的东西，扬长而去。

我想问问您的就是：世界上有一见钟情这种东西吗？它是甘霖还是毒药？我相信一见钟情，可一见钟情的结果居然这样残酷。我以后还有能力爱一个人吗？它将是怎样的方式呢？

——萧箐

很多人以为自己的故事很独特，其实很多常常是每天都在全世界各地重复上演的 MTV。这样说的意思一点都不是小瞧了萧箐的痛苦。我们的痛苦并不是因为独特才引人注目，而是因为它来自我们最深层的情感。无论起因多么平凡，都有可能引爆精神地层的断裂。

关于一见钟情，实在是一个古老的话题。如果把恋爱做一个最简单的分类——那就是一见钟情或是日久生情。

少女少男们期望一见钟情，那样更烂漫更突如其来更匪夷所思。文学艺术家们也比较喜欢一见钟情，那样人物集中故事紧凑，冲突剧烈矛盾尖锐。比如一对男女谈了十年的恋爱才定下终身，这十年当中，男人没有出过一次差，女人没有生过一次病，双方的父母也都认为是天造地设，一齐投赞成票。你说这个爱情美满不美满呢？大家一定觉得很美满，可这个故事就没法写了，写了也没人看了。因为艺术的规律是"文似看山不喜平"，你得一波三折而不能一马平川。

青年人获取婚恋经验，一部分来自父母和周围的长辈，这本是一条很好的途径，可惜我们的传统中，要么是正襟危坐，把这些知识列为不登大雅之堂的隐秘，要么把民间地下的情色渲染成了代用品，却少中肯的情爱指导。于是青少年们关于爱情的学习，特别是女孩子，很多来自神话传说和言情故事。文学并不是生活的百科全书，很多时候它是写作者的一厢情愿。所以，关于一见钟情的描写充斥在爱情小说中，常常会使人误以为那是爱情的常态，甚至是唯一的状态。而实际上，一见钟情不过是爱情千姿百态中的一种。

爱情开始的时候，我们的体内发生了怎样的化学变化，这是科学家们至今尚未得出答案的悬疑。爱情可以从任何时间的任何地方开始，也可以在任何地方的任何时间结束。你很难说哪一种方式最好，就像我们至今无法认定哪一种花草是地球上最美的生物。放眼人海，你更是可以看到以不同开端的爱情和婚姻，都有成功的金婚银婚和失败的塑料婚一次性筷子婚（这两个词是我发明的，表示短暂和垃圾之意。乱造词汇，请原谅）。比如父母之命媒妁之言的包办婚姻，那结局有跳井上吊的，也有白头偕老的。比如花前月下青梅竹马的情投意合，结局有红杏出墙也有风雨与共。

现在我们回到困扰主人公的关键问题上来。你相信世界上有没有一见钟情这种爱情方式呢？

我是又相信又不相信。为什么这样说呢？你要说没有吧，我曾亲耳听到若干青年男女描述他或她一见钟情时的感受。在某一特定的时刻，看到某一特定的异性怦然心动，异样感受像飓风一样袭来。心跳加速，口舌发紧，周围的空气不再被吸入肺里，而是变成了一种滚烫的喷香米酒，流溢在唇齿之间，让人心旌摇动，进入微醺的状态，眼睛好像吃多了深海鱼油一样闪闪发亮，嘴唇变得鲜红欲滴……

这种状态是确实存在的，有些人就此沉入爱的海洋不可自拔。其中有些人一生美满，有些人在结婚后再也找不到神奇的触电的感觉了，绚烂归于平淡之后，开始了冷战，甚至导致了家庭暴力，最后不得不黯然分手。

对于这个复杂的转折，心理学家给出了自己的解释。其实，世界上完全丧失前兆的一见钟情是没有的。人们对于自己伴侣的设计，有着奥妙的先入为主的轨迹。它不但存在于我们的理智当中，也潜伏在不曾察觉的潜意识当中。也许你从来没有在纸上列出过你对这个问题的标准答案，但这并不证明你是彻头彻尾的一张白纸，并不等于你对与什么样的人共度一生，完全没有过自己独特的思考和认真的设计。也许从父母的言传身教中，也许从邻里的街谈巷议中，也许从社会的规范评说中，也许从文学作品的潜移默化中……总之，纯粹的爱情白纸是没有的，在看似空无一物的卷宗中，有铅笔用虚线打下的草稿。在某个特定的时辰，某一个特定的形象恰好嵌入了这个无形的标准之中，一见钟情就以迅雷不及掩耳之势把它变成了工笔重彩描绘的现实。所谓的一见钟情，不过是按图索骥。因为不知道萧箐的身世和家庭背景，这里就无法做更深的探索了。

还想谈谈嗅觉的意义。我是医生出身，对人的生理如何微妙地影响了人的心理很有感触。萧箐的故事里，嗅觉起了非常重要的作用，她是被气味所吸引，然后坠入了爱河。据科学家研究，主管嗅觉的脑细胞是十分古老的，动物们就是凭着独特的气味来分辨是同类还是敌人，当然，也包括了择偶。在我们每个人的双眼之间、头骨内部与脑底结构中，生长着大约500万个以上的嗅觉细胞。这些细胞和脑部正中央的下丘脑紧密联系，而下丘脑控制着人的恐惧和悲欢等种种情感，当然了，它也支配着情欲。因此，味道有时在不知不觉中会强烈地扰动着我们关于爱情的判断。

爱情当然不仅仅是生理层面的变化，但当一见钟情这种非常类似化学反应的情况发生的时候，我们对此要有着更理智一些的了解和把握，这样对我们的幸福会更有帮助。

我有一个大胆的猜测，其实女人们涂抹香水，是为了减少一见钟情的机会，让自己和对方都有更多的平稳心态来用于选择。因为浓郁的香水遮盖了原本属于个人的气味，机器化大生产的千篇一律的香水让骚动沉静下来，就不会被某种特殊的体味撩动得忘情。

萧箐还提到了负责任和爱的能力方面，这些都是更重要的核心问题了。我们将在以后的篇幅里再做讨论。

谁毁灭谁

我很爱看小孩子玩电子游戏，看他们沉浸在想象与参与的快乐中，杏眼圆睁，十指联动，小小的身体在椅子上左右腾挪，俨然一场恢宏战役的领袖。

我的侄子才十二岁，已在市里的计算机比赛中多次获奖。他很乐意在电子游戏方面做我的启蒙老师，讲解起有关知识，态度和蔼，诲人不倦。

有一天我看到他玩游戏时，屏幕上不时红光灿烂，花瓣状的绯红，像原子弹的蘑菇烟云，弥漫整个视野……不由得赞叹道：好漂亮的玫瑰花啊！

啥？玫瑰花？

小侄子不屑地对我撇嘴，悲悯我的少见多怪。

那不是花，是喷溅出来的人血。是我用电锯锯出来的，好过瘾，好开心啊……恰逢屏幕上血光冲天，小侄子乐得手舞足蹈起来。

我心一沉，随手拖来一把椅子，坐在侄子身边，看他如醉如痴地玩这款名为"毁灭战士"的游戏。

那游戏的内涵并不复杂，只是无穷无尽的巷道，不时从隐蔽处窜出面目朦胧的"敌人"，你只需利用手中的武器，将对方消灭即可。武器有许多种，比如冲锋枪、激光炮、炸药包等等。依我的粗浅观察，威力都比电锯要强大，尤其适合远距离作战。但小侄子对传统的锯子情有独钟，当游戏刚开始，尚未找到电锯装备自己时，他急得抓耳挠腮，犹如没有寻着金箍棒的孙猴头。一旦电锯到手，便高举此宝，所向披靡地冲杀过去，遗下一路血泊。

我不解，问：那么多的厉害兵器，你为什么废弃百家，独尊电锯？

战斗正值酣处，小侄子来不及细答，激动地抛给我几个字：电锯痛快！

我穷追不舍，缠着要他详作说明。小侄子叹了一口气说：你这个婶婶啊，怎么这么笨！用激光炮射死一个人和用电锯把人卸成八块，那痛快劲儿能一样吗？

我大骇，逼他把事情讲得更明白些。小侄子只好忍痛割爱，暂停游戏，调出几幅图像，与我现身说法。

喏，婶婶，你看这是用激光杀人，手指头这么一按，轰的一声，敌人就化成一团烟，什么都没有了。虽说你能继续向前，可是多没意思啊！

用电锯那就大不一样了。它咔咔一响，风一样地锯过去，你就觉得自己特威风，特带劲，特有成就感，过瘾极了……小侄子连说带比画，调出一帧图像：一排肉铺挂猪头的钢钩上，颤巍巍悬挂着些支离破碎的物件。

这是什么？我老眼昏花，一时看不清楚，问道。

这就是用电锯锯开的人啊！喏，这是一条大腿，这边是半截胳膊，最右侧挂的是人肚子下的半截……小侄子沉着地以光标为笔，在银屏上流利地滑动着，耐心地为我讲解。

我用手术刀解剖过许多真正的尸体，但这一瞬，我在模拟的并不非常真切的图像面前，战栗不止。

你用电锯把它们杀死，可它们究竟是谁！我问小侄子。

它们到底是谁，那要看我玩游戏时的心情了。侄子到底是小孩，并未发现我的恐惧与震怒，依旧兴致盎然地说下去：要是哪天老师批评了我，我用电锯杀人时想的就是老师。要是同学跟我吵架，我想杀的就是同学。要是我想买一个东西，我妈不给我买，我就假装对方是我妈。要是我爸因为我考试成绩不好，不给我卷子上签字，我就把电锯对准他……婶婶，你怎么啦？脸色为什么这么难看？侄子不知所措地停止了传授。

责任不在他。我竭力控制住情绪，力求音色平稳地说：就因为这么丁点小事，你就起了用电锯杀人的心吗？

小侄子愣了一下，突然笑起来说，这个游戏就叫"毁灭战士"，它的规矩就是看到什么就毁灭什么，毁灭就是一切，不需要什么理由啊！

面对着这样的逻辑，喉咙有一种被黑手扼住的窒息感觉。小侄子是个乖巧的孩子，见我神色大变，半天不说话，就关了计算机，哄我道：

婶婶不愿听我说杀老师杀爸爸妈妈的话，下次我用电锯时，不想着他们就是了。再杀的时候，我就把它当成一个外星人好啦！

呜呼！

面对小侄子那清澈如水晶的双眸，我真的悲哀已极。外星人与我们何仇？当另一时空的高级智慧生物，冲破千难万险，到达我们这颗蔚蓝色的星球时，迎接它们的将是地球人自己灌输的无比敌意，这是科学的悲哀还是人性的悲哀？当人类用最先进的科技将自己最优秀的儿女送往太空的时候，可曾设想到在宇宙的彼岸，等待他们的将是鲜血淋漓的杀戮？

当然，游戏毕竟不是真实。但游戏是儿童精神的食粮和体操，它潜移默化循序渐进的力量，绝不可忽视。将残暴的杀人裂尸化为电子屏幕下淡然的一笑，让孩子在游戏的过程中轻而易举地完成毁灭世界的欲望，播种无缘无故的仇恨，收获残忍与猎杀他人的快乐……这在幼童，是被迫的无知和愚昧；在成人，是主动的野蛮和罪孽！

我对小侄子说，把这盘"毁灭战士"给婶婶，好吗？

他吃惊道：婶婶要它做什么？莫非也要做一把"毁灭战士"？

我说，我要把"毁灭战士"毁灭掉。

小侄子道，为什么？

我说，因为"毁灭战士"里，没有对这个世界的爱。

眼药瓶的奥秘

渠枫来见我的时候，披头散发，衣帽邋遢。对一个容颜娟秀的女孩子来说，糟蹋自己到了这种地步，可见她遇到了重大的困厄，心灰意懒，已经抛弃自爱，不再珍重。

她一屁股坐下来，从内兜深处掏出一件东西，握在手心，对我说，都是它把我毁了！

我以为那会是一枚珠宝首饰或是一个信物，要么干脆是一封绝交信，没想到在渠枫苍白的缓缓展开的手掌心里，是一只普通的塑料的小眼药瓶。到街上的药店，一块钱可以买回三只。

我细细地观察着这只药瓶。奇怪它有何魔力，竟能把一个青春年华的女大学生，折磨得如此憔悴萎靡？

药瓶基本上是空的，它的底部，有一些暗红色的渣滓沉淀着，好像是油漆的碎片。瓶颈部的封堵已被剪开。之所以特别提到了这一点，是因为它被剪开的位置，反常地偏下。一般人怕药水大量滴出，瓶尖部的口通常开得很细小。但这只眼药瓶，几乎是从瓶尖部被断开了，瓶颈缩得短短，仅够套上瓶帽。

我看着渠枫。渠枫也看着我。很久很久，沉默如同黑色的幕布，遮挡着我们。终于，渠枫说，你为什么不问我？

我说，我在等你。

渠枫说，等我什么？

我说，你来找我，就是信任我。我等着你把你想要对我说的话，说出来。

渠枫又继续沉默。当我几乎不寄希望的时候，她突然说，好吧，我就把一切都告诉你。我爱上了申拜，一个并不高大但是很有内涵的男生。有同学说，依你的条件，可以找一个比申拜外形更酷的男孩，申拜矮了些，要知道，身高就是男人的性感喔！我说，我看重的是申拜的内在。注重男子的身高，是农耕社会和游牧民族的习气了，机械欠发达的时候，男人的力气就是他的资本，比如扛麻包挑担子什么的，当然是大个子占便宜。如今到了电子时代，经营决策，敲击电脑，都和身高无关。一个男人能不能给女人幸福，不在身高，在乎内里的质量。

朋友被我驳得两眼如同死鱼，干张着嘴，无话可说。申拜知道了我的观点，对我更是呵护有加体贴入微。他说，我是他交的第一个女朋友，我说，你也是我的……我们的感情很快进展到如胶似漆。一天，我约他到我家玩，父母正好同到外地出差。夜深了，他抱着我说，他忍不住了，想彻底全面地得到我。我急忙推开他的手，说，不……不能……

我看他退开，情绪很伤感，觉得我对他不信任，就急忙安慰他说，不是我不愿意，是我还没做好这个准备。下次吧，好吗？

他很尊重我，就让自己渐渐地平息下去，那一天，我们好说好散了。

没想到他期待中的下次，竟那么快，就是第二天。也许是怕我父母很快就会回来，我们就不容易找到如此安全无干扰的地方了。又是我的小屋，又是子夜时分，我们聊着，却都有些心不在焉，在期待着什么，畏惧着什么，迎接着，又想躲避……

他突然拥着我说，今天，你准备好了吗？

我战战兢兢地回答，准备好了。

我把灯熄灭了。在黑暗中，我们脱掉所有衣服，把彼此还原成伊甸园中的模样。我躲在自己的小床上，看着窗外，觉得自己的床如此陌生，我就要在这张床上，变成申拜的新娘。我看到申拜被月光镀成青铜色的躯体，知道一个关键的时刻即将到来。

申拜的激情越来越蓬勃，我在昏眩中等待。就在箭即将离弦的时候，他突然抬起身体，说，渠枫，你说得对，我们还没有做好准备。既然我们要爱到地老天荒，为什么不能再等几个朝朝暮暮？我保存和尊重你的领土完整，直到婚礼之夜……

我拼命搂住他的身体，不让他离开我，声嘶力竭地叫道：不！申拜，你不能这样！不能！我要你！

但是，没用。申拜是一个自制力非常顽强的人，他一旦决定了，谁也无法更改。我于是绝望地看着他起身，拧亮电灯……于是，在明亮如昼的灯光之下，他看到了——在我的雪白的床单之上，有一片鲜红的血迹……

这是什么？他大吃一惊。

刚才，床单上还是什么都没有的啊……我干了什么？我什么都没干啊……

申拜惊愕地捶着自己的胸膛，我知道，在他的胸膛里，一颗纯洁的心正在粉碎。

他疯了似的抓住我，歇斯底里地喊道，这是你干的，是你！是不是？

我泪水凄迷地点了点头。这屋子里没有别人，不是我干的，又是谁干的？

这就是你所说的要做的准备，对不对，你想伪装成一个处女，你作案的工具在哪里？在哪里？申拜的目光喷吐着蔑视的火焰，嘴唇哆嗦。

我不说。我什么也不说。默默地穿上我的衣服。我看着申拜，如同路人。刚才，我们还在肌肤相亲啊。

申拜在我的房屋里疯狂地寻找，很快，他就在我的床下，找到了这只眼药瓶，里面还有几滴残存的血液。

申拜说，你是处女吗？

我说，我不是处女了。

申拜说，那个人是谁？

我说，是我以前谈过的一个男朋友。我不知道男人为什么要用性这种东西，让女人来证明自己的爱。我那时还小，我不知道说"NO"。当我发现他不可信任的时候，我就离开了他。

申拜捏着这个眼药瓶说，这里面是你的血吗？

我哭了，说，不是。我没有办法把自己的血装进这个小瓶里。如果做得到，我愿用千倍百倍的血来证明我的爱。

申拜毫不为之所动，冷冷地追问，那这是谁的血？

我说，不是谁，是一只鸡。那只鸡是我杀的，它的尸体在垃圾桶里。

申拜说，想不到，你设计得这样周密啊！

我放声痛哭道，我不愿失去你！我知道你在意！我没办法，才想出这个主意。我本来想用现成的猪血豆腐，但那是凝固的，根本就不能流淌了。我后来到了菜场，我想跟人要点鳝鱼血，就说是为了治病，可我还是没法子把它装进小瓶里。后来，我买了一只活鸡。菜贩子说，小姑娘，我替你杀了吧，不多收钱。我说，不，我自己杀！

我从来没有杀过任何活物，包括一只螳螂或是蝴蝶。可是，为了我的爱情，一等回到家，我挥刀就把鸡头斩了下来。鸡血飙射一地，好像谋杀案的现场。我往一只碗里注了冷水，再加了点白醋，然后把鸡血控进去，拼命搅动。我从书上查到，这样血液就不会凝固了。

然后我到街上买了几只眼药水。先是开口剪得太小，血好不容易吸进去但又挤不出来，总之很不顺畅。我想熄灯后，留给我操作的时间不会太长，我得速战速决。后来我又把药瓶口子剪得太大了，瓶帽盖不住了。费了半天劲儿才弄得合适了，血吸进去后，一滴不漏。需要的时候，可以很快喷涌而出。一切都计算好了，只是没想到……

申拜双臂交叉，紧紧地抱住自己的肩膀，好像在狂风暴雨中。他冷笑道，你没想到什么？

我说，没想到你有如此坚强的毅力，没想到你那样地珍爱我……

申拜说，珍爱？只可惜，那是以前了。你伤害了我，什么就都不存在了。保存好你的秘密武器吧！

他说着，把这个眼药瓶扔到我床上，扬长而去。

从那以后，我无论打他多少电话，他一概不接。我堵着他，好不容易见到了，也没一个眼神……我太痛苦了，生命已没有价值……渠枫拼命撕扯着自己的头发，没有一点痛感的模样，好像那是一堆破渔网。

我看着愁云惨淡的渠枫，再看看那个眼药瓶。药瓶如同一个杀了人的子弹壳，丑陋而污秽。我说，渠枫，你很后悔，你想挽回，你不知从何做起，对不对？

渠枫说，是啊，是啊。快教我怎样办。

我说，你先告诉我，你最伤了申拜心的是什么？

渠枫说，他嫌我不再是处女。

我说，如果真是这个原因，此事已无可挽回。即便你做了修补手术，不似这次露馅，但他已心冷如铁，你无法修补他的记忆。

渠枫想想，又说，他嫌我欺骗他。

我说，一个不诚实的人，确实人见人怕。你怎样才能让申拜认为你从此痛改前非，开始真诚？

渠枫说，我找到他，把我的苦心和忏悔告知他。如果他能原谅我，我就和他重新开始。如果他不能原谅我，我也只好认命了。但是，以后，我若再交了男朋友，该如何解释自己不是处女？

我说，交友的双方，都可以保留自己的隐私，这无可厚非。只是你机关算尽，导演了一场闹剧，你企图伪造一个现实，这就是欺骗了。恋人之间，谎言注定会杀伤幸福。渠枫，你已经付出了两次惨痛的代价，但是你还没有得到代价之后的思索。真正的爱情必定是真诚基础上的建筑。

常常爱惜

　　拾起一穗遗落在秋天原野上的麦芒时，我们心中会涌起一种情感……

　　当水龙头正酝酿着滴落一颗水珠，一只手紧紧拧住闸门时，我们心中会涌起一种情感……

　　当凝望宝蓝的天空因为浓雾而昏昏沉沉时，我们心中会涌起一种情感……

　　当注视一个正义的人无力捍卫自己的尊严，孤苦无助的时候，我们心中会涌起一种情感……

　　人类将这种痛而波动的感觉命名为爱惜。

　　我们读这两个字的时候，通常要放低了声音，徐徐地从肺腑最柔软的孔腔吐出，怕惊碎了这薄而透明的温情。

　　爱惜的大前提是爱。爱是人类一种最珍贵的情感体验，它发源于深刻的本能和绵绵的眷恋。爱先于任何其他情感，轻轻沁入婴儿小而玲珑的心灵。爱那给予生命的母亲，爱那清冷的空气和滑润的乳汁。爱温暖的太阳和柔和的抚爱，爱飞舞的光影和若隐若现的乐声……

　　爱惜的土壤是喜欢。当我们喜欢某种东西的时候，就期冀它的长久和广大，忧郁它的衰减和短暂。当我们对喜爱之物怀有难以把握的忧虑时，吝啬是一个经常首选的对策。我们会俭省珍贵的资源，我们会珍爱不可重复的时光，我们会制造机会以期重享愉悦，我们

232

会细水长流，反复咀嚼快乐。

于是，爱惜在不知不觉中发生了。

当我们爱惜的时候，保护的勇气和奋斗的果敢同时滋生。真爱，须用生命护卫。真爱，就会义无反顾。没有保护的爱惜，是一朵无蕊鲜花，可以艳丽，却断无果实。没有爱惜的保护，是粗鲁和威迫，是强权而不是心心相印。

爱惜常常发生，在我们不经意的时候打湿眼帘。

爱惜好比一只竹篮。随着人类的进步，它越编越大，盛着人自身，盛着绿色，盛着地球上所有的物种，盛着天空和海洋。

关于婚姻和家庭的独白

你认定了一个男人或是一个女人为终身伴侣，就是斩钉截铁地拒绝了这世界上数以亿计的男人和女人。也许他们更坚毅更美丽，但拒绝就是取消，拒绝就是否决，拒绝使你一劳永逸，拒绝让你义无反顾，拒绝在给予你自由的同时，取缔了你更多的自由。拒绝是一条单航道，你开启了闸门，就奔腾而下，无法回头。

拒绝的实质是一种否定性的选择。

我们的拒绝常常过于匆忙。这是因为我们在有可能从容拒绝的日子里，胆怯地挥霍掉了光阴。我们推迟拒绝，我们惧怕拒绝。我们把拒绝比作困境中的背水一战，只要有一分可能，就鸵鸟式地缩进沙砾。殊不知当我们选择拒绝的时候，更应该冷静和周全，更应有充分的时间分析利弊与后果。拒绝应该是慎重思虑之后一枚成熟的浆果，而不是强行将下的酸葡萄。

结婚通常是在我们尚未完全明了它的严重性前，就匆忙决定了的一件事。

它是年轻人最大的也是最初的一场赌注。

晚婚和思考可以部分地补救我们的缺乏经验。

但它从根本上说，是不可预测的。

现代文明给了我们弥补的机会，这就是离婚。

如果一个人从第一次婚姻里学到的不是正确的经验，就可悲地进入了一轮更盲目的赌博。

失败有时可以提供教训，有时会使我们更加昏了头脑。

女孩为了使自己显得可爱，就不由自主地在男人面前装傻。

喜欢傻女人的男人，不是自己弱智，无法同聪慧的女孩并驾齐驱，就是旧礼教的信徒，以为女子无才便是德。

同这样的男人分手，原是不足惜的。

夫妻吵架表面上看来都是因为极小的事情，但下面常常潜伏着由来已久的情感危机。假如我们不想分手，就一定要把这股暗流找出来，清醒地对待它、排解它。

当我们守候在年迈的父母膝下时，哪怕他们鬓发苍苍，哪怕他们垂垂老矣，你都要有勇气对自己说："我很幸福。"因为天地无常，总有一天你会失去他们，会无限追悔此刻的时光。

我不相信一见钟情。钟情其实是"一见"之后经过漫长时间思索的确认。如果只有一见，而没有其后的八见、十见、百见……情就始终无所黏附，不过是飘在空中的尼龙丝。

如果真的因一见而没齿不忘，那实际上钟的不再是情，而是自己浪漫的想象与幻觉。

幸福并不与财富地位声望婚姻同步，它只是你心灵的感觉。

对于我们的父母，我们永远是不可重复的孤本。无论他们有多少儿女，我们都是独特的一个。

假如我不存在了，他们就空留一份慈爱，在风中蛛丝般无以附丽地飘荡。

假如我生了病，他们的心就会皱缩成石块，无数次向上苍祈祷我的康复，甚至愿灾痛以十倍的烈度降临于他们自身，以换取我的平安。

我的每一滴成功，都如同经过放大镜，进入他们的瞳孔，摄入他们心底。

假如我们先他们而去，他们的白发会从日出垂到日暮，他们的泪水会使太平洋为之涨潮。

面对这无法承载的亲情，我们还敢说我不重要吗？

母亲的关切就像一件旧时的毛衣，在严寒的日子里我们会忆起它的温暖；在风和日丽的春天，我们就把它遗忘。但对母亲来说，每一缕思念都那样绵长，每一条关于我们的音讯都令她长久地咀嚼。我们每一点微小的成绩都会熨平她额上的皱纹，我们的每一次挫折和失误都会令她扼腕叹息……

这也许是一条奇怪的放大定律——儿女的风吹草动，会凝聚成疾风骤雨降临母亲的心灵。当我们跋涉在人世间的时候，母亲的心追随着我们，感应着我们，承受着我们的苦难，分担着我们的忧愁。

尽管世上规定了母亲节，其实母亲无节日。或者说，母亲也是天天过节日的。孩子会笑了，孩子会走了，这就是母亲的节日啊。孩子唱第一首歌，孩子写第一个字，这都是母亲的节日啊。

孩子得了第一次奖，虽说只是一支普通的铅笔，这也是母亲盛大的节日啊。

孩子学到了知识，孩子建立了功业，孩子在世界上找到了属于他的另一半，孩子有了更小的孩子……这都是母亲的节日啊。

孩子的每一滴进步，都是母亲永远铭记在心的节日。

一位母亲，培养出一个优秀的孩子，那就是人类永恒的节日。

一个不爱母亲的人，基本上是没有救的。无论他取得了怎样的成就，在他的内心深处，永远是冷漠。

远行风景

旅行使我们谦虚

由于工作的关系，常常旅行。旅行比居家的时候辛苦，这是不消说的。中国有句古话——在家千日好，出门一时难，说的就是这份不易。但时间长了，待在家里，筋骨锈了，就会生出一份隐隐的焦灼，迫不及待地想到外面走走去。

是什么诱惑着我们放弃安宁和舒适，离开温暖的家，在某一个清晨或是深夜，毅然到遥远的他乡去了呢？

当然，很多时候，是为了谋生，为了无法推卸的责任和理由。但是，随着温饱的解决，我们越来越多自觉自愿地选择了——人在旅途。

一次，我应邀到国外访问。在规定的活动完结之后，主人很热情地让我挑选一个完全自由的项目，以便我可以更深入地了解这个国家。我想了想，提笔写下了：乘坐火车或是长途汽车，在大地上旅行。主人看了看那张纸说，好，我们很乐意满足您的要求。只是，您的目的地是哪里呢？您究竟要到哪里去呢？

我说，没有目的地，不到哪里去。坐着车在土地上行走，就是目的，就是一切了。

我固执地认为，要真正认识一个国家，一个民族，一块土地，一处山水，你必得独自漫游。

旅行使我们谦虚。奔驰的速度，变换的风景，奇异的遭遇，萍逢的客人……这一切旅途中可能发生的事件，强烈地超出了我们已知的范畴，以一种陌生和挑战的姿态，敦促我们警醒，唤起我们好奇。在我们被琐碎磨损的生命里，张扬起绿色的旗帜。在我们疲惫的生活中，注入新鲜的活力。

久久的蜗居，易使我们的视野狭小，胸怀仄斜，肌力减弱……这个时候，收拾好行囊，告辞了亲人，踏上旅途吧。

珍惜旅途吧。火车上那些不眠的夜晚，凭窗而立，看铁轨旁一盏盏路灯闪着紫蓝色的光芒，瞬忽而逝，许多记忆幽灵般地复活了。

人们常常在旅途中，猛地想起湮灭许久的往事，忆起许多故人的音容笑貌。好像旅行是一种溶剂，融化了尘封的盖子，如烟的温情就升腾出来了。

人们常常在旅途中，向相识才几个小时的旅伴倾诉衷肠，彼此那样深刻地走入了对方的精神架构。我甚至知道几位青年，竟这样找到了自己的终身伴侣。

有人把这些解释为——旅途使人们亲近，是因为没有利害关系。我不同意这个观点。正是因为同乘一列车，同渡一条船，才使我们如此亲密。旅行使人性中温暖的那些因子弥散开来。

旅途也有困厄和风雨，艰难和险恶。但是，这不会阻止真正的旅行者的脚步。旅行正是以一种充满未知的魅力，激起人们不倦的向往。

山河试卷

　　某一次旅游，游客中有个中学生。我佩服他爹娘，有远识有金钱。在他如此幼小的时候，就带他四海周游，助他打开眼界，看不一样的风景，听远方的故事。当然，我并不是说只有到异国去，孩子才可能有更多的见识。只要心的容量足够大，近在咫尺，也能看到可惊可叹的美景。不过，远行终值得羡慕。

　　出发了。旅行团的人数不多，彼此熟识之后，就像一家人。孩子名昭苏，某天吃团餐的时候，眼圈红红的，饭量大减，蔫头耷脑。

　　我悄声问，哭了？

　　他说，没……只是眼睛漏了点水。

　　我能够理解这个年龄段的男孩自尊心很强，承认哭泣是难堪的事情。我说，是海水吗？

　　他迟疑了一下说，不是。

　　轻微的失望，更喜欢诚实的孩子。不过，我也没有资格来管教，于是，淡然一笑。

　　昭苏很敏感，觉察到了，说，是湖水。

　　我说，哦。

　　他仿佛下了很大的决心，说，是青海湖。

　　我们一齐笑起来，从此成为朋友。几天后，当我们关系更加良好的时候，他告诉我说，那天流泪，是因为爸爸妈妈逼他写作业。窗外是冰峰雪景，远处的森林里，有独角犀牛、蓝尾孔雀和吐舌头的鳄鱼。他不想写，爸爸妈妈就动了武力。昭苏说，出来旅游，就是要看不一样的东西。现在可好，不一样的东西就在眼前，却不让我看，非让我埋在书堆作业本里。那我为什么还要跑到国外来呢？旅游费那么贵，现在每过一天，就相当于2000块人民币。用这个时间来写作业，还不如缩在家里干这事。又省钱效率还高。现在，雪山我也没看清楚，孔雀我也没能拍下来，小鳄鱼也没捞着见……我这到底是干什么来了呢？您是个作家，一定知道鸡犬升天的故事吧？

我说，为什么想起这个道教故事？

昭苏说，道不道教的我不知道，只是这故事和我的情况太有可比性了！

我不明白。

昭苏说，我来给你解释。西汉的时候，有个您的同行，叫刘安。

我说，不能吧？我当过解放军，还是心理医生。那时候，有这两个职业吗？

昭苏狡黠地笑笑说，他写作啊，继承了封位叫淮南王。刘安看过很多书，喜欢炼丹以成仙，四处云游，寻访神人。有个叫八公的仙翁，会炼丹，可是他保密，不告诉刘安。刘安不灰心，锲而不舍，终于感动了八公，八公就把炼仙丹的方法告诉刘安了。刘安开始炼丹了，守在炼丹炉旁闭目念经，可专心了。后来他果真炼出了仙丹，吞下去，哎呀，了不得啊，身轻如燕，精力旺盛，目光矍铄，脚下一使劲儿……

我大笑，说，昭苏你好像亲眼看见刘安成仙似的。

昭苏说，嗨，反正刘安一跺脚，就轻飘飘地向空中飞去，定睛一看，已经站在云彩中了。可能是仙丹太灵了，他才吃了几颗就成仙了，没吃完的仙丹散落在地上，被他家的鸡和狗吃了。鸡狗吃完之后，也都飘然升空，成了神仙。刘安在自己家的鸡和狗簇拥之中，慢慢飘向天堂……从此就有了成语"一人得道，鸡犬升天"。

我说，昭苏，绘声绘色说得挺有趣。可我还是想不出它和作业有何联系？

昭苏说，咱们能到这里来，不是坐了好长时间飞机吗？

我说，对啊。

昭苏说，神仙都是会飞的，猪八戒、土地神这些未入流的小神都会飞，更不要说二郎神、孙悟空什么的。

我说，飞到空中就算是神仙，那咱们也是刘安了。

昭苏长叹一口气说，可惜当我升天的时候，我的课本和作业本，也一道升天了。现在，我就被它们簇拥着，和没升天之前一模一样。刘安可怜啊，成天埋在凡间的猪狗们中间，这个神仙当不当的，有什么意思呢？

昭苏有理。不过，有些话，我不能和昭苏说，只想对昭苏的父母说。

我们心的容积，其实有限。旅游是环境和时空的大挪移，国度不同，时差不同，风景不同，民俗不同，语言不同，历史不同，文化不同，饮食不同……使得人心智和体力高度运转，目不暇接。人的眼耳鼻舌身，耳朵竖起，以搜罗更多不同的声音。眼皮尽量睁大，以观察更多奇异的风光。鼻翼扇动，以呼吸更多异乡的气息。味蕾张开，以分辨更多诡异的美食。每一寸肌肤的触觉，都进入高度兴奋的状态，感受着来自异国的风土人情……感觉陌生才是旅行的难得境界。一切尽在掌握中，那是炕头到炕尾的挪挪窝，不是万千气象的旅程。旅程正因为不可或知的奇异而诱人涎水，没有意外的旅程只能是从卧室到厨房的踟躇。

想想看，在你的五官紧张工作目不暇接之时，新的讯息像身后的斑斓猛虎一样追赶你之时，你还能心平气和地写作业吗？

是的。应该轻装，不仅仅是我们的行囊在旅行时尽可能地减少重量，我们的心灵也要腾空，放松到无所挂牵，大脑才能像最大面积的洁净黑板，才能书写新的公式和词汇，才能真正有效地利用这难得的一课，积聚起崭新的能量，从容不迫地回应万千世界的频繁刺激。

旅行是精神的压缩饼干，你只能先吞下去，再用胃液慢慢来消化，汲取丰富的营养。如果一边旅游一边写作业，那简直就是暴殄天物，就是捧着金饭碗，喝一盏昨夜的残汤。

旅行其实是不断地发现、冲突、记忆和刷新的循环过程。所有的景色就像按了快进键的录像机，你来不及细看，只有先把它们储存在那里，如同台风莅临前紧急卸货入库的港口。相当于平日十几倍甚至几十倍的海量信息，喧嚣着蜂拥而入，挑战我们身体的每一寸肌肤和所有的感官。我们不断地总结归纳汲取解读融化着，试图用发现来验证经验，用已知来证明未知，用未知来挑战已知……这话说起来拗口，简言之，已知和未知的经纬线，狙杀在一起，像一幅斑斓的锦，匆匆织就。只有先妥帖地藏在背囊中，带回温暖的家。留待以后漫长的时日，展开来，细细反刍。

我希望昭苏能和父母达成旅游不写作业的协议。当然，作业是要完成的，不过不要在瞬息万变的旅途中。旅游是山川河流历史文化留给我们的多选题，先通览一遍试卷，再来琢磨这些新颖的题目吧。

深绿是浅绿的弟弟

　　夏天是北欧的黄金季节，气候温和艳阳高照。但对游人来说，却并不那么舒服。无所不在的白昼，把人的生物钟完全打乱了。明晃晃的太阳，一天 20 个小时照耀着你，让人寝食不安。夜里 11 点了，天空还没有一丝暮色，好不容易熬到了午夜 1 点，窗外渐渐晦暗，可没等你入睡，凌晨 2 点钟天又大亮了。极昼的景致已让人坐卧不宁，试想一下到了年跟前的极夜时分，一天 20 个小时的漫漫昏黑，岂不苦煞人也！更不消说，挪威有五分之二以上的领土在北极圈内，山地、高原和冰川占了绝大部分，可耕地只有 3%，简直可算条件恶劣。

　　然而就是这个挪威，年年都入选世界上最适宜居住的国家，今年更是一举夺得了此项评比的第一名，我就有些纳闷，和一位朋友谈起心中的不平，那朋友轻轻说了一句振聋发聩的话——挪威的适宜居住，都是因为有树啊！

　　在挪威旅行，简直就是在绿色的漩涡里打滚。到处都是森林。空气中充满了草木的清香。几天之后，我问同去的朋友，你看看我的白眼球黑眼珠，还是原来的颜色吗？朋友吃惊地端详了我一阵说，你好像并没有得红眼病，还是黑白分明的双眼。我说，我不是那个意思，是说在挪威走来走去，整天看到的都是绿色，眼珠恐怕也染得像翡翠了。

　　据最新统计，挪威的森林覆盖率达到了国土总面积的 75%。因为有了树木，挪威就有了清洁的空气和丰富的资源，因为有了树木，挪威人就单纯快乐也步伐勇敢。树木在养育了人类之后，又教给人和大自然和睦相处共同繁荣，挪威于是成了世界上最富有的国家之一。

想起一句话："深绿是浅绿的弟弟。"它的作者是一位挪威诗人，写了很多脍炙人口的著名诗篇，但我最喜欢的就是这句——深绿是浅绿的弟弟。它会引起你很多美妙的想象，比如，深绿长大了，是不是也要像哥哥看齐，变成浅绿呢？深绿和浅绿的妈妈是谁？它们有没有姐妹？会不会姐姐是嫣红而妹妹是姹紫呢？

毋庸讳言，我们的国家还不够绿。不要说深绿浅绿，连均匀的淡绿也谈不到，适宜居住对我们来说尚是一个梦。好在绿色的母亲我们已经有了，那就是我们的手和我们的心。只要有了母亲，她的子女就会渐渐繁衍昌盛起来，这必定无疑。

桦树舍利

　　大兴安岭的白桦，在夏天，是森林的精灵。假如周围的阳光比较充裕，它们就虹似的微弯着柔软的身躯，簇拥丛生。假如在密林中，就粉笔般的直，直插苍穹。

　　无论何时，即使毫无风的启发，白桦叶也不断相互快乐地击打，发出嚓嚓的细语，好像在多嘴地传播一个爱情的秘密。高大的红松、樟子松，如同宽厚的大哥二哥，并肩矗立，为小妹遮风挡雨。平日风姿绰约的美人松，也谦逊地收起少妇的俏皮，温柔地衬托小姑娘的风采。白桦铝合金般的树干，闪着如鳞的光芒，把脚下的腐叶和一方黑土，都映得银箔般明亮起来。枝和叶，如同勇士决斗时抛向空中的绿色丝绒手套，在风中骄傲又略带战栗地抖动着。

　　白桦美得令全世界的少女嫉妒。

　　但林业工人说，白桦只中看，不中用，材质不好，除了绿化山水和制造氧气之外，就是做桦子。

　　桦子——森林中一个散发恐怖气息的名词，所有的树，从幼苗到古木，都为之丧胆，如同犹太人提到纳粹、黑人听到黑手党。那是把整段的树木如凉拌黄瓜般，切成短短的节，再用利斧一劈四半，整整齐齐地码在道旁，等待严寒降临时，化成琥珀色的火焰，供人取暖。

　　于是，优雅的拥有上好身材的白桦，成了桦子的代名词。它的树皮更是优等的"引火纸"，经常在活着的时候就被人成片地剥走，裸出苍青的肢体，滴着汁液，在林子里触目惊心地袒露着黑乎乎的伤痕。

据说被剥了皮的白桦，过不了几年，就憔悴枯萎至死。但人们似乎并不特别惋惜：左不过是做桦子的料，不过早些晚些罢了。所以，很多林区至今没有惩处剥桦树皮者的规矩。

于是，桦树只在诗人和风景中孤寂凄凉地美丽着，桦子成了它不归路的火葬场。

我在林区穿行，叹息着。不知白桦将怎样逃脱千百年来被焚烧的命运。

内蒙古大兴安岭绰尔林业局的绰尔木珠工艺品总厂，给了白桦以新的生命辉煌。

白桦枝条被充分利用起来，哪怕只有手指粗细。它们在灵巧的女工手里，被车削成一粒粒圆润的桦木珠，大如山楂，小若樱桃，中央有孔，如同被挖去籽的山里红。然后经过十三道工序的细致处理，打磨、漂白、染色、上光……成为一颗颗色彩斑斓、玲珑剔透的彩珠。一筝筝地盛了，在厂区的院落里晾晒着，黄如龙眼，赤若火丹，翠似竹沥，黑宛鸦羽……仿佛收获了天上种植的粟粒。

披了新漆衣的木珠，如同画家的笔、绣女的线，是巧夺天工的武器。各色的桦木珠，一律以盘子盛了，摆在工作台上，好似五色菜肴。编织女工对着图纸，以透明的尼龙线精心地穿起彩珠，一枚枚、一行行、一片片……初起时看不出什么，只是一些散落的片段。但是随着时间的推移，你渐渐地对她们的手肃然起敬了。因为，栩栩如生的墨马在她们的手下，奔跑了；憨态可掬的熊猫在她们的手下，吃竹了；异国的女神在她们的手下，燃起火炬了；古老的脸谱在她们的手下，面如重枣谈笑风生了……

碎的桦木屑和桦木锯末还可以加工成板材，真是物华天宝、物尽其用了。桦树——这只大森林中的白凤凰，从火焰的旁边轻轻掠过，涅槃了。

我拣了一段莹白如雪的桦枝，央一位女工特地车削了几粒本色的桦珠，握在掌心。它如骨似玉，犹如白桦的舍利。带回家送给朋友，让他们从中感到大兴安岭森林的呼吸和土地的脉搏。

亚心守望者

亚心——亚洲地理中心之意，位于东经 87 度 20 分、北纬 43 度 41 分 [1]。具体地址在新疆乌鲁木齐县永丰乡包家槽子村旁，一片悠远荒芜的戈壁之上。

亚心尚未旅游开放，从乌鲁木齐市出发，正赶上修路，车颠簸不已。卷起的尘埃从钢铁缝隙潜入，如同一件驼黄色狐皮大氅，把人从头到脚裹个严实，每一根发丝都因此茁壮。

向导说，经卫星精确测量的真正亚心，位于包家槽子村的打麦场上，周围有些错落的农舍，相当于一湾小小的绿洲。考虑此地将来必是旅游胜地，要有相应的建筑设施，占据田禾、搬迁居民有诸多不便，某领导决定将亚心向一旁迁移约 200 米，使它坐落于荒原。

在尘埃中听完介绍，对亚心的权威性生出大打折扣之意。好像你预备攀登的是珠穆朗玛峰，却被诱导向冈底斯山爬去。景色虽也值得一看，到底不是初衷。向导觉出我们的沮丧，解释说，卫星上的一秒，相当于地面上的一公里。对于辽阔的亚洲大陆来说，区区几百米偏移，实在算不得什么。

到了亚心。因正在施工，几乎看不到任何成形的建筑。高高的脚手架矗立着，好像旷野上一个骨骼魁伟的流浪者，孤独地仰天沉思。据说，这里将高耸起一座永久性标志，证明与众不同。

---

① 应为东经 87 度 19 分 52 秒， 北纬 45 度 40 分 37 秒。

在亚心的原址和现地，我分头眺望许久，终于承认即使不从经济上考虑，迁移决策也十分英明。打麦场四周可望及田园风光，比如金黄的麦垛和砖瓦红房……太多的温馨人文气息，像醋一样，会泡酥人们对于亚洲地理中心博大苍凉的期冀。

大漠上的亚心，简约到近乎虚无。三面是迷茫寥远的地平线，骄阳蒸腾下的青紫色蜃气，在大地穹隆的边际，波光粼粼颤动，好像在遥远的乾坤结合部，悬挂着巨幅呈半包围状的蓝绸，将宇宙和漠地连缀在一起。地面的沙砾毫不留情地反射着中亚的阳光，抖着尖锐刺目的断剑般的光线，好像遍地都是金粒和石英的结晶，诱人弯腰捡拾。

在亚洲中心，你感觉到的并不是地理概念。恰恰相反，你完全忘记了亚洲的存在——它庞大的面积、爆炸的人口和漫长的历史，都随沙漠的无垠悄然遁去。胸中壅塞的只是天地苍茫、物我两忘的阔大惘怅，涌动着我们前世为沙、后世为风的神秘幻觉。

看完风光，向导说，想不想会会亚心的雕塑家？

我们嘴上说，想啊想啊。心下思忖，在这寂寞僻远的地方，会有怎样的雕塑家呢？

他是一位苍老的农户，包家槽子的原住民，放过牛羊，做过木工和石匠。当他听说双脚踩踏过无数遍的土地竟是亚洲之心时，便想用自己的手艺为它做点什么。

多少年游牧天山，终日与石头为伴。那些无数世纪默默不语的顽石，在他眼里，充满鲜活灵性。雕刻时，不忍刀剁斧劈，而是反复端详，看石头像个什么便雕个什么，绝不愿违了石头的天性。他的风格是大写意，只求神似，不苟细部的真实。喜欢像原始人那样，用两块石头互相敲击，当这一块打磨成形的时候，那一块并不随之破损，也伴生为一件艺术品。牧归的时候，他总是听到山路旁两块体积庞大的暗红色沙石在央告，想去看看山外的世界。于是他把它们拉回家，开始雕刻石狮。他希望石狮驮着他的情意，从此守望在亚心。

雕塑尚未完成，我们来到老人的作坊，那只是临街的一处树荫。粉尘飞扬。空气中有燧人氏钻木取火的味道。老人的眼睛缝着，整个面部像城里时髦女子的矿物面膜，敷满杂色石粉，被汗水凝成模具，皱纹裂得格外深重。相握时，他手板冷结，盛夏之日完全没有温度湿度，如磐石般硬。

老人雕的公狮已整装待发，母狮也在石料中呼之欲出了。狮子的造型很朴拙，既不像南狮那般甜腻宝气，也不像北狮那般冷漠威严。它们散淡天真，而又大智若愚。

我们问，为什么您要雕狮子呢？不是龙或麒麟什么的？

老人不识字，回答缓慢精绝。他说，一、这两块石头天生狮子形状，你不能把它们雕成别个样子。二、亚心位于新疆，在西藏、内蒙古之间。公狮子代表内蒙古，因为蒙古族性烈；母狮子表示西藏，藏族性柔。

老人的雕刻，都是义务劳动。除了新疆金新宾馆赞助的从山里拉石头的钱，他分文不取，全家上阵。

告别老人，告别亚心，归途中，我们这些城市的游子陷入深深的沉默，彼此相对无言。每当人们沐浴自然、感悟挚情之后，都会有这种电火击穿般的震撼和久久的眷恋长留心间。

白兰瓜

听说我要西行，所有的朋友第一个反应都是："你可以吃到白兰瓜了！"

北京的街头也常见到白兰瓜，并不白，像个磕碰过的篮球，也不甜，带有青草的气息。不过，这并不影响我对白兰瓜的仰慕希冀之情。城市是个坏地方，能让所有带有乡土气息的东西走味。

兰州果真是白兰瓜的大本营，十步之内，必有瓜阵，白的如同一张张女儿面，黄的像金牌一样灿烂。据说，黄色的白兰瓜叫"黄河蜜"，是改良品种。我们馋馋地想：黄出于白而胜于白，想必更甜。

西北人出手大方，刚住下就给每人发三个白兰瓜。堆在一处，俨然一座瓜山。

"先杀哪一个？"大家摩拳擦掌。

"一样宰一个吧！"

刀锋倾斜着刺入，浓郁的香气沿着刀柄湍湍流出，光凭味道就知道同北京的赝品不同。每人抢一块，吞进嘴里，像喝粥似的往下咽。

向导笑眯眯地看看大家的贪婪，很为家乡的特产自豪。西北方言形容这种吃的局面，叫作："吃了一个不言传！"

终于有人言传了："闹了半天，白兰瓜也不过如此嘛！"

"比黄瓜也强不到哪儿去！真是空有其名！"更多的人附和。

向导的脸色难看了，忙解释："今年雨水多……"

平心而论，白兰瓜真是盛名之下，其实难副，闻着还可以，尝尝却不甜。

白兰瓜原籍美国。1944年，美国土壤学家和水土保持专家罗德民趁美国副总统访问兰州的机会，托他把"蜜露"甜瓜种带到中国。"蜜露"移居中国后，改名"白兰"，现在已成为甘肃特产。

一路西行，哪里都要款待白兰瓜。刚开始还总想给白兰瓜恢复名誉的机会，心想兰州的瓜不甜，别处的可能甜，然而总是失望，哪儿的白兰瓜都不甜。以后，就连尝的兴趣也没有了，除非渴极了，拿它顶水喝。

辜负了我的信任与渴望的白兰瓜啊！

"到嘉峪关就有好瓜吃了，那儿正在举办瓜节。"向导为大家打气，他总想给家乡的瓜正名。

只知道嘉峪关是长城的一端，不知道它还是瓜的盛市。西北各省市的瓜，像陨石雨似的降落在小城，满载的瓜车还在源源不断地涌入。前面一个急转弯，几个硕大的甜瓜被车甩了下来，摔碎的瓜把香气像手榴弹似的烟雾塞满街道。真担心这么多瓜，吃不完可怎么办！

瓜节隆重开幕了。白兰瓜形状的氢气球飘浮在碧蓝的天空，远处是银箔似的祁连雪峰。孩子们头上戴着白兰瓜形的帽子，街上的社火队打扮成瓜的模样……真是一个瓜的世界。

张老作为瓜节贵宾，被邀上主席台。美丽的迎宾小姐敬上一个扎着红缎带的白兰瓜。好像瓜也有精灵，像东北的人参娃娃似的，不系住就会跑掉。散会后，我赶忙跳进张老的房间，想先尝为快。别处的瓜不甜，瓜节上的瓜王还能不甜吗？没想到，张老摊着两手说："忘了把瓜带回来了！"

唉！于是想，美丽的迎宾小姐也许会把瓜送来。痴等了许久，才想到女孩并不知道瓜是谁丢的，况且这里的瓜极多，人们并不会格外珍重这个瓜的。

没有吃到瓜王，其他的瓜也仍旧不甜。向导为了给白兰瓜平反，一个个地杀，狼藉一片。我们忙说："挺甜，这个就不错，别杀了。"他拈起一块尝尝，说："怎么瓜节上的瓜也不甜？不要紧，到了安西，就能吃到好瓜了。"

过安西时，正是午后沙漠上最热最寂寞的时光。黑蓝色的柏油路蛇蜕似的蜿蜒着，天空中弥漫着看不见却无处不在的尘埃，仿佛一杯混浊的溶液。太阳在空中发出幽蓝色的光，却丝毫不减其炙烤大地的威力。铁壳面包车成了真正的面包炉。我们关上车窗，是令人窒息的闷热，打开车窗，火焰般的漠风旋涡般地卷来。口唇皲裂，眼球粗糙地在眼眶里转动，全身像烤鱼片似的干燥无力。

突然，在大漠与公路相切的边缘，出现了一个木乃伊似的老人。地上铺一块羊皮，上面孤零零地垛着一小堆瓜。他出现得那样突兀，完全没有从小黑点到人形轮廓这样一个显示过程，仿佛被一只巨手眨眼间贴到苍黄的背景上。也许是因为他同大漠的色泽太一致了。

司机停下车说："就买他的瓜吧！"

"瓜甜吗？"我们习惯地问。卖瓜的人没有说瓜不甜的，但老人慢吞吞地回答："这里是安西呀！"

安西的瓜就一定甜吗？安西就是白兰瓜的免检合格证吗？国优部优产品还有假的呢，世界上徒有虚名的事太多了！

因为别无选择，我们买了老汉的瓜，记得狠狠砍了砍价。老人树根一样的脸上没有表情，算是同意了。极便宜的价钱。

车上地方窄，又颠簸。到了远离安西的地方，我们才停车吃瓜。安西的白兰瓜外观上毫无特色，第一口抿到嘴里，竟然是咸的！

过了片刻，才分辨出那其实不是咸，而是一种浓烈的甜。

甜到极处便是蜇人的痛，嘴角、舌尖都甜得麻酥酥的，仿佛被胶粘住了。抓过瓜缘的手指，指间仿佛长出青蛙一样的蹼，撕扯不开。手背上瓜汁淌过的地方，留下一道透明的痕迹，仿佛一只流涎的蜗牛爬过，舔一舔，又是那种蜂蜜般的甜。

真不知如此苦旱贫瘠的安西怎么孕育出如此甘甜多汁的白兰瓜。

安西古称瓜州。总觉得古代人很会起地名，比如武威，原来叫凉州，透着荒远僻地的苍凉。张掖叫作甘州，有一种安宁平和的感觉。安西地处荒沙，日照极强，非常适宜种瓜，自古以来，以瓜闻名天下，故称瓜州。

美国的良种甜瓜"蜜露"移民到了中国，在安西扎下根来，比在老家长得还要好，白兰瓜的盛名，其实是靠瓜州的瓜打的天下。

也许，白兰瓜要正名为"安西瓜"才更符合历史的真实。

我也想过，是否因为那天的极度干渴才使这沙漠之中的瓜显得格外甘甜。后来遇到过几次同样的情形，才知道唯有安西的瓜无与伦比。

想想这瓜，很有感触。它原本来自大洋彼岸，却在这块古老贫瘠的土地上繁衍得如此昌盛。它入乡随俗，褪去了娇滴滴的洋名字，也不计较人们以讹传讹地称它白兰瓜，寂寞然而顽强地在沙漠之中生长着，以自己甘饴如蜜的汁液濡润着焦渴的旅人。

啊！瓜州的瓜啊！什么叫特产，什么叫真谛，它只限于窄小的区域。好比一个石子丢入湖中，涟漪可以扩散得很远，但要找到石子，必须潜入那最初的所在。

蓝色太阳下的沙漠老人，教给我这个道理。

山妖的阶梯

　　快到挪威边界了，导游莉雅说，可以买一些山妖带回国。我说山妖是什么？莉雅说，你马上就能见到了。进到店中，只见无数个怪模怪样的玩具龇牙咧嘴地瞅着你，好似一头扎进了外国的花果山。

　　莉雅说，北欧人喜爱的神话人物"Troll"，俗名就叫山妖。山妖的长相实在不敢恭维，披头散发，青面獠牙，个子都很矮，红蒜鼻头，尖耳朵，大肚皮，牙齿参差不齐，手指和脚趾都只有八个。有的两个头，有的三个头，头上长着青苔和树木，甚至还会长出一些小山妖。有的干脆只有一只眼睛。全身披满破烂的长毛，还长着像牛一样的尾巴。最惊人的是比大象还长的鼻子，据说是熬粥时用来当勺子用的。

　　我对莉雅说："山妖这么难看，一定也很凶恶。"莉雅说："不。山妖虽丑陋，但心地很善良，天性活泼，常受到小孩愚弄，智商好像不太高。有时也会搞出些恶作剧，谁要是得罪了山妖，他就会报复或戏弄你。如果和山妖和睦相处，就会得到善报。"

　　山妖也有软肋，就是只能昼伏夜出，见不得太阳。他们如果贪玩，忘了在天亮前躲起来，就会被阳光化为空气或山石。山妖精于手艺，能制各种武器和家庭用品，并在上面刻符咒，人们若错用他们的家什，就会遭殃。

　　说了这么半天，你是否能想象出山妖的模样？如果还感觉困难，我就给你打个比方（这个比方没有向专家求证过，如果错了，责任自负）。我觉得白雪公主故事中的七个小矮人，就是山妖一族。你看，他们居住在密林中，有自己专用的锅碗瓢勺和小床，不喜欢外人闯入和打扰，心地善良，乐于助人。这些岂不都暗合了山妖的秉性？

据说山妖是挪威最早的原住民。他们有家庭，分部落，甚至还有自己的国王。森林小湖的山妖叫"纳啃"；居住在瀑布和磨坊中的山妖多才多艺，擅长拉小提琴，名叫"弗色格里门"（即"丑陋的瀑布人"）。这个山妖还是个教授，听说一个挪威小提琴家曾拜师其门下。一般的山妖身材矮小，但在北方的海里，有一种叫"德捞根"的庞大山妖，十分恐怖。山妖安贫乐道，像柴堆、菜园、仓库、马厩和牛棚，都是他们安居乐业的地方。

在哈丁格高原，我们的汽车穿行于白雪皑皑的山峰，地面上蹲踞着乱石，听说都是山妖的化身。山路旁，错错落落地插了些粉红色的小球，这是当地百姓供给山妖的玩具。传说山妖很喜欢喝粥，长鼻子可当搅拌器用。我和山妖有同感，是喝粥爱好者，只不过对以鼻当勺略有微词。如果伤风感冒了，涕泪交加，恐不相宜。我把这顾虑同莉雅讲了，莉雅说："估计山妖是半人半神之体，并不罹患寻常的病痛。"

山妖也有很多法力，可以化成美女，如同《聊斋》中的狐狸精，引诱年轻的男子进山。不过，识别他们，也有法宝。山妖是有破绽的，如果你去北欧旅游，在人烟稀少的地方碰到曼妙的姑娘，一定要留意她身后是否有毛茸茸的尾巴。进山的女子也不可大意，有些雄山妖也会劫持漂亮的姑娘进山洞，从此音讯渺茫。

挪威戏剧大师易卜生的名作《培尔·金特》里，便有主人公遭山妖戏弄的场景——培尔无意间闯入山妖的洞窟，因拒绝与妖女成婚，遭众妖凌辱与折磨，差点丧命，幸而传来黎明的钟声，妖魔才星散而去。

山妖并不是铁板一块，而是分成三六九等。他们生性慵懒，但循规蹈矩。他们反应木讷，但天真善良。他们离群索居，偏又呼朋唤友。他们远离人，又和人有着千丝万缕的联系……看来因为山妖是名副其实的草根阶层，所以才受到百姓的广泛喜爱。

据专家考证，挪威利勒哈默尔市区北边的自然公园，是山妖的家乡，而在举世闻名的盖伦格峡湾，还有令人毛骨悚然的"山妖的阶梯"。

我很喜欢"山妖的阶梯"这个名字，缠着莉雅问可否绕道一看？莉雅说那就是极险的悬崖公路，位于鲁姆斯达尔山谷，一弯又一弯，近乎垂直地从山顶盘旋而下。十二道山弯像是一条极细的铂金白链"挂"在山间。因正在维修，我们无法抵达。看我失望，她说，今天的山路其状之险，也约等于"山妖的阶梯"了。

莉雅所言不虚。山路狭窄，雪峰林立，以我曾在西藏阿里攀山越岭的经验，也不得不惊叹这行程的陡峻。跋涉数小时后登到顶峰，俯瞰峡湾景致。挪威峡湾是被联合国教科文组织列为世界游览者评价第一的旅游之地。清冽似冰的山风把衣衫吹得鼓胀如帆，刀剁斧劈的孤悬绝壁之下，一泓碧蓝的海水，宛若仙境，美到令人眩晕。你会仰天长叹，相信此处绝非常人的居所，只能是山妖出没的属地。

跨越冰河的驯鹿

芬兰首都赫尔辛基，是个美丽的以白色为基调的城市。导游介绍道，如果两个人手拉着手，并且平伸着臂膀，在人行道上前行 500米，不会被人从对面走过来打断。这说法乍一听有点费解，想想方才明白。两人并排平伸胳膊携手，体宽再加上双臂展幅占地就在 3米之上，走了许久还碰不到人，说明赫尔辛基道路宽阔，行人寥寥。

赫尔辛基空气极其清新，据说可吸入颗粒物的含量是"0"。我问导游，此地有什么好东西？那是一个中国国籍的小姑娘，说，这里好东西多了，只是道路宽阔和空气新鲜，带不走。剩下的最好的东西，我看是诺基亚手机和驯鹿皮。

诺基亚手机的总部设在芬兰，我们观看过那座几乎完全是由玻璃幕墙构建的大楼，听说里面的会议室都是以城市名字命名的，你可能上午在柏林开会，下午就到伦敦相聚。我说，手机我有一部老式的海尔已足够，驯鹿皮我倒是很有兴趣。

喜欢那个喜气洋洋的老头，戴着垂肩的红软帽，裹着窝窝囊囊的红皮袍，脚蹬结结实实的长筒靴，满头银发和垂到腰际的胡子好像在比赛谁更白更亮。最重要的是，他不辞劳苦地扛着无数个红袋子，里面塞满了送给人们的礼物。

这个老汉就是大名鼎鼎的圣诞老人。在白雪皑皑的冬夜，这个上夜班的老爷爷，拜访千家万户，送去祝福和快乐。

老人岁数大了，扛着大包袱走路太辛苦，速度也慢，会让渴求礼物的小孩子们等到很晚。天黑雪滑，他老眼昏花又没有驾照，肯定是开不成车。礼物又多又沉，没法骑自行车，用什么代步？

圣诞老人爬上了雪橇。谁来拉雪橇啊？八只驯鹿！

我很小的时候，听到了这个故事，对圣诞老人感情倒还一般，只知道他是个外国人。那时候，中国人对所有的外国人，除了苏联人之外，都有疏离之感。唯有对那八只拉着雪橇的驯鹿充满神往。想想吧，在漆黑的雪夜里，只有丛林间隙透过的点点星光，八只浑身布满美丽斑点的长角驯鹿，眼睛里充满安详和赶路的兴奋，宽大的蹄子在冰雪上渺无痕迹地掠过，皮毛被掠起的风吹得纷披而下，像一道褐色的闪电擦过雪原……

关于驯鹿，我们还知道些什么？

导游是个美丽的中国女留学生，名叫佳佳。佳佳以前在国内的时候，曾看过我的作品，接机的时候认出我，因此我们十分友善。她告诉我说，"驯鹿"一词源于印第安语，意思为掘地觅食的动物。驯鹿是异常勇敢的生灵，生活在北极圈附近，雌鹿体重可达150多公斤，雄鹿较小，为90公斤左右。雄、雌鹿都生有一对树枝状的犄角，可达1.8米，每年更换一次，旧角刚刚脱落，新的就开始生长。驯鹿中不但雄鹿有鹿角，雌鹿也长鹿角，为什么如此？这是由客观生存条件决定的。北极气候严寒，植被稀疏。怀孕的母鹿为了抢到更多的地衣、草根、苔藓等食物，需要跟强壮的同伴们争抢，只能巾帼不让须眉地长出角来。

阿拉斯加冰原地区冬季气温可降至零下60摄氏度，为了抵御寒冷，驯鹿不仅全身覆盖皮毛，连嘴鼻部都长有浓密的须毛。

驯鹿虽然温驯善良，却并非人工驯养出来的，由北欧拉普人管理的驯鹿是大范围圈养的。驯鹿毛很有特点。长毛中空，充满了空气，不仅保暖，游泳时也增加了浮力。贴身的绒毛厚密而柔软，就像是穿了一身双层的皮袄。

驯鹿群每年都要进行一次长达数百公里的大迁徙，遇山翻山，逢水涉水，勇往直前，前仆后继，万死不辞。春天一到，它们便离开赖以越冬的亚北极森林和草原，沿着几百年不变的既定路线往北进发。

北极圈西部一带生活着 50 多万只驯鹿，庞大的种群里每年春季都会有数万只母鹿即将临产。地衣、草根等食物所含养分较少，数量也很有限，根本无法满足孕鹿所需的营养。为了确保自己的孩子出生在食物充足的地方，让亲爱的孩子身强体壮，在返乡的路途中能够存活，勇敢的孕鹿一刻也不敢耽搁，在白昼稍见增长的 2 月初，就最先踏上迁移的征途。

总是由雌鹿打头，雄鹿紧随其后，浩浩荡荡，长驱直入，日夜兼程，边走边吃，匀速前进，秩序井然。

驯鹿们沿途脱掉厚厚的冬装，生长出新的薄薄的长毛。绒毛掉在地上，正好成了天然的路标。年复一年，不知已经走了多少个世纪。

它们从阿拉斯加东部的苏瓦半岛出发，平原的尽头，宽阔的库伯河横亘在驯鹿的面前。这是驯鹿们需要逾越的第一道天然屏障。正常情况下，驯鹿们可以趁着结冰期过河，如果春天提早来临，河面出现大规模破冰，融冰使河水暴涨，它们只能冒险。大多数母鹿都有察觉冰层薄厚的本领，会谨慎地挑选一条安全路线。年轻母鹿缺乏过河经验，有的会掉入冰河。尽管驯鹿善于游泳，可是冰河的温度很低，游累的母鹿会爬上浮冰歇息。浮冰顺流而下，可能将疲乏的母鹿带离群体，也可能让其迷失方向，最后溺死。

逃过冰河之劫的母鹿们以为可以暂时喘息一下，没有留意身边还有另一个会走动的危险——它们的天敌大灰熊结束冬眠了，正需要填饱空了一冬的肚子。牺牲了几个大意的同伴之后，其余的孕鹿开始翻山越岭，进入另一阶段的征程。野狼在这里成群出没，危险无时不在。

天气变暖了，苔原地区进入产期的动物不只是驯鹿，南方野狼也快要当妈妈了。对于驯鹿来说，野狼捕食量大增当然不是好消息。要想到达目的地还要翻过布鲁克斯山脉，越过尤塔卡河，可是孕鹿顾不了这些，它们马上就临盆了。

幼鹿出生后几小时就会直立、行走，一天之内奔跑的速度就会超过人，在很短的时间内就会自己觅食。拥有如此迅速的生长速度，是大自然赋予幼鹿的独特本领，它们必须尽快强壮起来，跟着妈妈一起跨越尤塔卡河。

6月苔原地区进入了短暂的夏天，到处都是绿油油的青草和盛开的野花，在各种维生素和氮、磷脂的滋养下，幼鹿很快就会强壮起来。

最后一批来此的驯鹿一个月后才能享受到这些。跟先出生的幼鹿相比，落在后面的孕鹿生出的幼鹿就要弱小得多。

水面宽阔，有经验的母驯鹿知道幼鹿过河危险性很高，会挑选水流和缓的地方让幼鹿下水。相反，有些年轻的急脾气的母鹿会带小鹿逆流而上，致使幼鹿还未上岸就已筋疲力尽。湿淋淋的幼鹿无力上岸，母鹿再焦急也帮不上忙。体力差的幼鹿就此丧生，就算侥幸上岸，绵延数里长的驯鹿群已经走远，这些幼鹿很可能落入大灰熊或者野狼的口中。

7月苔原雨水较多，地面上积存了很多水洼，滋生了大量蚊蝇。此时的驯鹿已经长出了新的鹿茸。初生的鹿茸表面十分脆弱，里面含有大量血液，是蚊蝇围攻的主要目标。每天，每只驯鹿都会为此损耗一定的鲜血。

苍蝇最喜欢将蝇蛆生在驯鹿的鼻孔中，而蝇蛆将在其鼻孔中寄生。为了驱赶身上的蚊蝇，驯鹿不得不重新爬上布鲁克斯山脉，让山风帮忙。

8月下旬，北极圈的头一阵冷风袭来。驯鹿深知这一讯号的含义：几周后大雪就会来临。雪困之前，它们必须离开，漫长的迁移之旅又开始了。

驯鹿肉是上好的食品，跟牛肉的味道差不多。皮可以用来缝制衣服、制作帐篷和皮船。骨头则可做成刀子、挂钩、标枪尖和雪橇架等，还可以雕刻成工艺品。

感谢佳佳的这番介绍，让我们对驯鹿多了了解，更多了敬佩。人是需要敬佩一些动物的，为它们所具备的我们业已丧失的智慧和勇气。

敬佩演变成了尽快购买驯鹿皮毛的欲望。佳佳说："咱们就到南码头吧。"

位于市中心参议院广场上的赫尔辛基大教堂及其周围淡黄色的新古典主义风格的建筑，是赫尔辛基最著名的建筑群。在大教堂附近，就是南码头。那里是停泊大型国际游轮的港口，北侧建有总统府。总统府建于1814年，原是沙皇的行宫，1917年芬兰独立后成为总统府。总统府西侧的赫尔辛基市政厅大楼建于1830年，外观至今仍保持着原来的风貌。南码头广场上有常年开设的自由市场。虽然是露天的，却找不出丝毫的杂乱与匆忙，处处洁净而整齐。在色彩缤纷的小棚子底下，贩卖着花草、蔬果、食物、玛瑙、水晶、琥珀、芬兰刀具等，色彩纷呈。当然最多的是新鲜鱼类，鱼鳞闪着紧致而幽蓝的光，瓷白色的鱼眼炯炯有神地看着你。

找到一个出售皮毛的摊位，驯鹿皮堆满柜台。摊主是个小伙子，态度友善。我问佳佳："什么样的驯鹿皮算是好的呢？"

她说："您是打算铺沙发还是挂在墙上？"

我想这么清丽的驯鹿皮，若是垫在屁股底下，暴殄天物了，就回答："挂在墙上。"

佳佳又问："喜欢什么颜色？"

我说："有分别吗？"

姑娘说："白色的驯鹿皮最美丽，但很稀少，价钱昂贵。比较大众化的是咖啡色有白色斑点的那种，给圣诞老人拉雪橇的驯鹿，就是咖啡色的。"

我说："那就要咖啡色。"一是因为囊中并不宽裕，想那罕见的白色驯鹿皮，可能消费不起；二是我想看到真正拉过圣诞雪橇的那种驯鹿。

驯鹿皮比常见的羊皮要大，毛也要长一些，稍显粗硬，但很有弹性。在浅褐色的底子上，有椭圆形的白色斑点，好像没有融化的大朵雪花。驯鹿皮保温性能特别好，芬兰人冬天坐在河边砸开冰洞钓鱼，屁股底下垫一张驯鹿皮，根本不会受寒，得老寒腿什么的。听说驯鹿奇特地实行着双重体温，小腿以下的温度要比躯干低 10 摄氏度左右。蹄子和腿经常埋在冰雪里，降低温度就有利于体温的保持……多神奇！

我像扯旗那样撑开驯鹿皮，一张张翻看，想找到最有特色的皮毛挂在自己家中。驯鹿的花纹气象万千，绝无重复。我把预备精选的皮张放在一旁，佳佳便把它们翻转过来，审视背后的质地。我说："看后不看前，为什么？"佳佳说："挑选驯鹿皮，毛色花纹固然重要，也要注意皮子的内在质量。每只驯鹿生前的营养状况不一样，受过蚊虻叮咬或受伤，就会在皮肤上留下小黑点，皮毛寿命就会受影响。只有那些最健壮的驯鹿皮毛，才光彩照人。"

感谢佳佳教诲，我淘到了一张美丽的驯鹿皮。接下来的步骤就是谈价钱了。佳佳向笑眯眯地看着我们挑皮子的芬兰小伙子询了价，每张 60 欧元。

大约合人民币 600 元。我小声问佳佳："能不能便宜一点呢？"佳佳吐吐小舌头说："估计不成，他们通常是不还价的。"佳佳虽然这样说了，但还是又问了一遍。小伙子很友善但是很坚决地拒绝了。

　　几位同行伙伴走了过来，看到驯鹿皮也很喜欢，就对佳佳说："我们也要买，多买几张是不是可以便宜些呢？"

　　佳佳又一番紧锣密鼓地交涉，无功而返。小伙子笑眯眯地回绝了我们批发的建议。于是，我们每人都以 60 欧元的价钱买下了驯鹿皮。佳佳说："小伙子说，他的驯鹿皮是最便宜的。"后来到了其他地方，看到售卖驯鹿皮的商店，价钱在 70 至 90 欧元，也有卖到 100 欧元的，看来南码头的芬兰小伙子说得很实在。

最好吃的巧克力

我是一个很爱吃巧克力的人。在瑞士的时候，导游的一句话让我来了兴趣。导游说："世界上哪里的巧克力最好吃呢？是瑞士。为什么呢？因为巧克力主要是由可可脂和牛奶构成的。"

我觉得这几乎是一句废话，等于说你知道今天的天气为什么好吗？因为今天是星期三，明天是星期四，所以天气好。不解决任何问题，疑团继续存在。

瑞士是一个面积只有 4.1 万平方公里的小国，山高水险并且冬季严寒，全国并不生长一棵可可树，瑞士也从未有过殖民地，和可可生产地如非洲、南美洲等没有任何直接关联。就是说，瑞士生产巧克力，几乎就是先天不足。然而，为什么瑞士是世界上巧克力的第一生产大国，享誉全球？

巧克力的所有制造方法都是在瑞士发明的，瑞士人使巧克力的制造流程和方法达到了几乎完美的地步。最可贵的是瑞士人并没有让巧克力长久地保持高昂的身价，而是毫不犹豫地把它从奢侈品的皇冠上拉到了平民的椅子上，成了大众化的消费品。1819 年，500克巧克力的价钱高达 6 瑞士法郎，这在当时相当于一个普通工人三天的工资。1826 年，建立了一家巧克力工厂，所有机器设备的动力都来自水力，大大提高了效率，每个工人每天可生产 25 至 30 公斤巧克力，降低了成本。1830 年，勒拉赫和自己的儿子们在洛桑建立了一家工厂，并发明了欧洲榛果巧克力。一位屠户的儿子把巧克力与牛奶混合在一起，从此结束了巧克力带有苦味的历史，产品有了一个质的飞跃。同时，他发现 Henri Nestle（亨利·内斯特莱，雀巢公司创建者）最新发明的炼乳方法很好，遂用来制造出了美味的牛奶巧克力。

1879 年，鲁道夫·林特在伯尔尼大教堂下的阿尔河旁建立了自己的巧克力工厂。他发明了一种被称作 "Conchieren" 的工艺，在较硬的巧克力泥中加入可可脂，使瑞士巧克力有了今天高贵、精美的味道。

瑞士是世界上巧克力消费最高的国家，最高纪录为 2001 年人均消费巧克力 12.3 公斤。以我当过医生的经验，真觉得这么多巧克力的摄入，怕容易引起血糖、血脂的增高吧。

瑞士商店里的巧克力琳琅满目，品种有几百种之多，售价也很便宜，一块简装的没有华丽外壳的 100 克的巧克力，只相当于人民币几元钱，吃到嘴里，甜香软滑，非同一般。

说了这么半天，还是没有把瑞士巧克力天下第一的秘密揭露出来。其实，谜底很简单。导游指着车窗外说，因为瑞士有最好的奶牛，最好的奶牛挤出最好的牛奶，最好的牛奶就做出了最好吃的巧克力。

在阿尔卑斯山麓，有无边的草场和自由自在的奶牛。瑞士奶牛不是黑白花的，通常是红白花或是黄白花的。它们体形硕大，乳房饱满，无忧无虑地吃着草，好像生活在远古时代。导游说："你们注意到牧草了吗？"我瞅了半天，说看不出有什么特别的，只是这里没有污染，好像格外嫩绿。导游不满意，说："你没发现牧草的品种不一样吗？瑞士精心研究牧草，培养优良品种，有时候要花费五六年的时间，才能选定某种优质牧草的种子，播撒在地上，才会长出富有营养的牧草。吃着这种牧草长大的奶牛，才有可能挤出芬芳浓郁的牛奶，然后，才能保持世界第一的口味独特的巧克力啊！"

原来，巧克力的生产线是从牧草开始的，多么长远的谋略啊！

山色越发深了。车停下来休息，在欧洲，司机的工作时间是固定的，每两个小时必须休息，不得违背。车上有类似飞机上的黑匣子装置，只要汽车一发动，它就开始记录，包括测算司机每天的驾驶时间和休息的频率，以防疲劳驾驶。

此处景色优美，奶牛们三五成群，在牧场上优哉游哉地闲逛着，看到游客们，也不躲避，睁着好奇的大眼睛，好像在猜测这些人的来历。

有人充满善意地走过去，企图近距离地接触奶牛，和奶牛合影，抽冷子可能也想抚摸一把牛背什么的。导游赶紧招呼大家，说这万万使不得。

导游说："近几年来，在瑞士牛和人之间发生事故的比例，比过去多了许多。究其原因，可能是由于新的养殖方式造成的。"

过去奶牛受到人的照料比较多，现在，它们更多的时间是在牧场上散养，跟牧民接触的时间很少，已经不习惯跟人靠得很近。也就是说，在某种情况下，这些奶牛部分地恢复了野牛的天性，桀骜不驯。你别看它们好像长得很温驯，其实发起脾气来也是很剽悍的。即便是一头样子乖巧的小牛，也不可以随便触摸，否则，你就有可能被它追得到处乱跑，或者全身负伤。

再者，旅行者来自四面八方，没有和奶牛打交道的经验。看到奶牛生气了，他们也跟着惊慌失措，不知道如何是好。有些人本能地立即转过身撒丫子就逃，但这其实是最危险的举动，会刺激奶牛进一步发作。正确的做法是保持安静，慢慢地蹑手蹑脚地远离奶牛。

多出悲剧发生之后，瑞士徒步旅行协会发出郑重建议：别去打搅奶牛，更不要想着去触摸它们，可爱的小牛也很危险。不要试着去吓唬它们，不要死死地盯着它们看，也不要当着它们的面舞动棍子。万一发生极端的情况，你就瞄准它们的屁股来一下。

听导游这么一说，我们个个视牛如虎，再也不敢靠近。导游稍稍缓和了口气说，如果你实在太喜欢奶牛了，在离它们20米的地方看看还是可以的。

就这样，我虽然非常喜欢奶牛，但是没有留下一张和奶牛合影的照片，因为我在距它们25米之外。

山路越来越险，真不知道深山里的牛奶如何新鲜地卖出去。看来我的担心不是多余的，这个问题也逼着牧人们开动脑筋。一个名叫保罗·韦勒的牧人，每年都为他的奶酪销售犯愁。他的牧场使用太阳能，木材是用直升机空运来的，设备一流。奶酪则是牧场主按照传统方法制作的，质量绝对优等。可是因为交通不便利，他的产品就是销不出去。

头脑灵活的牧人想到了出租奶牛。他在网上刊登了奶牛的照片，一头奶牛整个夏天租赁费用为380瑞士法郎，估计可产70至120公斤奶酪，租赁人在9月份就可以来牧场收取奶酪——可以将其带走出售，也可以馈赠亲友。

多么聪明的牧人！保罗的计划大获成功，15头奶牛在网上被租赁一空。保罗还计划扩大服务范围，将周围几个牧场的奶牛通通在网上租赁出去。

真佩服保罗的好脑子，当然也佩服保罗的照相技术。想来他毕竟是主人，聪明的奶牛认得他，乖乖地让他照相，并且把自己的照片贴到互联网上，供人们评头论足。

离开瑞士的时候，有的人买了表，瑞士的手表当然是天下第一。我也买了瑞士天下第一的东西，这就是瑞士的巧克力。特别挑选了"三角"牌巧克力，因为喜欢包装上的图案——高耸的阿尔卑斯山。据说这个牌子的巧克力特意制成三角形状，就是为了纪念欧洲最高峰的身姿。也是为了立此存照，想到那些幸福的、自由自在的、偶尔发发小脾气的奶牛，它们分泌的精华就存贮在这块巧克力中。

后来，我又到过一个欠发达的国家，看到田里的耕牛目光惨淡、骨瘦如柴。它们的脊梁如悬崖般锐利，如果有什么人胆敢骑到它背上的话，牛肯定会在第一时间被压垮倒地，那个人的尾骨也会被牛背切出伤口。从此我对"骨瘦如柴"这个词，有了形象化的记忆。那不仅仅是菲薄的瘦，更是生命的干涸和死亡的引燃。

如果我下辈子变成一头牛，就到人迹罕至的山里去，吃的是优质的草，挤出优质的奶。不要被人打扰，不要留下影子，百无遮拦、自由自在地在山坡上踱来踱去，为人间的香甜贡献一点力量。

戴胡子的女法老

　　法老是对古埃及国王的称呼，在埃及语中称作"佩罗"，现在的读音来自希伯来文的音译。它在象形文字中的意思是"高大的房屋"，后来代指"王宫"，理由很简单，王宫是最高大的房屋。新王国第十八王朝时，国王图特摩斯将"法老"的意思来了一个变化，成了"居住在高大宫殿中的人"，于是"法老"就顺理成章地成了对国王的尊称。

　　在埃及国立博物馆里可以看到一位法老的雕像，下巴颏儿上长着茂密的胡须，向前探出，好像一块洗袜子的小搓板，十分可笑。

　　还没等我笑出来，导游说，这是一位女王，她戴着假胡须。

　　一提到埃及的女王，我等游客做出恍然大悟的样子，知道知道，原来这是埃及艳后克里奥帕特拉。

　　导游正色道，克里奥帕特拉只是王后，而这是真正的法老，她叫哈特舍特谢普①，拥有无上权力的古埃及女王。

　　女王和王后是有区别的。前者亲握权杖，而后者只是权杖的老婆。

　　后来，在尼罗河对岸帝王谷众多的祭庙中，看到女王哈特舍特谢普的神庙是那样的美丽独特，据说这也是全埃及最优美典雅的建筑。在卡纳克神庙里，有哈特舍特谢普为自己矗立的方尖碑，高

---

　　① 通常译作哈特谢普苏特、哈特舍普苏。

29.5 米，重达 350 吨。在上埃及阿斯旺的花岗岩采石场，还有一块重达 1000 吨的未完成方尖碑躺在山坡上，据说也是哈特舍特谢普为自己建造的，因为开凿中石头出现裂缝才半途而废。

反复听到这位女法老的名字，看到和她有关的遗迹和景色，就对她生出了好奇。查了资料，才知道哈特舍特谢普在位时间是公元前 1490—前 1468 年[①]，拥有当时世界上最强大的军队、最强盛的经济。她不是傀儡，而是控制着埃及最高权杖的真正的法老。她在执政期间，对内不用严刑峻法就维持了安定的秩序，对外不损一兵一卒就获得了和平。

但女人是不能成为法老的，尽管哈特舍特谢普才能出众，也无法改变这一钢铁般的传统。她也颇动了些脑筋，先是在登上王位之前命人为自己编撰传记，并雕刻在大方尖碑上，非说自己是太阳神的嫡亲女儿。为了让神圣感进一步加强，她还在方尖碑的顶部放置了很多金盘，用来反射太阳的光芒，以便向所有人证明她的确来路不凡。

一不做二不休，女法老让她的建筑师把她刻画成一个有胡须的平胸战士形象。每当女法老在公共场合出现，必定是着男装并戴着假胡子，其实她有着柔和的面部，外带轮廓清秀的眉毛和大眼睛，是个十足的美女。

王室的恩怨和历史的偏见遮盖着历史的天空，无论女法老的政绩怎样突出，传统的以男性为中心的社会都是不会容忍一位女性担任法老的，就算她杜撰出了自己是太阳神的女儿这样的神话也万万不行。

结局在传说中是这样被描述的：哈特舍特谢普刚刚驾崩，一伙

① 在位时间还有"公元前1479—前1458年"及"公元前1503—前1482年"两种说法。

军人就袭击了宫殿，把和她有关的一切都毁掉了。神庙中，她的浮雕和塑像或者被砍掉了脑袋，或者被砸断了臂膀。她的墓穴被洗劫一空，神庙墙壁上她的名字被刻意凿平。在整个埃及的官方记录里，和她有关的记载都被销毁了……

哈特舍特谢普执掌法老的权杖 22 年，古埃及的男人们希望她的这段历史不曾存在过。她的雕像在被焚烧之后再泼上凉水而变得残缺不全，至今还能看到烟火的痕迹。她的名字也从方尖碑上被涂掉，取而代之的是她的父亲、丈夫和继子的名字。

但历史还是记住了这个曾经当过法老的佩戴假胡须的女人。在今天的埃及，在游客们眼中，最美丽的法老神庙是哈特舍特谢普的达尔巴赫里神庙，最高的方尖碑是卡纳克神庙中赞叹哈特舍特谢普的方尖碑。正如哈特舍特谢普自己在碑上所写："未来看到我的纪念碑并讨论我的所作所为的人，切勿说一切不曾发生过，或将它看作我的自我吹嘘，而应当称颂她当之无愧，她的父亲也深感安慰。"

埃及是非常值得一去的国度。你不去美国，不去日本，你还可以想象，而且你的想象基本上是符合实际的。但你若不去埃及，你想象不出那里的神秘。

轰先生的苹果树

　　第一次听说此次日本之行，要在长野县大豆岛的农民轰太市先生家住一天时，半是欣喜，半是忐忑。高兴的是可以由此深入普通的日本人民中，体验一下他们的生活，真是难得的好机会。不安的是，想象中的轰先生是一个很严厉的人，因为"轰"这个姓总使我联想起夏天的暴雨和闪电雷鸣。

　　一见到轰先生，我就乐了。他是一个非常和善的老人，矮而健壮的身材，好像北方的橡树。他的大脑门亮晶晶的，在明媚的秋阳下，闪着汗珠。他不像常见的日本人，嘴角总是抿得很紧，仿佛时刻都在思索，而是经常忘情地哈哈大笑，好像一个快活的大孩子。

　　轰先生的家是一所古老、美丽、幽静的和式住宅，斗拱飞檐，显出一种历史的沧桑感。院落里林木苍苍，各色常绿植物修剪得异常精致，仿佛放大了的盆景，表明了主人不同凡俗的雅趣。

　　轰先生一家为我们的到来，真是忙坏了。你想啊，一下子来了五个外国人，吃喝坐卧，不是一个小工程。轰先生的妻子绿女士和他的妹妹、儿媳扎着浆洗一新的围裙，为了我们不停地忙碌着。我们品尝着精美的日式菜肴，吃得非常开心。吃完饭，轰先生招呼我们沐浴。

　　我心中有些嘀咕：天这么凉，要是冻出感冒，再转成气管炎，异国他乡的，岂不麻烦？

　　没想到，轰先生一家为我们想得周到极了，先是大小浴巾，再是和式睡衣，最后干脆抱来了两大摞长短袖的棉睡袍，堆在地上，好像两座小山。我们全副武装穿在身上，面面相觑，不由得开怀大笑。打趣说，男的都像鸠山，女的都像阿信了。

我们在轰先生家度过了非常愉快的一天。老人家自己种稻田。他招待我们吃的米饭，就是亲手种出来的。我敢肯定地说，这是我平生吃过的最香的米饭了。

我们都夸老人家的米好。他笑眯眯地说，我种的柿子那才叫好呢，全日本第一。我们听了频频点头，心想这样善良勤劳的老人种出的柿子一定出类拔萃。

轰先生接着骄傲地宣布，他种的富士苹果是全日本第二。他说得是那样肯定，我不由得问："是不是进行过正规的全国评比，您的苹果得了银牌？"

老人眨着眼睛笑起来说，全日本第一的苹果还没有长出来呢，因为没有第一，所以，我的苹果树就是日本第二了。

我们愣了一下，明白了老人家的诙谐与幽默，也会心地笑起来。不管怎么说，看轰先生的自豪样儿，他的苹果树百里挑一那是没得说了。

吃了午饭，我们和轰先生的文友欢聚座谈。轰先生是作短歌的高手，又是短歌同人刊物《原型》的主编，亦农亦文，深受大家爱戴。

座谈会开得非常成功，但我心里一直惦记着轰先生的苹果树。说起来惭愧，从小到大，我吃过无数的苹果，但还从没有自己亲手从树上摘过苹果。没想到东渡扶桑，到日本的果园来摘苹果，这苹果又是全日本第一，真是一件有趣而又有意义的事情。

我们沿着乡间的小路，缓缓地向轰先生的果园走去。10月的日本晴空万里，干燥凉爽的秋风，带着苹果的甜香扑打着我们的衣襟。远处山峦上最初染红的枫叶，像拍红的手掌，在招呼着我们。

这一带是苹果产地，果然名不虚传。一株株精心培育的苹果树，迎风而立，硕果累累。小路四周的地面，银光闪闪。果树下的土地上都铺着雪亮的金属箔，好像无数面巨大的镜子，用以反射阳光，普照苹果的各个部位。这样结出的苹果不但颜色像玫瑰一般艳丽，而且含糖量高。果园的上空还罩着结实的尼龙网，刚开始我们还以为是防盗，后来一问，才晓得是为了防鸟啄食苹果，这样才能保证每一个苹果都无褶无疤，玉润珠圆。

我一边走一边想，轰先生的苹果树既然是全日本第一，那他树下的银箔一定最亮，他树上的尼龙网一定最大，他的苹果一定像红宝石一般美丽。

正想着，轰先生停下脚步说，喏，到了，你们可以尽情地摘苹果了。

我定睛一看，吓了一跳。这实在是一片太平凡的苹果园。咳！甚至连平凡也算不上的。苹果树上没有遮天蔽日的尼龙网，苹果树下没有银光闪闪的金属箔，树不高大，果不繁密，在周围一大片人工精心雕琢的果园中，显得简朴而随意。树上的苹果因为没有接受到阳光各方面的照射，半边青半边红，远没有想象中那般夺目。

"轰先生，这是您的苹果树吗？"我半信半疑地问。

"噢，我也不知道这是谁的苹果树。不过，你们摘就是了，保证没有人来管你们。别看这树上的苹果不大好看，可它的味道可好了。它里面有蜜！"轰先生摇着他聪明的大脑袋，眨着眼睛说。

我们走进果园，七手八脚地开始摘苹果，站在苹果树下大吃起来。平心而论，轰先生的苹果还是相当优良的，甜脆爽口。但因为没有尼龙网和金属箔的养护，果皮上有小鸟啄过的黑斑点，味道也略略有点酸。

人真是不知足的动物。我一边大嚼着轰先生的苹果，一边紧盯着邻居家的果园，心想别人那边像红灯笼一样鲜艳的红苹果，该是更好吃吧。

我们吃饱了苹果，又摘了一兜，才迎着暮色回到轰先生的家。真应了那句中国老话：吃不了，兜着走。

丰盛的晚饭后，轰先生拿出纸笔，文人们开始舞文弄墨了。

我写诗是外行，站在一旁伸着脖子屏息欣赏。

轰先生写下他的一首短歌：

> 我闭着眼睛，四周一片寂静，
> 沿着阶梯，走向湖泊的深处，
> 那里，
> 有什么呢？

那一刻，四周真的变得十分寂静。听了轰先生的诗句，我的心灵深处有一根琴弦被触动，有一种温暖的感动壅塞喉头。

大家笑着追问老人，在湖底到底会有什么呢？

恰在这时，轰先生的妻子绿女士来为我们送茶，轰先生遂一本正经地回答，那里有美人啊！说着，亲热地拍了绿女士一下。

我们大笑，为了轰先生的风趣和他美满幸福的一家。

在轰先生家的榻榻米上安睡一夜。清晨，要告别了，大家恋恋不舍地分手。我为轰先生写下了这样一句话："您使我想起了中国神话中的山野仙翁。"

到了东京，在车水马龙的城市人流里，在扑朔迷离的霓虹灯下，我又拿出轰先生的苹果端详。它朴素天然，携一种大自然的清新空气。这其中又注入了轰先生对中国人民的深情厚谊，越发显得沉甸甸了。

我坚信，它是日本第一的苹果。

童话世界里的幸福国王

　　不丹的旺楚克家族，原为不丹地区部落首领之一，1907年，这个家族利用武力和英国的帮助，统一了不丹地区，从清政府的统治下脱离出来，成为一个独立的王国。当时的家族首领乌颜·旺楚克成为不丹第一任国王。在他的孙子——旺楚克三世国王的统治下，从上个世纪50年代到60年代，不丹用谨慎的步伐，向外部世界和现代化发展打开了大门。

　　1972年，44岁的旺楚克三世突然去世，他的儿子，被从伦敦剑桥大学的课堂上叫回来，加冕成为新国王。那一刻，他年仅17岁，被人们称为"童话世界里的英俊国王"。不过现实生活并不是童话，他面临严峻考验。好在他虽然年幼，已经颇有经历。8岁时，就离家到印度求学，10岁远赴英国，14岁进入剑桥大学。

　　国外求学经验深深影响了旺楚克四世，他带着对西方国家"以经济发展为优先"的质疑回到不丹。年轻国王开始思考：小小的不丹将向何处去？他敏锐地意识到无法控制的"经济发展"，很可能是一把双刃剑。

　　他目睹西方国家在现代化过程中，一路充斥着战争、污染、高失业与犯罪等等弊端，财富多了，幸福却并不成比例地增加。物质享受丰富了，亲情却日见疏远。人民到底需要什么？不丹这个穷困的小国该往哪里去？年轻的旺楚克四世花了两年，步行全国，探访民情，对肆无忌惮的物质主义泛滥有了清醒的认识。他不需要眺望远方就可以找到惨痛的教训。不丹的近邻尼泊尔，在 20 世纪 60 年代对外开放之前，和不丹非常相似。尼泊尔在全世界现代化的大潮中，犹如一叶小舟，随波逐浪而去。既没有尝试有计划的发展方向，也没有限制外来思潮的影响，经济发展的负面影响随之而来。民风败坏，美丽的喜马拉雅山脚下，成了全世界吸毒者的乐园。土壤污染，官僚腐败，整个国家付出了巨大的经济、环境和人文成本。

一个重要的思想在旺楚克四世胸中萌生。1979 年，他首先提出了"国民幸福的总值比国民生产总值更重要"。这个国民幸福总值被简称为 GNH，也称幸福指数。

幸福指数——这个又甜蜜又令我们陌生的名词，包括哪些部分呢？

要想幸福，一个国家必须保护好自己原有的生态，要有清洁的水源，繁茂苍翠的森林，和谐共生的万物，没有污染的食物和空气……在今日不丹，这些都唾手可得。有 26% 的领土是国家公园，森林覆盖率达到了 60% 以上。不丹到处青山绿水，我多次站在首都廷布郊外的清澈河流边发呆，艳羡不止。我不知道在中国还有多少这样水清见底的河流，也许在深山老林中还有一些潺潺小溪吧？但在大城市周围，我断定再也没有了如此清凉甘甜的天然水源。

不丹王国政府并非闭关自守，它致力于实现国家的现代化，2005 年人均收入达 712 美元，在南亚各国中是比较高的。发展经济的同时，不丹重视保护环境和生态资源，每年只允许 6000 名外国游客入境旅游，而且他们的行程还必须经不丹政府的官方审核。

旺楚克四世国王有意识地选择弱化自己的权力，增强民主选举的机构。2008 年，不丹国会批准了不丹的第一部宪法。宪法的第九章写入："国家应该努力去发展那些有利于国民幸福总值的追求成为现实的条件。"国王主动要求交出权力，民众却似乎不喜欢民主制度。

民众的态度是：既然我们有这么好的国王，干吗还要折腾人的选举呢？国王回答说，你不能保证每个国王都是明君啊！为了预防以后可能出现的局面，不丹一定要推行民主。同年，旺楚克四世国王退位，由他 28 岁的儿子继承王位。

不丹有自己独特的做法。比如很多第三世界国家赖以生存的旅游业，不丹就独辟蹊径，开展高价值的高端旅游业，而不是大众旅游服务项目。

不丹是我们的邻国，直线距离不过几百公里，它是现在我们所有邻国旅游费用最贵的国家。从中国去一趟欧洲 8 国 12 天行程的价钱，还不够去不丹 7 天的旅游费用。

为什么这样昂贵呢？因为不丹为了保护自己的资源，并不希望低端的旅行大行其道，不欢迎背包客。那样会加速污染不丹的山川，破坏不丹的民风。

不过也不能闭关锁国，不发展旅游业啊。于是他们制定了一个高端旅行策略：每个到不丹的旅行者，每天用在住宿和路费上的花销，最少要在 200 美元以上，这还不算你的个人消费。这笔钱是要提前支付，并汇入不丹国家银行，你才能拿到签证。这道门槛，让想省钱的背包客，根本就进入不了不丹。

不管外人对不丹这种策略怎样评价，不丹我行我素，保持着山河的秀美和民风的淳朴。在发给我们的旅行册页上明确写着：旅途中请不要给不丹的孩子们以糖果，那样会毒害他们的心灵……看到这一条的时候，我突然觉出自己以往的龌龊。当我们到达某个第三世界国家的时候，常常会给孩子们糖果，我们以为这样是对他们的友好。不丹的提醒，给我们上了一课。

世界观与观世界

航行在大西洋上时，有一位日本女士找上门来，说很希望我能开设一个传授中文的自主企划。我说，好啊。本来以为自己天天说的就是中文，写的也是中文，教外国人说一些基础的中文，应该不是太大的问题。不过，真的着手准备起来，才发现事情并不简单。

首先，我们没有任何文字的资料可以发给学员们。

船上有教西班牙语的，有教韩语的，英语就更不用说了，天天高朋满座。他们都提前做了准备，不单有高级班、低级班的分类，还有各种层次的教材，相当正规。我是两手空空，这未免让未来的学生有点寒酸。也曾想过是不是编写点简易的教材，然后打印出来，聊胜于无。可船上所有纸张和印制都需收费，让学生们掏一笔不便宜的书费，好像也不相宜。

讨论起具体教什么课程的时候，大家也是七嘴八舌莫衷一是。有人说，当然是从"你好""再见"教起，这样以后船上充斥着中文打招呼的声音，满处乡音，岂不快意？有人立刻反驳说，凡是对中文感兴趣，并愿意在海上学习汉语的人，那就已不是一张白纸，早就会说"你好""再见"了，人家愿上提高班。

这样一说，我有点紧张，人家期望值还挺高。我说，要不要从汉语拼音教起呢？这样，喜好汉语的人，得到一个好拐棍，以后自学或是参加其他的课程，都会有所帮助。

大家说，好是好，就是太难了。要是有些一年级小学生的课本就好了。

我说，这样吧，到了纽约，咱们到中文书店看看，努力找找。

事情就这样放了下来。到了纽约之后，很遗憾，并没有找到注有汉语拼音的读物。更不巧的是，船坏了。船上流言纷起，大家也没心思学习了。待游轮在佛罗里达修好，再次讨论教学计划时，又有人说，既然没有像样的教材，那我们就别开生面，教大家来吟诵古诗吧。在日本，能用汉语吟诵古诗，被认为是一种有文化有品位的表现。有人憧憬着，想想吧，当游轮结束航行的时候，咱们的学员可以在台上抑扬顿挫地背诵李白的《静夜思》："床前明月光，疑是地上霜，举头望明月，低头思故乡。"窗外万顷波涛一弯明月，那是何等的诗情画意啊！

畅想自然是好的，不过要让一群没有多少中文基础的外国人，单单凭着注音，来背诵古诗，我觉得有点难。很多日本人闻之这一计划，也表示顾虑。事情就这样耽搁了下来。再后来，游轮进入了中南美，上岸的次数比较频密。上岸的前一天，大家开始心旌摇动，要重新踏上陆地了，总是非常兴奋。到了岸上，紧张的行程，精力体力消耗很大。等到回到了游轮上，又要经历一两天疲惫不堪的休整。刚刚缓过劲来，又快到了下一个靠港地，重又充满期盼……自主企划的事儿就拖了下来。

8月8日，中国成功地举行了奥运会，芦淼很希望能办一个有关奥运的自主企划，把咱们美丽的祖国和奥运健儿的英姿好好展现一下。我们从墨西哥下载了奥运开幕式的资料，开始向船上的自主企划部申请时间和地点。人家先是质疑这个开幕式能播放吗？

芦淼很吃惊，说这是对全世界公开转播的节目，为什么不能播放呢？

企划部说，怕有版权之争。因为船上并没有购买这个转播权。

真是佩服日本人的版权意识。芦淼说，在"和平号"上的播放，完全是免费的，是公益活动，应该没有问题吧。

企划部答应安排，又提出了第二个问题——开幕式整个过程有四个多小时，最多给中国人一个半小时的播放时间。

这就面临着痛苦的压缩过程。咱们看开幕式是哪儿都好，哪儿也舍不得压缩，但日方允诺的时间有限，坚决不肯延长。要想播出2008年中国北京奥运会的开幕式，只有忍痛割爱一部分场景，优中选优。再加上张艺谋在开幕式中有很多寓意深刻的场面，若不精心准备解说词，恐难以表达出深意。一时间，频繁地和国内通过海事卫星联络，多方搜集资料。翻译也付出了艰苦的努力。比如一个"击缶"的解释，如何能让外国人听得懂"缶"是什么意思？击缶象征着什么？在中国人也许一目了然的事儿，对外国人就得掰开了揉碎了说清楚。

经过反复斟酌和精心准备，终于把浩大而辉煌的开幕式压缩到了40分钟。这时候，游轮已经离开了阿拉斯加，开始横渡太平洋。自主企划的安排突然变得紧张起来，芦淼每天都去询问何时能轮到奥运会的放映安排，不料却总是定不下来。

怎么办呢？除了催促，没有别的法子。你也无法知道那些排在前面的自主企划是不是早就登记了。现在是排排坐分果果，循序渐进，谁也不得改变既定顺序。有时后悔我们登记得是不是太晚了呢？如果早一点登记，是不是现在已经排到了呢？又一想，再早，咱们的奥运会还没开呢，能不能得到影像资料，也还没有把握，不敢贸然登记啊。

时间就这样一天天地拖了下来。每天都去催，却总是没有安排到我们。船一天天地靠近日本，直到"和平号"靠上了日本横滨的码头，也没有给中国人安排上有关奥运开幕式的自主企划。芦淼对此非常伤心，单是准备中国古代四大发明的资料，他就煞费苦心，精心设计了一套解说词，并和小唐密切配合，声情并茂地把整个解说词都背了下来。

我也无言。想了很久，对他说，这毕竟不是我们国家自己的船啊！这个世界上有些事，我们只能尽力而为。你已经做了所有的准备，对祖国问心无愧了。这就够了。

如果日后有谁还乘坐这种远洋游轮，如果游轮上还有自主企划一类的活动，我的建议是提前做好准备，积极参与。而且带上必要的工具和资料，这样会使你的自主企划锦上添花。不然，人出门在外，所有临时的动议，往往会面临预想不到的困难，就事倍功半了。一旦准备好了，马上提前预约，到时候一展风采，完成既定计划。

船上有一位中国企业家Z先生。记得在北欧海域航行的时候，有一天，我和他趴在甲板栏杆上看海。碧空如洗，海鸥像战斗机一样向我们俯冲过来，马上就要碰到我们鼻尖了，突然一个漂亮的转身，直插青天。Z先生对我说，咱们国家还没有自己的远洋客轮。

我说，是啊。不过，我们已经能造出非常漂亮的远洋货轮了。

Z先生说，你说世界观是从哪里来的呢？

我说，是从脑子来的吧。

Z先生说，脑子是不能凭空产生观念的。依我看，世界观世界观，顾名思义，就要观了世界才能形成啊。

我说，Z先生您说得好，要有世界观，先要观世界。

Z先生说，咱们这次出海环球旅行，是中国大陆人的第一次。年轻人里，除了翻译小唐，就是你儿子了。咱们出来的人少，年轻人更少。你看人家日本，这么多年轻人出来观世界，这是多么好的事情啊。一个人这么年轻就能看世界，看了世界和没有看世界，眼光是不一样的。什么时候，咱中国也有了远洋客轮，也拉着咱们的青年人，来看看这个美丽的地球呢？

远眺大海，我们无言。

海明威的最后一分钱

基纬斯特是美国本土最南端的一个小岛。东西长约 5.5 公里，南北宽约 2.5 公里，像一只胖而舒适的卧蚕，睡在蔚蓝的海中。战争年代，由于基纬斯特独特的地理位置，这里是兵家必争之地。

我选择到基纬斯特一游，不是因为战争。或者说，也是因为战争——一位擅长描写战争的伟大作家曾在这里生活过，他就是欧内斯特·海明威。

半个多世纪以前，名声初起的海明威，厌倦了大城市的繁华生活，想换换口味。小说家约翰·帕索斯向他推荐了佛罗里达州的小岛基纬斯特。这个岛，距离美国大陆比距离古巴还要远。地处墨西哥湾和大西洋交汇的水域，岛上长满了红树林、棕榈、胡椒、椰子、番石榴……天空飞翔着蓝色和白色的海鸟，云彩堆积着，巍峨得好像奇异的山峦。海水由于深邃和清澈，变得近乎紫色，赤红色的水母遨游着，和天边的霞光呼应，构成了诡谲的光柱。岛上居住着西班牙和古巴的渔民，是早年捕鲸人的后代，民风淳朴。海明威欣喜若狂地说："这是我到过的地方中最好的一个。我一点也不留恋大城市的生活。纽约的作家，那都是装在一个瓶子里面的蚯蚓，挤在一起，从彼此的接触中吸取知识和营养，我想躲开他们。"

这基纬斯特岛的确非常美丽，让人沉醉而迷惑。但我想不通，在如此妖媚的阳光下，海明威哪里来的心境，描写流血的战争？我有个不登大雅之堂的心得，总觉得作品是某种地理时空的产物，就像野菊花是旷野和秋天的合谋。可能为了迅速纠正我的谬误，夜里，就让我见识到了一场加勒比海骇人的风暴。暴烈的阴云和能够置人于死地的狂雨，让我明白了，这里的天空和海洋，可以比拟任何战争与和平。

海明威在这个小岛上，写下了《永别了，武器》《午后之死》《胜利者无所获》《非洲青山》《有的和没有的》《第五纵队》《西班牙的土地》以及《丧钟为谁而鸣》的一部分……这些小说，凿成一级级花岗石阶梯，送海明威到达了不朽的山巅。

海明威来到基纬斯特定居以后，先是住在西蒙通街，后来搬到了怀特理德街907号，现在对游人开放的就是907号故居。它坐落在一条短短的安静的小街上，回想半个多世纪以前，这里一定更为清冷。高大的庭院，一栋白色的两层楼房。绿得不可思议的树和曲折的小径。走进故居，首先接触到的是无数只猫以豹子般勇猛的身姿，在你脚下乱箭般蹿动。这可能是世界上最无人管教的家猫了。还有一些猫不成体统地睡在小径的中央，袒胸露乳放荡不羁。刚开始我几乎以为它们是死猫，它们委实睡得太沉醉了。别看这些猫其貌不扬（以我有限的知识，觉得它们是一些平凡的猫，绝无名贵之种），但它们的血统直接来自海明威当年豢养过的猫，个个是正牌后裔。它们气定神闲为所欲为，赋予海明威故居以勃勃生机。它们是大智若愚的，对所有的访客不屑一顾，心知肚明自己的祖上才是这厢真正的主人。

我在海明威的故居内轻轻地呼吸。

这套房子是海明威的第二任妻子波琳的叔父于1931年送给波琳的礼物，海明威在这里生活了8年。原先是座西班牙风格的古典建筑，年久失修，门槛腐朽，墙皮脱落，房顶和窗户也有很多破损。海明威着手组织工匠把房子从里到外来了个大改造。这不是项小工程，尤其是设计方案，有很多是海明威自己完成的。

现在看起来，这是一套舒适而井然有序的房子。我原来以为海明威的写作间是阔大的，按照房屋的规模与格局，他完全有能力为自己做这样的安排。室内的陈设，估计很可能是凌乱的。但是，不，我错了。工作间异常整洁，面积也不算很大。铺着黄色的木质地板，齐胸高的白色书架靠在墙边，古典的西班牙式的圆形写字台摆在地中央，阳光充足得让人想打喷嚏。在介绍海明威的书籍里，写着海明威习惯站着写作，他常常把打字机放在书架的最上一层。但在海明威的故居中，我看到的打字机还是规规矩矩地放在写字台上。

海明威还有一个我觉得女性化的小习惯，就是爱收藏小动物的玩具。比如铁乌龟，背后插着钥匙的玩具熊，小猴子和长颈鹿造型的小工艺品……我在一些名人故居看到的经常是名贵的收藏品，显示着主人的身份。但是，海明威不是这样的，他让人看到的是一个大作家的率性和真实。

让我特别留下印象的——是海明威孩子的卧室，地砖的颜色如同韭黄般鲜嫩。解说员告知，这间房屋的设计，是海明威亲自完成的。铺地的材料，是海明威专门从法国定购来的。

我偷偷笑笑。平心而论，和整套住宅华贵精致的风格相比，海明威为自己的孩子所设计的卧室，谈不上出色。不敬地说，甚至有支离破碎的堆砌之感。但我想，他一定是倾注了极大的爱心，单是把那些颜色暖亮得如同咸鸭蛋黄的瓷砖，颠沛流离地运到这个小岛上来，就让人的心情从感动演化成嫉妒。不是嫉妒海明威的富有，而是嫉妒那孩子所得到的眷爱。

海明威的庭院里，有一座露天游泳池。出门就是天然浴场的岛屿，从咸水的怀抱里掬出一座淡水游泳池，即使在今天，也是奢侈。更不消说，海明威是在半个世纪以前，一举完成此项工程的。那时，这颗淡绿色的葡萄，是整座岛上的唯一。

在更衣室和游泳池之间的水泥地上，有一块灰暗的玻璃，落满了尘土。解说员将浮尘拭去，让游客看到一分硬币镶嵌在水泥中央。由于年代的久远，币面显出苍老的棕绿。这就是那著名的一分钱了。在观光手册上写着："海明威曾用了两万美金修建这座全岛唯一的淡水游泳池。他说过，要用尽最后一分钱来建造。他做到了，于是在完工的时候，他就把自己的最后一分钱，镶嵌在了水泥地上。"

浪漫而奢华的故事。海明威一掷千金为博红颜一笑，有点帅哥的味道。我却多少有些不明白。既然是求奢华享受，就不要这样捉襟见肘。就算捉襟见肘，也不要公告天下。就算要公告天下，也要做得好看一些。这枚锈绿的硬币，歪斜着，尴尬着，好像一张肿了的苦脸。

我把自己的想法对解说员谈了。那是一个被热带阳光晒出一身麦黄肤色的青年。他说，自己祖居基纬斯特，对海明威很了解。

那一分钱的真相是这样的。他陷入了沉思。

海明威的妻子波琳执意要建造岛上第一座淡水游泳池。在她，这不但是一种享受，更是一种地位和财富的象征。海明威出于爱，答应了这个请求。家中当时并非富有，两万美金不是一个小数目，海明威抖空了钱袋的缝隙。施工很混乱，预算一再突破。有一程，几乎要半途而废。海明威殚精竭虑，把最后一分钱都榨了出来，才艰难地完成了这座划时代的游泳池。为了表达这份艰窘和来之不易，海明威把一枚硬币，镶嵌在这里。

海水拍打着珊瑚礁。往事已经湮灭在不息的浪花之中。我不知道在众多的海明威传记当中，还有没有更权威更确切的说法，关于这一分钱，关于这个来之不易的游泳池。

从故居走出，我们在海明威生前最爱去的那家酒吧，点了一种海明威最爱喝的酒，慢慢呷着。我想，我愿意相信解说员的解释。因为他那麦黄色的皮肤，是一个强有力的注脚。从依然明亮的瓷砖到早已暗淡的游泳池，我在那座葱绿的院子里，除了记住了海明威旷世的才华，还感受着他的率真和独特的个性。